在这个时代里
缓慢行走

『报刊文摘』美文精萃 编

上海三联书店

目　录

第一章　是谁偷走了你的感动

在这个时代里缓慢行走

朱德庸

我们这个时代的人,情绪变得很多,感觉变得很少;心思变得很复杂,行为变得很单一;脑的容量变得越来越大,使用区域变得越来越小。更严重的是,我们这个世界所有的城市面貌变得越来越相似,所有人的生活方式也变得越来越雷同了。

就像不同的植物为了适应同一种气候,强迫自己长成同一个样子那么荒谬;我们为了适应同一种时代氛围,强迫自己失去了自己。

如果,大家都有问题,问题出在哪里呢? 我们碰上的,刚好是一个物质最丰硕而精神最贫瘠的时代,每个人长大以后,肩膀上都背负着庞大的未来,都在为一种不可预见的"幸福"拼斗着。但所谓的幸福,却早已被商业稀释而单一化了。市场的不断扩张、商品的不停量产,其实都是违反人性的原有节奏和简单需求的,激发的不是我们更美好的未来,而是更贪婪的欲望。长期的违反人性,大家就会生病。

是的,这是一个只有人教导我们如何成功,却没有人教导我们如何保有自我的世界。我们这个时代,对我们大家开了一场巨大的心灵玩笑:我们周围的东西都在增值,可是我们的人生却会悄悄贬值。世界一直往前奔跑,而我们大家紧追在后。可不可以停下来喘口气,选择"自己",而不是选择"大家"? 也许这样才能不再为了追求速度,却丧失了我们的生活,还有生长的本质。

前年底,我得了一个"新世纪 10 年阅读最受读者关注十大作家"的奖项,请友人代领时念了一段得奖感言:"这是一个每个人都在跑的时代,但是我坚持用自己的步调慢慢走……"

　　我邀请你和我一起,用你自己的方式,在这个时代里慢慢向前走。

是谁偷走了你的感动

积雪草

朋友给我讲了一件在他生活中真实发生的故事。前些日子，他开车去沈阳办事，车至中途一处高速入口的地方，看见一个年轻的女人抱着一个宝宝在等车。那天刚好下着淅淅沥沥的小雨，有些阴冷，他心生恻隐，减慢车速，泊至那对母子跟前，摇下车窗对那位年轻的母亲说："你去哪里？我捎你一程吧！"他以为那位母亲至少会露出欣喜和感动。

谁知那个年轻的母亲，只是轻轻地抬了下眼皮，打量了一下他的车，然后问了句："是返程车吗？收多少钱？"他愣了一下说："我不是返程车，不收你的钱，顺道载你。"这句话一出口，那位年轻母亲的脸上，立刻露出警觉的表情，不相信似的问他："不收钱？不会是想到了之后宰我一刀吧？"

朋友跟我抱怨，你说现在的人除了抵御防范，戴着有色眼镜看别人，怎么就不会感动了呢？我一片真诚，她怎么就是看不出来呢？是谁偷走了她的感动？

我笑了：你的脑门上又没有贴着好人的标签，谁会相信一个陌生人？

其实有时候，我也会问自己，是谁偷走了你的感动？是时光？是缺乏信任？是虚假泛滥？抑或都不是！感动这两个字，难道真的离我们越来越远了吗？

买车记

宗　红

朋友最近买了车,一辆自动豪华型车。

朋友最初的计划只是想买一辆代步的车,总价五六万元,当时考虑买一辆二手车。有同事说,二手车总不好吧,五六万元应该可以买辆新车了。朋友觉得挺有道理,于是把买二手车的计划放弃了。

他到汽车城挑车,车子实在太多了。导购员对他说,如果是自动恒温空调,驾驶的时候会感到更舒适。朋友觉得有道理,选了有自动恒温;空调的车导购员说,D 如果是六碟的,那就不需要经常换碟了,朋友觉得有道理,选了配有六碟 D 的车;导购员说,如果有天窗,那有阳光的时候,带家人去兜风,会更惬意,朋友觉得有道理,选了有天窗的车——

车子选定后,车价飙升到十二万元。回来后,不少同事、朋友说,车价有点高了,如果买这车,不如再加点钱,买辆自动豪华型的,开起来轻松,而且男女都可以开。

朋友考虑了一下,觉得这个建议挺好。他把所有银行存款拿了出来,用十七万元买了一辆集“优点”于一身的新车。

朋友每天开着这辆车,却很忧虑。养车每月需要一千多元,家里已经没有余钱了。前段时间,他的母亲患了一场大病,朋友不得不借了五万元。现在,连折价卖车的念头都有了。

人生中的许多烦恼，像极了这个买车的故事。随着欲望的一点点加码，烦恼也在一丝丝增加，最后，原本平静的生活就被欲望给毁了。

打开你的心门

刘　墉

令我惊讶的是，在新一代当中，居然也有人患了"关门"的毛病。

记得一群美术系的学生曾对我说："我们很讨厌阿璧那一套。"

他们说的阿璧，是老一辈的画坛宗师黄君璧先生。

也记得一群某名校的学生得意地对我讲：

"我们是不听国语歌曲、不看国产片的。太没水准了！"

他们岂知道，当他们这么做的时候，也是关起了自己的门。不论对下一代或上一代，只要关起门，就使自己的眼界更窄、出路更有限。

其实我的儿子，也做过同样的傻事。

几年前，当我放国语歌曲给他听的时候，他很不屑地摆摆手走了。但是，没过多久，他到了台湾，接触了台湾的年轻人，也了解了台湾音乐制作的情况之后，他突然改了，说台湾同时接受欧美和日本的最新资讯，在音乐创作上有惊人的潜力和成就。

他为什么会180度大转弯？

因为他对台湾打开了心门。

"试着用他们的生活去生活，用他们的眼睛去看他们的世界。"

在研究落后民族文化的时候，我接触到这句人类学的名言，也被它深深地影响。

我发现当我们嘲笑那些原始民族，为什么只会插鱼不会网鱼，为什么对死人有那许多奇怪的禁忌时，常常是因为我们不了解他们。

　　每一个民族，都是人类，都经过千万年的岁月，绵延到今天。我们会想，他们也会想。我们有我们的价值观，他们有他们的价值观。

　　我们应该谅解每一个民族的文化和习俗，那些都有他们的道理。而当我们有了"文化谅解"，也就有了同情，能以同一种情怀、同一个角度，去看这个世界。更可以说："我们对世界的每一种文化，打开了心门。"

心里的宝玉

林清玄

有个年轻人,不远千里地去寻找一位玉石师傅。他见到老师傅,说明了自己学玉的志向。

老师傅拿起一块玉给他,叫他捏紧,然后给他讲中国历史,却一句也没有提到玉。

第二天他去上课,老师傅仍然交给他一块玉,叫他捏紧,又继续讲中国历史,一句也不提玉的事。

就这样,老师傅每天都叫他捏一块玉,光是中国历史就讲了几个星期。

接着,老师傅向年轻人讲风土人情、哲学思想,甚至生命情操。老师傅几乎什么都讲了,关于玉的知识,却一句也不提。而且,他每天都叫那个年轻人捏着一块玉听课。

几个月后,年轻人开始着急了,因为他想学的是玉,而现在只学了一大堆无用的东西。

有一天,他终于鼓起勇气,想请老师傅讲讲玉的学问,不要再教那些没有用的东西。他走进老师傅的房间,老师傅仍然像往常一样,交给他一块玉,正要开始讲课,年轻人大叫一声:"这一块不是玉!"

老师傅开心地笑了:"你现在可以开始学玉了。"

这是一个收藏家朋友讲给我听的故事。一个人不可能什么东西都不懂而独懂玉的,因为玉的学问与历史、文化、美学、人格都有深刻的关系。而这个世界的学问,也不是有用、无用分得那么明白的。

为什么好人会怕坏人

曹玲艳

上周末，我一位朋友和她男友去夫子庙玩。吃完午饭出来，就看到一个小偷在偷一个女孩的东西，她男朋友不禁大叫了一声："喂！干什么呢？"他们本以为，光天化日之下，小偷听见人喊肯定会害怕、逃跑。

可事实并非如此，小偷缩回了手，装得若无其事一般。跟小偷靠得很近的一个人转过头来，恶狠狠地说："闪开，没事找事！"接着，旁边又有几个人向他们走了过来。见此情景，旁边一位好心的老大爷忙对他们说："孩子，赶快走！"

朋友回来后对我感叹：这世道，好人都怕坏人了。

在网上看过这样的事：公交车上，很多人都看到小偷在偷东西，可是没人制止，最后，一个小孩说了："妈妈，他在拿那个姐姐包里的东西。"孩子妈妈看到小偷凶狠地看着她的孩子，就说："没有啊！"小孩说："妈妈我真的看到了，我没撒谎。"妈妈就打了他说："没有就是没有。"小孩哭了："妈妈别打了，我以后再也不说了！"我想那位母亲不是不知道孩子说的是真话，但在当时的情况下，她只能用这样的方式保护孩子。

因为害怕报复，人们集体陷入冷漠。社会冷漠的结果，就是正义形不成力量，反被邪恶震慑；就是人人成为孤独的原子，人际关系缺乏信任和温暖。

等等落在身后的灵魂

我曾养过两只狗。

一只是朋友送的，德牧，名门血统，姿态高贵，仪表堂堂。我不敢慢待，每天都用上好的骨肉款待，有时还喂羊汤、牛奶。渐渐的，它除了精肉细骨一概不食，包括龙骨和猪皮。到后来甚至连超市买来的高价狗粮，它都懒得瞄一眼，像娇生惯养的小姐，或是满腹怨气的贵妇，而我分明从它慵懒冷漠的眼神里，看到了它深彻的不满和厚重的怨气。

另外一只，是我在部队时养的狼狗。那时，我任务繁重，只能粗生陋养，想起了给他丢点剩饭菜，想不起就任他自生自灭。日子长了，我发现，我慢待的不是皱纹、芦苇或其他，我慢待的是真诚——真诚的"朋友"。这位朋友只需一碗粗粝的糙米饭，加上一点点肉末或油腥，就能令其开心、忘怀地快乐，为我们的友情雀跃，神采奕奕，奔跑如风。

我讲他们的事不是为了纪念，我只是想陈述一个道理：由俭入奢易，由奢入俭难。

外人看，我名利双收，风光无限。其实，我时时感到沮丧。因为这时代与我的愿望是有距离的，物质的过分泛滥、强势和情感的过于复杂、虚假，歪曲，掩盖抽离了太多东西，包括公理和常识。

我时常想，我们至深的需要不过如冬日的阳光一般和煦、简单，但总有人，太多人，喜欢顶着烈日，化身飞蛾，投向华丽的火焰。

我的沮丧不是因为灭亡,相反,人们学会了极端地展览生存,却同样极端地遗忘了幸福之根本——何止是人,我的德牧就是这样,在高标准的物质生活中学会了痛苦,而狼狗却在无声处给了我莫大的温暖和幽远的感悟。

　　幽远的名字是幸福。

　　幸福必须是单纯的,单纯一点,欲望就可以少一点。绝大部分欲望是无用的,只会让你的生活变得复杂,一复杂就会茫然。太多现代人少了思考,很多问题他们是不问的,生活节奏太快,没有时间去问。人们总是在不停地往前冲,以为前面有很多东西在等待我们,其实,很多东西是在我们身后。我们是应该停下来等一等被我们落在身后的灵魂。

坐下来，笑一笑自己

刘心武

何妨坐下来，静静地在心中笑一笑自己。

笑一笑自己把多少光阴枉费到了无聊的事情上，比如为买到一只从画报上看到的女明星用的那种发夹，跑了多少百货商场和集贸市场……

笑一笑自己因为单位的同事在自学考试中英语成绩比自己多了7分，便一连7天对人家爱答不理，任自己心中的妒火蓝焰飘荡……

笑一笑自己听到了上海某亲戚炒股票发了财的消息，便一连好多天梦见自己也炒股票买了汽车洋房，其实自己到今天也还不知道股票究竟是什么模样……

笑一笑自己仅仅因为在电梯里跟总经理打招呼时对方脸上毫无笑容只淡淡地颔首，便整整两天疑神疑鬼，失却了应有的自信与自尊……

就这样，在轻松潇洒的心境中，笑一笑自己。真诚、毫无避讳地笑一笑自己，也许便无形中抖搂掉了心灵上的灰尘，领悟到了今后前行中应有的更佳路径，从而获得一种精神沐浴后的清爽，从而获得重上人生旅途的自信和勇气。

笑一笑自己，也便是我们常谈的自嘲。自嘲是一种自信与自尊的体现。自嘲是一种智慧。自嘲是灵魂的升华。努力地让自己心灵上浮出一个哪怕是淡淡的微笑，有百利而无一弊。

六十亿个世界

赖声川

　　记得某个下午,我坐在尼泊尔寺庙的楼梯上。雨水把整个寺庙广场弄得泥泞不堪,我们在地上铺砖块做走道。

　　一位朋友边抱怨边踏着砖块走来。她走到我面前,以一种极为不耐烦的态度环顾四周,然后说:"真恶心! 如果我掉进这些脏水里怎么办?"

　　因为十分了解她,所以我谨慎地点点头,希望通过这无言的同情,令她舒服些。

　　几分钟后,另一个朋友拉斐尔也来到这个泥泞的广场前,她一面在砖块上跳着,一面唱着:"跳,跳,跳!"最后踩到干地上时,还大呼:"真好玩!"她的眼睛闪着喜悦的光芒,然后说:"雨季最棒的就是没有灰尘。"

　　两个人,两种不同的看世界的方式;60亿人,60亿个世界。

做事与做人

白岩松

我做《东方时空》牵头人的后期,我越来越为一种现象被大家习惯而感到不安甚至悲哀。每天早上编委会开会之后,半屋子的年轻同事,没人对形成的选题及操作方法提出异议,都只是眼巴巴地等着分配任务然后去执行。终于有一天,我忍不住了,开完会之后我发问:"为什么你们永远不说不?"年轻的编导们目光茫然。认领任务然后完成,天经地义,这有什么错吗?

或者时代不同了,也许更重要的是,这不就是一个工作吗,认真个什么劲儿!又伤了和气,又可能让领导不高兴。节目做不好,小事;职场中做人做不好,可是大事。

说句实话,面对这样一种尴尬与无奈,我时常会想到十多年前时的工作氛围。做事的时候做事,做人的时候做人,两面都没耽误,争吵的同事,反而拥有着至今难忘的真挚情意。

其实,在《东方时空》开播后的几年里,各个栏目组这样的争吵天天都有,大家对事不对人,真理越辩越明,一个节目该怎么做,向东还是向西,面红耳赤,但节目就这样上了台阶。同时栏目组里的每一个人,都会觉得事情与自己有关,有不同意见随时表达,并不会去考虑复杂的面子、权威等问题。

评论部成立之后没多久,我得了一个外号"白文萨",创意来自波兰团结工会主席瓦文萨。起因是,当时的评论部成员来自四面八方,大量的外来人员带来新的问题,生活待遇存在差距,在电视台内部不被平等看待,权益需要维护。

于是,我挑头和一群年轻的同事一起成立了松散的工会,并要求与当时评论部的主任孙玉胜及其他领导对话,讨论权益问题。有趣的是,面对这一草台班子,孙玉胜们竟真的答应,并一本正经地举行了对话。虽然对话现场双方都激动不已,都拍了桌子,但问题却在随后陆续走向解决。

然而,不知从何时起,在局部的空间里,争吵消失了,空气中充满着和谐,但总让人觉得哪儿不太对劲,大家都开始做人了!可是,该怎么做事呢?

日子不是租来的

魏海玲

朋友辗转租到一套房子。可那是怎样的房子啊,客厅卧室陈旧破败,厨房四面墙都是油腻,连灯泡也没能幸免地粘着厚厚的油渍。卫生间地板破裂,马桶污渍斑斑,水箱的拉绳只剩下短短一截。

人还没住进去,心已灰了一半。但又不好说什么,房东靠出租赚钱,租客匆匆而过,哪里肯用心爱惜。

朋友思忖片刻说,收拾好,他就搬。然后,忙得影子都不见。

半个月后,我突然接到朋友的电话。他热情地说:"喂,来我家坐坐吧,就当暖房。"

他的家,我走进去,吓了一跳。墙壁雪白,地上铺了整张的地板革,清新淡雅。厨房换了灯具,安装了换气扇,放置了碗橱。朋友点火做饭,端出精致的四菜一汤。我们坐在明亮的客厅,吃着热菜热饭,竟有了温馨的感觉。

放置在走廊的冰箱上,贴着可爱的卡通图案;阳台上,养着几盆漂亮的花儿。

"我换了新马桶,旧的实在不像样。厨房的墙,铲了一层才彻底弄干净。"朋友边洗碗边向我汇报。

"何必呢,房子不过是租来的。"我说。

"我知道,房子是租来的,可我过的日子不是租来的。"低头洗碗的朋友专注地说。

他是个对生活热情得近乎执拗的人,我们被他的这种劲头吸引。这次被吸引的是房东。他跟朋友说,冲着朋友为房子所做的事,他可以放心让朋友租住下去,直到朋友愿意搬走为止。

　　不辜负生活的人,终不会被生活辜负。

孩子眼中的爱

　　记得几年前,我跟华姿一起去四川灾区采访。有一天去一所小学,在小学的志愿者将那天的上课内容定为"理想与爱"。课结束时,志愿者请华姿也为孩子讲一讲。华姿于是讲了一个故事。

　　这个故事说:从前有个粮食仓库里有许多老鼠,它们每天要吃掉许多粮食。村民们决定把它们赶出仓库。他们采用的烟熏的方式,将老鼠熏出粮仓。这天,熏过烟后,村民们进粮仓看情况,发现许多老鼠都从大门跑掉了,但却有两只老鼠,一只拼命往墙角落跑,一只却拼命将它往大门方向拉。朝墙角跑,必定会被熏死,而大门方向才是生路。为什么那只老鼠要往墙角跑呢? 一个村民观察仔细,发现这只朝墙角跑的老鼠双目失明。村民们一下子就明白了,原来这只老鼠是在救它瞎了眼睛的同类。

　　于是大家有些感动,纷纷猜测它们是什么关系。有人说是夫妻关系,有人说是兄弟关系,有人说是恋人关系,也有人说是母子关系。众说纷纭,莫衷一是。但是旁边一个孩子说了一句话,让所有人都怔住了。华姿说到这里,停住了,她向孩子提了问:你们说,那个孩子说了一句什么话? 课堂立即活跃起来,孩子也纷纷举手回答。答案有的已经很接近了,但还是不对。最后华姿说:"那孩子说,为什么一定要有关系呢?"这个回答,让我们所有人一起鼓起了巴掌。这真是一个好故事。这是一种大爱。

生命中的三种人

　　我曾向一位从事哲学研究的中山大学老教授提了个很俗气的问题："何为幸福之道？"老人没直接回答我，却递给我这句话："每个人的生命过程中，都将遇到三种人。一种是无怨无悔不求回报地关心你、爱护你、帮助你的人；一种是伤害你、欺骗你、利用你的人；一种是既不曾伤害你、欺骗你，但也不曾予你以关怀与无私帮助的人。"

　　老人问我："你闭上眼睛回忆，谁是你心目中的第一种人、第二种人、第三种人？"

　　父母兄姐妻儿当即跃入我脑海，接下来是要好的师友……他们显然是第一种人；而多年前一个打着爱情幌子骗取钱财的女孩，一个在生意场上反复敲诈过我的官员，当之无愧成了我记忆里的第二种人的排头兵；第三种人，有同学、有同事、有邻居、有偶尔相遇而结识的路人，数不胜数。

　　老人轻语："孩子，你要记住，只有当第一种人的数量在你心中呈几何倍数增长，达到'辉煌'，而第二种人数目却逐渐接近于零时，你才会离幸福生活越来越近！反过来，当你出现在他人心目中的第一种人行列里的次数越多，成为他人心中的第二种人的次数愈少，你离成功的人生才是越来越近！"

　　我懂了，任何人的生命中都有三种人出现，这不仅与"幸福之道"息息相关，也与"成功之道"紧密相连。

让温暖弥散

韩少功

你看出了一只狗的寒冷,给它垫上了温暖的棉絮,它躺在棉絮里以后会久久地看着你。它不能说话,只能用这种方式表达它的感激。

你看到一只鸟受伤了,将它从猫嘴里夺下来,用药水疗治它的伤口,给它食物,然后将它放飞林中。它飞到树梢上也会回头来看你,同样不能说话,只能用这种方式铭记你的救助。

它们毕竟是低智能动物,也许很快会忘记这一切,将来再见你的时候,目光十分陌生,漫不经心,东张西望,追逐它们的食物和快乐。它们不会注意你肩上的木犁或者柴捆。它们不会像很多童话里描述的那样送来珍珠宝石,也不会在你渴毙路途的时候,在你嘴唇上滴下甘露。它们甚至再也不会回头。但它们长久地凝视过你,好像一心要知道更多关于你的事情,好像希望能尽可能记住你的面容,决心做出动物能力以外的什么事情。

这一刻很快就会过去。但有了这一刻,世界就不再是原来的世界,不再是没有过这一刻的世界。感激和信任的目光消失了,但感激和信任弥散在大山里,群山就有了温暖,有了亲切。某一天,你在大山里行走的时候,大山给你一片树荫;你在一条草木覆盖的暗沟前失足的时候,大山垫给你一块石头或者借给你一根树枝,阻挡你危险地下坠。在那个时候,你就会感触到一只狗或一只鸟的体温,在石头里,在树梢里。

成功的样子

最近网上有一个广告很吸引我，它讲的是一个成功的画商被"年轻时的自我"所困扰。他听到一个来自过去的破碎的声音，他遇到他当年追逐梦想时的身影，他所住的豪宅是他目前心灵的写照，冰冷、幽暗却闪亮，其中有一个房间是他从未进入的，那里面放着一台笔记本电脑，上面记录着他年轻时的现实，那时他像现在的穷画家一样，只是为了画出心中的图画努力工作，付不起房租，女友也离去。现在，他可以用轻慢的态度对待年轻画家，用很低的价钱买来"年轻时的自我"画的画，再高价卖出去，以此得到成功。但他的生活是那么荒芜孤独，他只是金钱增值的工具，他慢待并欺骗年轻画家，实际上只是慢待及欺骗他年轻时的自我，他蔑视自己的过去，认为年轻时的梦想一无价值，只是被成功者用来赢利的工具。

我认为故事中的主人公在本质上有点像我及我们这个时代的很多人，他们用此刻的现实来攻击他们年轻时的梦想，他们没有成为他们曾经那么热切地想成为的那种人，他们变成他们梦想的对立面——他们是成功者还是失败者？

"成功究竟是何物？"当这个问题在我们耳边响起，我们会再一次进入惯性思维，"成功多半很不寻常"，而成功的代价当然也被我们惯性地一笔带过，我们只是追求成功，理由同样是社会性的"大家都这样"。

社会现实告诉我们，成功的样子就放在那里，但为何那样子看起来那么邪恶?

　　也许有一天,我们都会像广告故事中的主人公一样,进入他内心不敢进入的一个角落,翻开一个我们年轻时曾在上面写写画画的旧笔记本,看一看我们的过去,然后鼓起勇气来问一问:"这一切是如何发生的? 为什么会变成这样?"

关于"寒酸"的困惑

薛　涌

　　我阴差阳错,居然16年没有回国。我们这次回来,在自己的国家里每天都有震撼。最让我意外的还是老父的反应。老父已九十高龄,但思维清晰,每天读报看电视,谈吐依然颇有些见识。但是,母亲后来告诉我们,他见到我们后,欣喜之余也有忧虑,乃至两天没有睡好觉。为什么?因为我们一家三口,穿着过于寒酸,让他关心起我们在国外的生计。后来还是弟弟从我的电脑中找到一些我们房子的照片,一张张地显示给他看。我住在波士顿的"农村",房价很低。北京一套百平米的房子,价格相当于我们这里的一栋豪宅了。把豪宅显示完了,老父似乎放心很多。

　　这种事情发生在老父身上,实在让我有些吃惊。他是抗日老战士,从小就对我们讲:活着要对得起死去的战友。他一生克勤克俭,对孩子要求也甚为严格。怎么一生如此教育孩子的老父,居然也为我们一家穿着寒酸而感到担心呢?

　　事后想想,一切也并非偶然。新一代留学生早和我们这代人不同。他们大多靠父母的钱出去,对名牌很在行。

　　骆家辉寒酸进京,引起媒体不小的轰动。没想到我们这样的平民百姓回乡未能衣锦,在自己家里也都引起了类似的惊诧。我们在美国过的是普通中产阶级的生活,穿的是普通老百姓穿的服装。怎么到了国内就显得这么寒酸?老父年事已高,这点老人的小误会,自然可供大家哈哈一笑。但是,这恐怕不是个毫无意义的误会。以我个人之偏见,中国还是个太过分以衣饰为标签的社会。我们何时能从名牌中解脱呢?

奢侈病

毛丹平

奢侈病，是美国康奈尔大学经济学、伦理学与公共政策教授罗伯特正在研究的现代病，专指无节制的挥霍。

罗伯特发现，一名美国CEO需要拥有一栋15000平方英尺的住宅，仅仅是因为与其地位相同的企业老板们都拥有如此规模的住宅。假如他购买一所小一些的房子，除了会在公众面前大丢面子之外，还将面临人们对企业运营状况产生猜疑的风险。但是，如果所有CEO都将自己的宅第规模缩小的话，他们内心的窘迫便会一扫而光。

其实，每个CEO都希望自己购买的房子面积更小一些。毕竟，房子大了就不得不雇员工进行维护，并且需要额外的管理，这是一件相当棘手的事情。

如果奢侈病只是富人们自己发烧，那么它也许还只是社会上的一道风景线。但是，上层的消费失控行为就像一种病毒，它影响并大量激发人们追求奢华的狂热，对中等甚至低收入家庭的消费模式也起到了倡导和改变作用。在某种程度上，我们所有的人都受到了感染。

人们为什么会无节制地、炫耀性地消费呢？这是因为人们"关注相对处境"超过了"关注实际处境"。

是的，如果你的年收入10万元，你和年收入8万元的人在一起，一定很幸福；但是和年收入15万元的人在一起，你就会觉得悲哀。如果其他的人都送 99 朵玫瑰给女朋友,你就不好意思只送 11 朵了。但是,我的一个朋友告诉我,她嫁给她老公是因为那年情人节,他非常窘迫地送给她一盒只有 3 颗的巧克力和一朵玫瑰。

　　其实,一朵玫瑰也可以代表爱情。

怎样才能嫁给有钱人

佚　名

一个年轻漂亮的美国女孩在美国一家大型网上论坛金融版上发表了这样一个问题帖《我怎样才能嫁给有钱人?》:

"这个版上有没有年薪超过 50 万的人? 你们都结婚了吗? 我想请教各位一个问题——怎样才能嫁给你们这样的有钱人?"——波尔斯女士

下面是一个华尔街金融家的回帖:

"亲爱的波尔斯:相信不少女士也有跟你类似的疑问。让我以一个投资专家的身份,对你的处境做一分析。我年薪超过 50 万,符合你的择偶标准。

从生意人的角度来看,跟你结婚是个糟糕的经营决策,请听我解释。你所说的其实是一笔简单的"财""貌"交易:甲方提供迷人的外表,乙方出钱,但是,这里有个致命的问题,你的美貌会消逝,但我的钱却不会无缘无故减少。

用华尔街术语说,每笔交易都有一个仓位,跟你交往属于"交易仓位"(tradingposition),一旦价值下跌就要立即抛售,而不宜长期持有——也就是你想要的婚姻。听起来很残忍,但对一件会加速贬值的物资,明智的选择是租赁,而不是购入。年薪能超过 50 万的人,当然都不是傻瓜,因此我们只会跟你交往,但不会跟你结婚。"

本能的变异

孙道荣

朋友的孩子在外地读大学，一日朋友收到自称儿子的一条短信，大意是手机和钱包都被盗了，这是借用同学的手机发的短信，让他立即汇款若干至某账号。朋友一看短信，第一个反应是遇到了骗子，报纸上这样的骗局多了，朋友自然不会上当。晚上，忽然接到儿子的电话，儿子生气地问，等了一下午，怎么钱还没到账？朋友傻眼了，原来还真是儿子的求助短信。

现在的骗局，实在是太多太多了，以致人们本能地怀疑一切。

这些年，人的本能也在随着社会的变化发生巨大的变异。以一对成年父子为例，他们对一些事情的本能反应，就会迥然不同。

路人摔倒了。父亲本能地想，这个人也许是身体不好，他会不会摔伤了啊？于是，父亲赶紧本能地伸出一只手，拉摔倒的人一把。儿子本能地想，这个人岁数这么大了，为什么会突然在我面前摔倒，该不会是讹诈我吧？

听说一个女艺人火了。父亲本能地想，这女娃一定吃了不少苦，流了不少汗，遭了不少罪，才取得了今天的骄人成绩。儿子本能地想，是一脱成名的吧？要不就是被导演潜规则了，要不就是家里特别有钱，花重金包装的。凭自己的努力？怎么可能?!

当自私、对抗、怀疑、拒绝、恐惧的本能多了，爱的本能、与人为善的本能、保护弱者的本能、信任的本能，就会越来越弱，越来越淡，越来越少。

差距

王鼎钧

30 年前,有人叮嘱我:"替朋友办事,事成,要告诉朋友此事办来轻松容易,以减轻朋友心理上的负担。"

30 年后,有人叮嘱我:"替朋友办事,事成,要告诉朋友此事颇费周折,得来不易,以加强朋友的印象。"

那天,朋友托我买东西,我唯恐买贵了,对不起朋友,就暗中"贴补"了 1/10 的价款。朋友问:"这是从哪一家买来的?"我只好支吾其词。朋友指着我的鼻子说:"你找到了价钱便宜的商店,竟不肯透露地址,真不够朋友!"

一个留美学生,晚间去探访他的教授,双方谈得很融洽。最后,这个学生站起来说:"时间不早了,老师和师母要休息了,我该走了。"谁知教授太太听了很不高兴,她说:"你想走就走好了,为什么把责任推在我们身上?"学生愕然,不知错在哪里。其实,这现象也可以看作农业社会培养出来的观念与工业社会培养出来的观念有其差距。传统训练我们处处要委屈自己,体贴别人,但是现代人渐渐不懂这是怎么一回事儿了!

差距,不能不注意啊!

追问幸福

　　十年前,白岩松出版了《痛并快乐着》,十年后,出版了《幸福了吗?》。在老白不惑之年,新的书名却表达了一种困惑。十年间从肯定到疑惑,他在接受记者采访时说:"改革走了 32 年,有些东西我们已经得到了,但是你原来期望的那种幸福并没有随着你得到的东西如期而来。"

　　老白的困惑也是许多人的困惑,幸福究竟在哪里?

　　有人把实现自己的愿望称为幸福,但是,一旦愿望实现之后呢? 改革开放之初,我们的目标很明确——达到温饱、小康水平。如今人们有车有房,整个社会的幸福感并没有很高的提升,疾病、抱怨、不安、焦虑、抑郁等等负面因素充斥各个阶层。

　　美国人也同样如此,在《美国人何以如此郁闷》一书中,作者说,当一切都在变好时,幸福指数在近 50 年来没有任何增长,认为自己"非常幸福"的人口比例自 20 世纪 40 年代以来一直在下降。

　　其实,寻找不幸福的原因跟追问幸福在本质上相同。我们往往有"今不如昔"的慨叹,觉得过去人们更单纯,比现在幸福,想回到过去。事实上,现在的一切都比过去变得更好。我们还会寄希望于未来,在脑海中构建更美好的图景,对美好未来的期望有如每个童话故事的结尾,主人公必将过上幸福的生活。但是,生活终归是琐碎的、布满荆棘的,无法预知的新问题被选择性地过滤。到那时愿望虽已达成,面对新问题,人们还要回到原点,再次追问:"幸福了吗?"

穷人·富人·幸福

幸福是什么？带着这个问题，美国一家电视台派出记者，对以下三组人进行了跟踪采访。第一组是穷人。这些人多住在贫民窟，不少人甚至住桥洞、睡街道。大多数人都是饥一顿饱一顿，无法过上吃饱穿暖的生活。特别是那些因病而无钱医治的人，脸上除了痛苦，再也没有出现过其他的表情。毫无疑问，这组人是完全没有幸福可言的。

电视台记者对第二组进行了跟踪采访，这组都是富人。他们都有一套以上的住房，有的甚至还住在豪华别墅，一家至少有一辆小车。至于存款，不少人表示，哪怕从现在起就不工作，一辈子也不愁吃穿。可是，令记者不解的是，他们中居然也没人表示自己生活得很幸福。原因是，他们对吃什么、玩什么都不敢兴趣，因为世界上能吃的、好玩的，都被他们吃腻了，玩腻了。

第三组人介于穷人与富人之间。他们每天都需要努力地工作，才能过上吃饱穿暖的生活。他们担心自己会因为懒惰而变贫，所以总是不敢轻易放松自己前进的脚步，但也会因为自己努力获得的成绩而由衷地高兴。他们的幸福生活，都是靠自己一点一滴地挣来的，他们忙碌、充实、对生活充满了激情与梦想。

日本作家芥川龙之介有句名言："祈愿不要让我穷得一粒米也没有，祈愿也不要让我富得连熊掌都吃腻了；祈愿不要让采桑农妇都讨厌我，祈愿也不要让后宫美女都垂青于我……"也许这就是对幸福最好的解释：穷人深陷痛苦的泥淖，当然没有幸福；而富人，因为泡在蜜罐里，也早已对幸福产生了抗体；只有那些对幸福生活充满了向往，并且正走在通往幸福的路上的人，才最幸福。

旅游的实质

一个工作于巴黎的中国人在街头碰见一个陌生人。陌生人手里拿着本书，很犹豫的样子。中国人问他需不需要帮助，他说："是的，请你告诉我某某饭店所在的方向。"他们就此攀谈起来。

陌生人是个美国游客，刚刚抵达巴黎。中国人热心地说："那你为何不先去参观埃菲尔铁塔呢？好找得很。"游客说："铁塔我在影视上见过无数次了，没什么好看的。"然后他举起手中的那本书说："这里介绍了一家饭店，里面提供一种非常好的面包，我最感兴趣了。"

还有一个在纽约工作的中国人，他看过一个美国同事去中国旅行的影集，数百张照片拍摄了田野、山峦、街道、猪、牛……唯独没有拍摄者自己的身影。中国人很奇怪："你真的去过中国吗？"美国同事更奇怪："这不就是我在中国拍的照片吗？"

以上两则小趣闻是我在跟随旅行社外出观光时听来的。最近我又听北京的一位朋友说，他们学校有个德国留学生，专习汉语。起初，同学们以为他怀有什么伟大目的，但后来熟悉了才知道：他是为了在中国旅游时能够与当地百姓交谈。

每年我都要随旅行团外出几次，对同胞们的快节奏旅游深有体会——一窝蜂地拍照，一窝蜂地如厕，一窝蜂地就餐。而这几个老外迥然不同的行为方式令我感觉可爱：他们似乎更懂得旅游的闲情雅致，懂得为自己"量身定做"一套个性化的行囊，要的是旅游的实质，而不是站在标志物下的疲惫的身影。

不如不计较

马亚伟

我去菜市场买菜，为了买到物美价廉的西红柿，我花了半个多小时货比三家，最后选定了一家。经过和小贩的讨价还价，又便宜了一毛钱。我买了五个西红柿，回家做西红柿炒鸡蛋用去两个。一个礼拜后，发现剩的那三个西红柿竟然烂掉了。我甩甩手，把它们丢进垃圾桶，真是不如不计较。

单位评模范班主任，我和小张条件相当，他是我强有力的竞争对手。学校规定，期末考试，谁的成绩排在第一名，模范班主任就属谁。这样的荣誉，怎能让给别人？不能输。为了提高学生成绩，我加课补课，忙得不亦乐乎。有很多次，我把学生逼到教室的墙角，让他们默写古文，错一个字，罚写一百遍。期末考试，我班考了第一名，我也如愿以偿得到模范班主任的荣誉。但是，学生们对我的"酷刑"怨声载道，对我的语文课也丧失了兴趣。我和小张的关系，也有些尴尬。这个结果，不是我想要的。如果不是因为和别人争，或许我不会这样，不如不计较。

很多时候，我们都太喜欢计较了。为了名，为了利，即使是蜗角浮名，蝇头小利。计较到最后，得不偿失，白白让自己身心负累。

不如不计较。不计较，该是你的，还是你的；不是你的，计较来了，也会失去。不计较，就没有锱铢必较的狭隘，你的胸怀就会豁达一些；不计较，就没有对手间的剑拔弩张，你与别人之间的关系就会很和谐,生活中,少一些枕戈待旦的争斗,梦也会安然;不计较,就会少一些疾风骤雨的紧张,多一些云淡风轻的悠然。

被敬礼的酸楚

林　培

大厦守门的物业保安,尽管常换常新,但行色匆匆的我们,总是"目中无人"地进来出去。

有天下班,正准备侧身进旋转门,守门保安突然并拢双脚,冲我敬礼。我四下环顾,没见旁人,心想保安认错人了,一笑而过。

次日上班,临门又是敬礼,还是昨晚保安小伙。自此,只要逢他值岗,便冲我立正敬礼。

无功不受礼。有天进门后,我抢先拍着他瘦削的肩膀,问:"新来的吧? 给我怎么也敬礼了?"他"啪"地立正,又是一个敬礼,"给领导敬礼是我们的制度,包括领导的车辆。"

我哈哈大笑,拉下他敬礼的右手,"我是领导? 我有专车吗?你真逗。"

"我们上岗培训时背过领导名单和车号,不会错的。"小伙满脸通红地争辩。

我说,大厦驻有20多家单位,每家都有一长串的领导,你肯定记混了,我还有事,今后见我不敬礼就成。

接下来几天没见他当班。有天上班,他远远地又敬礼,我佯装生气,说他不长记性。他低头呵呵地笑,说"妈叫敬的。我把敬错礼的事对妈说了。妈问你长啥样,我说你和气,有点官模样,妈就说,见官多敬礼,不累人,礼多人不怪。所以……"一种异样的酸楚,突然涌上心头,催促我走开……

　　自此,再进出门时,我便刻意回避他,回避谦卑的"生存技巧",回避他母亲教给的世故和无奈。

失落的脚步

那些街上的晨跑者,那些蹦蹦跳跳上学的孩子,哪儿去了呢?那些笑逐颜开、边走边聊的早班人,那些按时回家的自行车铃响……那些用脚步生活的人,怎么都不见了呢?

法国学者皮埃尔·卡蓝默访问了几座中国城市后,感叹:"它们太大了,每一次进入我都忍不住发抖。"

大,正让城市削掉双足,脚步日渐枯萎。现代人的日常身份,不再是"行人",而是"乘客"。

我的办公室同事,人均每日乘车3小时,那是一种天天出差的感觉。一家伙恶狠狠道:"天天仨小时!练书法我早成了大师,下围棋我早晋了八段……"是的,我们最有效的生命时间,虚掷在了路上。而且,这是纯物理、纯机械的"赶路",绝无精神活动和审美可能:堵、挤、抢、搡、刮擦、焦灼、噪音、污染……

我一直深以为,美好的地方一定是养脚的地方,诗意的城市应该是漫步的城市。什么情况下,漫步会成为城市的主题?人会心甘情愿地安步当车呢?

除城不能太大、任意两点间不能太远,还有两条:一、沿途空间应有舒适性和愉悦感,不乏味。二、人的生活节奏相对舒缓,不焦灼。

丹尼贝尔说:城市不仅是一个地方,更是一种心理状态,一种生活方式的象征。选择一座城市,就是投奔一种生活。规划一座

42

城市,就是设计一种生活。

　　当走路成为一件乏味的体力活,兴致即衰了。人行道的物理性能再好,也只能满足运动一下筋骨,寂寞而出,索然而归。在广州、厦门和泉州的老城,我邂逅一些残破的旧骑楼,它们身处繁华,临街倚铺,探出一溜檐廊来,衔连几百米,可遮风避雨挡晒。据说该设计曾风靡于南洋,和古廊桥相似,它处处体现对行人的召唤与体贴,可谓关怀备至,非常温馨。

　　北方的林荫道、风雨亭,南方的骑楼、廊桥,都是漫步文化的产物。或许车马稀少之故,祖先在建筑上极其呵护行人和散客。现代场馆则相反,重车辆重利润,泊车位、停车场,设施服务皆一流,但一个过路人休想从建筑中得到免费的好处。

　　给双足一块有力量的落点吧,否则,从肉体到精神皆有"失足"感。

绝不苟且的美

9月下旬，我应邀去上海，下榻南京东路一家酒店。

早上起来去外面散步。出门往后一拐就是南京路步行街。毕竟7时刚过，步行街还没有多少人步行。往东没走几步，发现一座商厦前小广场那里有三四十人正在跳舞，几乎全是中老年人，一对对一双双随着悠扬的乐曲缓缓移动脚步。我不由得停下来静静观看——里面分明有一种东西吸引了我，打动了我。我的目光再次落在眼前一对老者身上。男士相当瘦小，而且其貌不扬，但穿戴整齐，皮鞋锃亮，隐条西裤，裤线笔直。因为瘦，裤腰富余部分打了褶，打褶那里挂一串钥匙。舞步熟练，进退有据，收放自如，每隔几个回合就拖女方旋转一圈，尔后悄然复位，极为潇洒。脸上满是皱纹，眼睛微闭，神情肃然。我久久看着他，努力思索究竟是他身上的什么打动了我。我必须给自己一个答案。答案终于出来了，打动我的是他身上近乎庄严的真挚和一丝不苟——他绝不苟且，哪怕再老再丑，哪怕磨损得再厉害。他其实不是在跳舞，而是和他相伴走过漫长人生的妻子来这里小心翼翼地体味和确认某种唯独属于他们的幸福。换言之，那是一种幸福的认证仪式。

第二天早上我又去了，他和她仍在那里，简直是昨天的拷贝。第三天早上我又去了，又看他们看了好久。绝不苟且的美。说实话，一年来还不曾有哪一种美这么深切地打动过我。

记得一位知名作家说过,平庸是这个世界的大敌。相比之下,此刻的我更倾向于认为苟且是这个世界、至少是当下中国的我们的大敌。从官场到学府,从医药到食品,苟且之事屡屡发生,整个社会苟且成风。

依然沉默的大多数

刘晓莹

近日参加旅游团到北京,最后一项行程是在三个自费项目中选取一个。导游作了极具倾向性的介绍之后,"大方地"让游客们自己举手表决。她先问:"想去恭王府的举手。"无人举手。又问:"中央电视塔和海底世界都不想去的举手。"无人举手。于是导游如愿以偿地得出结论:"根据大家的意愿,我们就去中央电视塔和海底世界吧。"——其实在表决之前,车子早已在向这个目的地行驶了。

不喜欢公开表态,是中国人的传统。王小波曾说,古往今来最大的一个弱势群体,是沉默的大多数。我们中国人无疑是这大多数中沉默得最久、沉默得最习惯的大多数。

不禁又想起十几年前的一件旧事。从广州坐汽车到东莞去,上车前,车主说好一人10元钱,但等到车开上高速路后,车主开始售票,却向每名乘客索要30元钱。第一个乘客与车主理论,其他人充耳不闻,无动于衷,乘客势单力薄,只好掏出30元。到第二个乘客,仍是如此。最后全车的乘客,每人都与车主单独较量了一番,全部落败,无一胜利。

十几年过去了,北京导游的一个小伎俩,轻易地让我看见,我们依然是沉默的大多数。

优雅的失去

袁跃兴

一位收藏家,多年来一直收藏碑帖拓片与文房用具。他见过一支最细的毛笔,笔头只有三根鼠须。他还收藏了一幅《燕台走马图》,画中所绘一段十几厘米的桥上,行人如织,不但神态各异,连坐骑"是驴是马"都清晰可辨,"画出这样的效果,恐怕就需要这样很细的毛笔了。"这位收藏家说。尽管现在毛笔的产量很大,但种类反而不如以前多,不仅鼠须这类笔没有,就是笔杆上的刻字也逊色不少。体现优雅细腻文化情感的文房用品,变得粗疏了。

难怪有艺术人士如此感慨:在今天这样的网络信息时代,各种现代化的文具尚且面临淘汰,更何况古老的文房四宝。这种能够代表和象征传统意蕴、古典情怀、艺术旨趣的文房四宝逐渐失去优雅,变得粗疏,没有情味,那么,在我们今天这个当代社会,像文房四宝失去优雅品质和格调的文化、艺术形式,还有多少呢?

现在,我们许多可称作"生活的艺术"的东西,正在慢慢失去,比如优雅的文人聊天清谈,比如优雅的古典书信传情,比如优雅的阅读艺术……都在衰落、萎缩,而这种衰落和萎缩实际表明了一种优雅的传统文化形式的被抛弃。

记得一位现代作家讲过优雅的生活和优雅的趣味于生活、人生的意义:我们于日用必需的东西以外,必须还有一点无用的游戏和享乐,生活才觉得有意思。我们看夕阳,看秋河,看花,听雨,闻香,喝不求解渴的酒,吃不求饱的点心,都是生活上必要的。然而,我们在生活中已经几乎完全没有了这样的欣赏优雅、拥有优雅的意趣和情怀了。

最好的椅子不能坐

陈鹏举

留到今天,明代的黄花梨椅子,应该是最好的椅子了。两年前,我在一位收藏家家里,一下子坐在了明代黄花梨圈椅上的时候,在一边的女主人下意识地跳了起来。原来这椅子几乎不能再坐了,三百多年了,这木质已经老了。

不单是最好的椅子不能坐,还有最好的瓷瓶,谁还会想到去插花呢?两年前,在香港拍卖出好价钱的一个雍正年的九桃瓶,据说之前在美国,被当作了灯座,幸好没在瓶座挖了洞穿电线。可它被拍卖了,它的命运,因此改变,它被送进了博物馆,再要见它也不容易了,不要说当灯座,要插花也不可能了。

还有书画也是,书画是让人欣赏的,可惜书画被称之为最好的时候,要见一面也就难了。前段日子,藏在银行里的吴湖帆的一批画,因为浸水,打了一场官司。这官司结果如何,与本文无关,在这里想说就是这官司的出处,就是因为好的书画不能看,吴湖帆把画画得太好了,画到了不能让人看的地步,只有锁起来,藏起来了。也因此,就有了这一场双方都伤心的官司。

人为自己坐着而创造的椅子,最终不能坐。这让人思量收藏的真正含义。

由来笑我看不穿

于　娟

我断断续续住院长达半年之久,接触了大概三五十个病友。长期"潜伏"所作的抽样调查让我发现,乳腺癌患者并不一定是历经长期抑郁的。相反,太多的人都有重控制、重权欲、争强好胜、急躁、外向的性格倾向。我开始反思自己的性格:我太过喜欢争强好胜,太过喜欢统领大局,太过喜欢操心。简而言之,是我之前看不穿。

我曾经试图用三年半时间同时搞定一个挪威硕士和一个复旦博士学位。为此我日夜兼程,却最终没有完成设定的目标,恼怒得要死。现在想想,就是拼命拼得累死,到头来赶来赶去也只是早一年毕业。可是,哪个人会在乎我早一年还是晚一年博士毕业呢?

我天生没有料理家务的本事,然而却喜欢操心张罗。尤其养了孩子当了妈之后,心思一下子缜密起来,无意中成了家里的CPU,什么东西放在什么地方,什么时间应该做什么事情,应该找什么人去安排什么事情统统都是我处理决断。后来病了,我才突然发现,离开我地球照转,我啥都没管,老公和孩子都能活得好好的。

九死一生、死死生生之后,我突然觉得一身轻松。不想去控制大局小局,不想去多管咸事淡事。世间的一切,隔岸看花、风淡云清。

第二章 挤公交车的社会学

教授这样选弟子

毕淑敏

一位德高望重的心理学教授,在录取报考她的研究生时,划掉了得分最高的学生,取了分数略低的第二名。有人追问缘故,她缓缓地说,我以前总是挑选那些得分最高、看起来兢兢业业、学习刻苦私下里我称为"苦大仇深型"的学生。许多年过去了,我发现自己错了。

在未来的发展中最生龙活虎、最富有潜质并且成为真正的学科才俊的是那样一种人——他们表面上像狮子一样悠闲,甚至有点漫不经心和懒散。对于导师的指导和批评,往往是矜持而有保留地接受,使得他们看起来不很虚心。他们失败的时候难得气馁灰心,几乎不需要鼓励;辉煌的时候也显不出异样的高兴,仿佛对成就有天然的免疫力。他们的面部表情总是充满孩子般的好奇,洋溢着一种快乐,我称之为"欢喜型"。

"苦大仇深型"的学习者,主要是为了改善自己的生存状态,一旦达到目的,对于科学本身的挚爱就渐渐蒸发。作为一种生活方式的选择,自然无可厚非,但作为学业继承者,则不是最好的人选。

"欢喜型"的学习者,也许一开始他们走得不快,但心中的爱好,犹如不断喷发的天然气,始终燃烧着熊熊的火焰,风暴无法将它吹熄。

教授说,几乎世上所有的事,都可以划分成"苦大仇深型"和

"欢喜型"。比如读书,若是为了一个急切的目的而读,待时过境迁,就会与书形同陌路。如果真是喜欢,就会永远将书安放枕边,梦中与书相会。

挤公交车的社会学

廖保平

挤公交车时我们会发现一种有趣的现象，挤上车之前，我们总是大喊大叫着让我们上车，大家往里挪一挪，里面还有空间。当挤上去以后，我们又开始讨厌别人再挤上来，极不情愿地挪动位置。

我们上车之前与上车之后的变脸，其实无他，所处的位置不同，利益不同罢了。一旦自己占据了社会的有利地位，垄断了社会资源，就会本能地有一种抬高门槛，减少竞争，保护既得利益的冲动。

如果把车上的人换成社会上的特权阶层、垄断集团、精英群体，他们不仅不喜欢别人来挤占他们的空间，而且有能力设置门槛，防止乃至阻止车下的人上来，这个时候，公交车更像私车，问题就复杂了。在这种情况下，车下的人有两种选择，要么望车兴叹，要么强行上车，前者是忍气吞声，逆来顺受，后者是反抗力争；前者是和平中暗藏危险，后者是矛盾引发了冲突。

造成这样的结果，主要不是车下的人，而是车上的人。他们或者通过垄断，破坏市场经济下的公平竞争原则；或者利用话语权，营造一种强势的声音；或者设置障碍，阻塞社会上下流动的通道，最终独霸一辆"公交车"，成为所谓的特殊利益集团。这样一辆"公交车"，必然会偏离正常的行驶路线。

显然，要使它回归正常的行驶路线，只能还原公共汽车的"公共"面目,这就要对操纵"公交车"的人有某种制约。此外,面对还有容身之地的"公交车",车下的人不要害怕别人拒绝,更不要指望别人施舍,自己的权利就得靠自己挤上去争取,这是我对挤公交车的一种社会学解读。

光和影

邵燕祥

有光的地方就有影,也才有影。光影相衬,有对比,有烘托,才产生审美效果。

据说近五十九年不遇的岁首大雪后,出了太阳,阳光在积雪的反射下,倍觉刺眼。看近处,或密或疏的小树条子,投影到积雪上,显着微微的蓝色;那雪上偶见的一串脚印,洼处也是蓝的。说是蓝,是我的感觉,也许是在一片白茫茫包围中的错觉。但我若是画家,画我所见的雪后阳光,我就要用蓝色——蓝灰色来点染那深深浅浅的树影,以及脚窝子背阴处的暗影。

这叫写实,还是写意?

我活了七八十年,却好像头一次发现,只是因为从不注意及此。小时候似乎还关注过一朵花的花瓣花蕊,一片叶和另一片叶的不同,一只鸟羽毛的颜色和光泽,不为写什么,也不为画什么,好奇于天工的精致,心折于冥冥之中的创意,但也浅尝辄止了。后来经过的时代,先是听说要走出象牙之塔,走向十字街头,后来向往战场沙场,告别"杨柳岸、晓风残月",从"大江东去"走向"假大空"……一切身外之物,都是走马看花,哪有时间和闲情去"细数落花因坐久"?

所以千百年来一句"天理人情",既是书面语,也已经是口头语中词汇。天理,应该就是自然界和自然物客观存在的发生、生长规律,是违拗不得的。人们面对自然时,要不得骄横,而要认识它。

人情呢,那是社会人文中的"天理"。

有一句话,跟"顺乎天理人情"相对的,叫做"伤天害理",在习惯上,它首先倒并不是指的违反自然规律,而是指的悖逆人心,违反一般为人道德的恶行。我想,那是因为中国传统文化中,"天"与"民"是相通的,"天视自我民视,天听自我民听",此之谓也。

每个人只错了一点点

赵文斌 译

巴西海顺远洋运输公司门前立着一块高5米宽2米的石头,上面密密麻麻地刻满葡萄牙语。那是关于责任的,让人心情沉重的真实故事。下面就是石头上所刻的文字。

当巴西海顺远洋运输公司派出的救援船到达出事地点时,"环大西洋"号海轮消失了,21名船员不见了,海面上只有一个救生电台有节奏地发着求救的摩氏码。救援人员看着平静的大海发呆,谁也想不明白在这个海况极好的地方到底发生了什么,从而导致这条最先进的船沉没。这时有人发现电台下面绑着一个密封的瓶子,打开瓶子,里面有一张纸条,21种笔迹,上面这样写着:

一水理查德:3月21日,我在奥克兰港私自买了一个台灯,想给妻子写信时照明用。

二副瑟曼:我看见理查德拿着台灯回船,说了句这个台灯底座轻,船晃时别让它倒下来,但没有干涉。

三副帕蒂:3月21日下午船离港,我发现救生筏施放器有问题,就将救生筏绑在架子上。

二水戴维斯:离港检查时,发现水手区的闭门器损坏,用铁丝将门绑牢。

二管轮安特耳:我检查消防设施时,发现水手区的消防栓锈蚀,心想还有几天就到码头了,到时候再换。

船长麦凯姆:起航时,工作繁忙,没有看甲板部和轮机部的安全检查报告。

　　机匠丹尼尔：3月23日上午理查德和苏勒的房间消防探头连续报警。我和瓦尔特进去后，未发现火苗，判定探头误报警，拆掉交给惠特曼，要求换新的。

　　大管轮惠特曼：我说正忙着，等一会儿拿给你们。

　　服务生斯科尼：3月23日13点到理查德房间找他，他不在，坐了一会儿，随手开了他的台灯。

　　机电长科恩：3月23日14点我发现跳闸了，因为这是以前也出现过的现象，没多想，就将阀合上，没有查明原因。

　　三管轮马辛：感到空气不好，先打电话到厨房，证明没有问题后，又让机舱打开通风阀。

　　管事戴思蒙：14点半，我召集所有不在岗位的人到厨房帮忙做饭，晚上会餐。

　　最后是船长麦凯姆写的话：19点半发现火灾时，理查德和苏勒的房间已经烧穿，一切糟糕透了，我们没有办法控制火情，而且火越来越大，直到整条船上都是火。我们每个人都犯了一点错误，但酿成了船毁人亡的大错。

船王挑选接班人

星　竹

英国船王老哈特,在选择儿子小哈特能否接班时,表现得犹豫不决,他拿不准儿子是否能担起船王的重任。于是,他开始向世人征求意见,发布消息:凡是了解儿子的人都可以提出自己的意见,看看小哈特的身上都有什么缺陷,尤其是那些致命的缺陷。

老哈特的这个信息发布以后,在社会上引起了不小的轰动。于是,小哈特身上的弱点和不足很快便被一一找了出来:首先小哈特的成长经历不够丰富,他几乎没有经过什么风浪,社会经验比起老哈特,更是相差甚远。何况他还不善于管理……意见一一击中了小哈特的要害,令老哈特更加忧郁。

一天,老哈特去教堂时,把自己的苦恼讲给了牧师。牧师听后笑了起来,说错误根本不在小哈特,而是在老哈特的身上。老哈特听了瞠目结舌……

回去之后,老哈特按照牧师的方法,重新发布消息,让大家看看小哈特身上到底有什么优点。第二天,就有人总结出了一堆小哈特的优点,他聪明,善于及时发现问题,做事肯下工夫,而且很容易与人打成一片……几天过后,小哈特的全身都成了优点。

不久,小哈特继承了老船王的工作,并很快使哈特家族的事业有了耀眼之处。

世上的许多决定,原本都在我们最初的决定中。所谓的选择,很多时候,都是被我们先入为主的担心所左右着。

魔术大师的第一步

梁　勇

　　他出生在美国的新泽西州一个贫穷的外来移民家庭。从小他是个腼腆内向的孩子，和他一样大的孩子都不喜欢和他在一起，因为他什么也不会。每次考试，他都是和倒数挂上名。老师都不想让他回答问题，因为他总是羞涩地说不知道。

　　邻居们说，这个孩子将来注定是一事无成。他试图努力过，可是收效甚微。

　　一次，他看到一个老人为了一张被老鼠咬坏的一美元钞票而痛哭不已。为了不让老人伤心，他悄悄回家将自己平时积累的硬币换成一张一美元的钞票，交给了老人。他说，这是他"用魔法变回来的"。老人激动不已，夸奖他是个善良聪明的孩子。

　　父亲知道这件事后，认为自己的孩子还不是笨到家。接下来的这天，是他永远不会忘记的。父亲要带他出门，目的地是波士顿。父亲说，我们坐汽车去吧。可是，在中途的一个小站，父亲下车买东西错过了汽车出发的时间。就这样，汽车在他的喊叫声中呼啸而去。他害怕不已，心想没有汽车父亲怎么能到波士顿呢？波士顿汽车站到了，他下车却看到父亲正在不远处等着他。他快速跑了过去，惊讶于父亲如何到达波士顿。

　　父亲说，我是骑马来的。"只要我们能到达目的地，管它用什么方式。就像你学业不能成功，并不能代表你在其他方面不能成功，换一种方式吧！"此时，他幡然醒悟。

于是，他开始学习魔术，并一发不可收拾。

他就是后来大名鼎鼎的魔术师大卫·科波菲尔，一个匪夷所思的成功人士。

同一个故事

莫小米

他俩讲的是同一个故事。

他是这样讲的——

这几天风声越来越紧,为了保住我们这个联络点,我们不得不一再搬家。每天清晨,我望着在睡梦中仍带一丝惊恐的她,心中都十分歉疚。我决心与她分手,说出这话时我努力表现得粗暴,否则她决不会离开我。我早已准备为革命献身,但不忍连累这个爱我的女人。

再过20分钟,我的生命就要结束了。我万万没料到出卖我的人正是她。与她分手后,我住进了我们最初的小屋,这个地方除了她没人知道。可敌人恰恰是在那里捕获了我。为理想而死,我死而无憾,唯一心痛的是,我这辈子曾深爱过的女人,她竟是个叛徒!

她是这样讲的——

我是个懦弱的女人,我受不了整天整夜担惊受怕的日子,不为自己,是为他。经过一段时间不停地调换住处后,他终于提出分手。那天他的样子十分可怕,他背叛了我的爱。我哭了。

他走后没几天,日本宪兵就搜查了我的住所,他们对我用刑,让我供出他的去向。我真的不知道,我没有出卖他。他们鞭打我,给我上老虎凳,甚至使用电刑。在精神迷乱中,我胡乱说了一个地址,那是我们最初的爱的小窝,我曾在那里度过此生最幸福的时日。我一直以为他早已遗忘了它,而我,我只记得它……他死了,在最后他只是轻蔑地瞥了我一眼……

他和她讲的是同一个故事，又不是同一个故事，每个人讲的都是自己的故事，他的故事以革命为主题，她的故事以爱情为主题，每个人的主题都是崇高的。所以每个人都能将自己的故事说圆满。而听故事的人，多半是善良的。

标准像与脸谱化

严辉文

最近,有网友在微博里上传了一组来自高中历史课本的插画,得出了一个惊人的发现:历史人物秦始皇、光武帝、诸葛亮、唐玄宗、颜真卿,都是倭瓜脸、肿眼泡、鹰钩鼻、长胡须,原来是同一个人在跑龙套。

为什么会出现历史人物惊人一致的情形呢? 中国文化的特质是强调对历史人物盖棺定论,然后在传记、史话等历史文本,或者以戏剧、传奇为载体的历史文化门类中,将这些人物进一步固化和脸谱化。于是在中国的传统中,英雄人物必气宇轩昂,成功人士必富态魁梧,而奸臣必瘦脸猴腮、坏人必委琐矮小。推而广之,对正面人物与负面人物的评价也越来越对立化和两极分化。正面人物的第一声啼哭也是英雄史诗,而负面人物的惊天功绩更可以随便转嫁到更合适的伟人身上。

实际上,秦始皇、光武帝、诸葛亮、唐玄宗、颜真卿等人,不正是历史上的所谓"正面人物"和成功人士吗? 建立起一个统一的大秦帝国,始皇帝可谓功高而盖世。而《史记》记载虽有"秦之先,帝颛顼之苗裔"的说法,但又明确说了其始皇帝的先辈"或在夷狄"、"鸟身人言"之类,表明始皇帝正是来自北方蛮夷的英雄。这样一来,画家们凭着想象把倭瓜脸、肿眼泡、鹰钩鼻、长胡须之类,一古脑儿安装在他的身上大约也错不到哪里去。历史的流风所及,倭瓜脸、肿眼泡、鹰钩鼻、长胡须之类不仅成了始皇帝的画像要素,而且渐渐演变作为成功历史人物的脸谱化元素，甚至由此形成中国史早期流行一时的英雄模板、标准画像，又有什么奇怪的呢。

沉香与树人

在收藏与化妆品界,有句话叫"药王麝香、木王沉香"。自古以来,沉香就被列为众香之首,并且其价格远远高于大家熟悉的麝香。在最近十几年,沉香已经从过去的每千克万元飙升至每克万元,极品沉香更是卖到了每克 1 万美元,其价格是黄金的 400倍。由于在熏烧时香气浓郁,能覆盖其他气味,而且留香时间甚长,在一些国家,重要的典礼和聚会上,至今也还常常直接熏烧沉香。

沉香是怎么得来的?

原来,有种树木叫沉香树。通常树高 6 至 20 米,直径 50 至 90厘米,属瑞香科植物。并非每棵沉香树都能产出沉香,只有一小部分沉香树才能产出沉香。当沉香树被虫咬、风吹折枝或人为致伤后,恰巧伤口又遭遇一种名为黄绿墨耳真菌的微生物感染,于是奇妙的变化就产生了。黄绿墨耳真菌从沉香树破损处入侵至树的体内,遭到树内抗体的排异,而黄绿黑耳真菌又不屈服,顽强地与抗体争,从而进行新陈代谢。这种生化过程,不断生成倍半萜和色酮类物质。这两种物质就是沉香。

这么说来,沉香树只有具备两个条件才可能产出沉香。一是受伤,二是遭遇黄绿墨耳真菌的侵入。或缺其一,沉香树还是沉香树,只是树内没有沉香。

十年树木,百年树人。人类社会中,伟人之所以能够从普通人中脱颖而出,成就其大,也是具备两条:一是后天的磨砺,二是抓住让其受益的机遇。这与沉香生成所具备的两个前提不谋而合、殊途同归。

悲悯的月光

有人问托尔斯泰,如果你看见一个坏人正举起一个小孩,要往地下摔,惟有对那个家伙射击才能挽救小孩的无辜生命。这时,你射击还是不射击? 这个命题集中体现了人类在伦理上的矛盾。俄罗斯女青年薇拉·查苏利奇以实际行动给出了答案。

1877 年 7 月 31 日,被囚禁的进步大学生波古柳博夫因在彼得堡市市长特列波夫面前没有行脱帽礼,遭到毒刑拷打。薇拉愤慨至极,她朝那个灭绝人性的暴徒射出了一颗子弹。审判席上,薇拉再次指控特列波夫惨无人道的暴行:"迫使一个被折磨得奄奄一息的人再次接受鞭笞和酷刑,这是多么残忍……我觉得绝不能也不应该让这件事无声无息地过去。如果保持缄默,特列波夫依旧会有恃无恐地一次又一次滥施淫威。我宁可牺牲自己,也要向世人证明:绝不能让这个残酷凌辱人类个性的人逍遥法外……举起手来,向一个人开枪———这是可怕的,但我意识到必须这样做。"薇拉射击并非出于私心和复仇,她的动机中有一种正直而崇高的热忱。这个少女勇敢地举起了自己的右手,毅然决然地弯下食指,制止践踏凌辱人类尊严的行为。在辩护律师据理力争下,薇拉幸运地得以释放。

薇拉们奔涌的血性就像洒满人间的月光。他们吞咽着人间的苦难和罪孽。有了悲悯之光的照耀,这个世界就多了一份慰藉和希望。

希望的种子

洋 洋

列宁格勒市中心有一座科学研究所，研究所里建有一个巨大的仓库，保存着各种粮食种子。

1942 年，当德国人围住列宁格勒时，这个城市开始上演人间悲剧。成千上万的人开始饿死，人们想方设法寻找食物。有些市民不惜穿越德军封锁线，深入列宁格勒市的郊区，寻找树皮和已被冰封在湖底的鱼虾。但他们常常有去无回，成为德国纳粹的牺牲品。

饥饿让人变得疯狂。不少人看上了研究所储存的那些粮食，这可是列宁格勒城中唯一储备大量粮食的地方。

驻守的军队来过，科学家说，这是种子，是苏维埃将来的希望。驻守部队撤退了。前线浴血奋战的将军也来过，他要求把粮食全部交给军队。科学家说，这是种子，不能吃掉。将军暴跳如雷，科学家告诉他，当我们打退了德国人，农民们可以用这些种子过上幸福的生活。将军听完，向科学家敬礼，然后带领士兵们离开了。几个月后，看守仓库的科学家饿死在粮堆边。列宁格勒的那座粮仓，成为世界粮食史上的一个奇迹。

战争几乎摧毁了所有，但列宁格勒却保住了所有珍贵的粮食品种。现在我们不知道那位科学家叫什么名字，但他的那句名言"希望的种子"，成为列宁格勒这家研究所的代名词。

三十六计

陈四益

中国人聪明，单是用以争斗的计谋就有"三十六计"。三十六，言其多也，明争暗斗的计谋也绝不止于三十六，运用之妙，更何止于此。

譬如贪官，人神之所共愤。揪出一个，人心大快。百姓们关心的是此人是否贪贿，贪官如何肃清。但若把棍一搅：说是肃贪其名，派斗其实，肃贪便失去了本来的意义，百姓也失去了澄清吏治的希望。贪官呢，似乎也就成了派斗的牺牲。套上一计，可称"浑水摸鱼"。

官场的手段，学界也会。前些时有人质疑某学者涉嫌抄袭。这本是一桩学术公案，最好的解决办法是由该学者所在学校或另行组织有资质的学界人士调查，查清事实，给予裁决，或是或否，也便真相大白。但种种议论似乎并不在意学术是否不端，倒是把它描绘成学界派斗的阴谋，这同官场何其相似。过了一阵，又有揭露另一学者涉嫌抄袭的文章。该学者要求由所在大学开展调查，给予公断。这倒不失为正确的解决途径。但种种议论似乎对调查不感兴趣，仍要扯成派斗的对攻。结果呢？究竟是否抄袭谁也不去深究，反倒像我也抄袭，你也抄袭，彼此彼此，半斤八两。既然天下文章一大抄，那么学术公案了犹未了，只好以不了了之，剩下的只有不知真假的学界派斗，于是裁判叫停，学术公案，就此化为派斗的闲谈。要是也套上一计,不知是"浑水摸鱼"还是"金蝉脱壳"或是"围魏救赵"? 报刊近来喜称"组合拳",庶几近之。学界毕竟高深,就是用计,也非同小可。我辈闲人实在看不出个究竟。

多数与少数

多数是个最吸引人的字眼。多数人的主张一定是多数人的利益表达。多数人的主张一定是符合多数人的利益的。因此,一切愿意代表多数人的人,都必须坚持"少数服从多数",这是在任何时候都不能动摇的原则。

问题在于:如果多数人的意见错了,还照不照多数人的意见办事?毫无疑问,还得按多数人的意见办事。

那少数人呢?少数人也是"以人为本"这一本中的本,况且"少数"有的也并不是太少。如果是三分之二通过,那么,少数就可能有33%。如果是半数以上通过,那么,少数就有可能是49%了。这么多人的利益绝对不能不管。

物质利益上的多数与少数不太容易说得清楚。对政治主张、对科学见解方面的多数与少数,就更难说清楚了。我们喜欢讲"前沿"。请问:站在前沿的会是多数人吗?不可能,走在前沿的只能是少数。因此,在科学领域,更应当坚持求同存异,有时仅仅"存异"还嫌不够,要做到"求同'尊'异"才行。有人说:"在人际关系上要'求同存异',在学术上反过来'求异存同'。"这话入木三分。道理显而易见:成天随大流,不求异,能有发明、发现、创新、创造吗?难怪诺贝尔奖金获得者丁肇中在中华人民共和国60周年国庆招待会上说:"在科学上常常是多数服从少数。"

多数与少数都是变数。少数人的见解可以变成多数人的主张,关键在于这见解是否正确,是否科学,是否真正符合绝大多数人的根本利益。

公路中间的那条线

杨家厚

我们对公路中间的那条线再熟悉不过了。但是,你知道它的名字吗?——它叫"琼玛卡若线"。

那是在1917年,琼玛卡若是美国内布拉斯加州的一名外科医生。她在日常工作中看到太多因车祸受伤的患者,于是,她开始思考如何能减少交通事故的发生。

琼玛卡若注意到,驾驶员总喜欢靠公路中间行驶,正是这个偏好,让汽车相撞的可能性大大增加。一个念头闪现在她脑海里:在公路中间画一条醒目的线,让不同方向行驶的车辆各自行驶在线的一侧。

当她把自己的想法提供给有关部门时,得到的却是冷漠和拒绝。琼玛卡若并没有忘记医院里伤员痛苦的表情与呻吟,她不停向有关部门呼吁。经过7年坚持不懈的努力,1924年,内布拉斯加州公路管理委员会终于同意在99号高速公路上做试验,试验的结果是该州所有公路都画上了"琼玛卡若线",并以此为荣。

正是由于有了一颗关爱他人的心,才使得作为医生的琼玛卡若决心去改变人们习以为常的行车习惯;也正是她的这颗爱心,让她有足够的勇气和毅力去面对官僚的冷漠和拒绝,历时7年一次次奔走呼吁。

改变整个世界公路行车规则的动力,只源于一位平常医生的爱心。

鹿角的启示

夏志科

著名的动物学家艾斯玛尔克博士曾经做过这样一个实验：他从一个由 12 头马鹿组成的群体中挑选了一头鹿角发育最差、地位最低的鹿，在它的头上装上一副从狩猎俱乐部弄来的极威猛极漂亮的大鹿角，这样，最弱小者成为了这一带的"最雄壮者"；然而同群的马鹿由于知道它的底细，并没有给它以应有的尊重，而是经常欺负它凌辱它。

群鹿只承认和尊重它们现在的首领，那头名叫莱克斯的马鹿。

博士又让人把莱克斯的鹿角全部锯去，这时候情况发生了变化，群体中所有的鹿起来造首领的反，首领的威风荡然无存，它被科研人员捉住，被送到斯普林格"野猪公园"，和其他马鹿一起被颐养起来。

这一年夏天，莱克斯头上长出的角可怜兮兮，每个看到它的游客都说它属于"低等种族"。

可是进入第二年，情况就彻底改观了。莱克斯毕竟身材高大，体力雄健，在打斗中它日渐占上风，最终又爬到首领的地位。

学者们因此得出结论：并不是鹿角的大小决定某头鹿在群中的地位，正相反，有资格当首领者才能长出最强大的鹿角。

对人来说，也是同样的道理，做头领的人不一定具备实力，但具备实力的人却一定能够成为首领。

新娘为何花巨款买婚纱

贝小戎

美国康乃尔大学经济学教授罗伯特·弗兰克给他的学生布置一种"经济学-博物学作业",鼓励他的学生使用他们在课堂上学到的经济学原理,提出一个跟自己在生活中发现的有趣的事件或者行为有关的问题,并用不超过 500 字的篇幅给出答案。

很多年下来他的学生已经设问了几千个问题。其中他最喜欢的是"为什么通常新娘花数千美元买一套她们永不再穿的婚纱,而新郎通常是去租一套便宜的礼服,虽然他们将来还会参加很多次社交活动?"

提出这个问题的女同学找到的答案是,大多数新娘都希望自己在结婚当天"发表自己的时尚宣言",为了满足这种需求,对于每一个尺寸的婚纱,婚纱租赁公司都得置办四五十种。由此每一件婚纱被租用的频率就会很低,每年大概只有四五次。于是租赁公司制定的租用的价格就会高于婚纱的售价。比较而言,新郎愿意接受标准的款式,租赁公司只要每个型号备上两三套就可以满足这一市场,每套每年可以出租很多次,这样租一件的费用远没有买一件的费用高。

弗兰克的学生们的作业将结集出版。而其他的问题还有:为什么冰箱里有灯,冰柜里却没有?(冰柜无需照明,敞开式的。)为什么 24 小时营业的便利店上也有锁?(以备街头发生骚乱。)如果一夫多妻制对男人有利,为什么男人掌权的立法机构还禁止这种制度？（男人掌权，女人可以通过选举投票使得他们落选。）

　　我也一直有一个困惑：书好像是唯一一种明码标价的商品，购买时无需货比三家，后来我得知，对图书予以定价销售，起源于对人人都同等地有权获得知识的民权理念，而让所有的人都以同样的价格购买同一种图书，就是这种民权理念的一种表达——这已经超出经济学的领地了。

尊重与器重

宋志坚

三十余年前,我的一位当过老八路的姑夫去世,我给一位长者写信时说到此事,且用了"逝世"这个字眼。这位长者回信对姑夫的英年早逝表示遗憾与惋惜。我注意到,在他的回信中,"逝世"二字已由"去世"替代。因为那个时候,"逝世"并不是谁都可以用的,不是相当一级的要人,只能称为"去世",至于"反派"角色去世的新闻,一旦出现在媒体上,则是直言"某某人死了"。所以,我当时明显感觉到,这位长者在委婉地"纠正"着我的"用词不当"。

二十余年前,我与北京的一位长者通话时,说到他也认识我的一位领导。我说,某某领导还是尊重我的。这位长者可能感到我用"尊重"二字有些不妥,于是就有"器重"二字脱口而出。显然,在这位长者看来,只有下级对上级、晚辈对长辈,方才能够称之为尊重,反之则不然,尤其是上级对下级,最多也只能称之为器重——君子用人如器,人家像看重可用之"器"一样地看重你呢!

而我以为,"尊重"的对象,应是人的人格与尊严,而不是人的级别与权位。人与人之间应当互相尊重,说某某领导尊重我不见得就离谱。至于有人觉得受领导器重比受领导尊重来得实惠而宁要器重不要尊重的,则另当别论。

语言的方式体现着一种礼仪。只是在相当长的时期内,这"礼仪"二字,是与尊卑有序封建制度结合在一起的。这种制度和礼仪的躯壳虽然已被废弃,其文化的基因却在不经意间沿袭流传,也往往在不经意间冒将出来。要清除尊卑有别的等级观念,尤须警惕这种可怕的无意识。

很受用的一些数据

小　宝

2001 年 11 月 22 日,我收到了陈村传来的一封电子邮件,题目是《很受用的一些数据》。

"假如将全世界各种族的人口缩小成一个 100 人的村庄,再按比例来计算的话,那么,这个村庄将有:57 名亚洲人;21 名欧洲人;14 名美洲人(包括拉丁美洲);8 名非洲人;52 名男人和 48 名女人;30 名白人和 70 名非白人;30 名基督教徒和 70 名非基督教徒;89 名异性恋和 11 名同性恋;6 人拥有全村财富的 89％,而这 6 人均来自美国;80 人住房条件不好;70 人为文盲;50 人营养不良;1 人正在死亡;1 人正在出生;1 人拥有电脑;1 人(对,只有 1 人)拥有大学文凭。"

如果我们以这种方式认识世界,那么忍耐与理解则变得再明显不过了。也请记住下列信息:如果今天早上你起床时身体健康,没有疾病,那么你比其他几百万人更幸运,他们甚至看不到下周的太阳;如果你从未尝试过战争的危险、牢狱的孤独、酷刑的折磨和挨饿的滋味,那么你的处境比五亿其他人更好;如果你能随便进出教堂或寺庙而没有任何被威吓、暴行和杀害的危险,那么你比其他三十亿人更有运气;如果你的冰箱里有食物,身上有衣穿,有房可住及有床可睡,那么你比世上百分之七十五的人更富有;如果你银行里有存款,钱包里有票子,盒里有零钱,那么你属于世上百分之八最幸运之人;如果你父母双全,没有离异,那么你的确是那种很稀有的地球之人；如果你读了这封信，那么你刚刚得到了一个双重的祝福，因为有人想到了你，而你不属于另外二十亿文盲。

所以，去工作而不要以挣钱为目的；去爱而忘记所有别人对你的不是；去跳舞而不管是否有他人关注；去唱歌而不要想着是否有人在听；去生活就像这世界便是天堂。

大声说话的哲学

荣筱箐

我在报社做实习生时有幸师从一位见多识广的资深记者。那天,他坐在办公桌前,轻描淡写地告诉我,人的地位越高,讲话声音就会越低。

其实,好多年以后,我才明白讲话音量与社会地位间这种微妙的反比关系:贩夫走卒平头百姓人微言轻,即使把声音提高八度,也不见得能有听众;而重要人物声音越低,越是有人围在身边拼命地伸着脖子听,也就因此越显得更加重要。

不过这些中式的声音哲学却很难跟老外解释清楚。我们却常常吃了哑巴亏有苦无处诉。结果就有华裔小学生,因为整个学期没有在课堂上讲过一句话,被老师认为有学习障碍,其实,他一言不发,只是因为妈妈告诫他开口前要先想好了再说。连美国前劳工部长赵小兰也说,她小时候从台湾来到美国时遇到的最大挑战,就是学会像美国人一样抢着讲话和插嘴,只有学会了这个才有可能"融入主流"。占纽约人口 12% 的亚裔社区,只分得政府拨出的社会服务经费的 1%,也是因为这个 100 多年前就在这里落地生根的族群,直到最近才搞明白"会哭的孩子有奶吃"的道理。

在我们的传统文化里,这多半会被看作"自以为是"。我们虽然常常在镜子面前自我膨胀,却早就学会在走出家门时夹着尾巴做人。越是这样,我们就越习惯悄无声息。其实即使在美国,普通人的声音要想改变世界,也不是件容易的事,但当听证会对所有人开放,立法者就必须对任何人的发言都要一视同仁地尊重和倾听,连总统候选人在竞选时,也常把水管工乔伊的话挂在嘴边。人们至少可以相信自己不是在自言自语,这时候,每个人多说一句,就可能多发挥一分作用。

大声的人多了,声音才可能恢复其本原的功能和形态。人们不用再整天绷紧着神经等着"于无声处听惊雷",不用再担心自己的声音吓到别人或吓到自己,讲话也就有了底气。

抬头与低头

朱国勇

在一所宁静美丽的江南小城西北角,有一所大学。每个早晨,总有一位鹤发童颜的老人,沿着小河慢跑。无论寒暑,很是规律。这位老人姓赵,是中文系的教授,平和朴实,总是温和地微笑。

可是,有不少学生对这位教授的印象并不好。因为,这位教授历史上有污点。据说,文革时,有一次,一个造反派把一大碗剩菜扣在他脑门子上。他呢,只是呵呵笑着,也不理自己满脸的污秽,而是先把造反派身上溅落的一片菜叶子擦掉了。造反派不由得没了脾气,嘴里咕哝几句,转身离去。

经过学生们一届一届地口口相传,教授没有骨气的坏名声就在校园中传开了。一次上课时,一位男生迟到了,教授淡淡地批评了他几句。这位男生怀恨在心,回到座位上不久,就举手说有问题请教。"我认为,人活着就要抬头挺胸,而低头垂尾是可耻的!教授您以为如何?"男生一边说,一边用挑衅的目光盯着教授。话没说完,教室里已是一片窃笑。

等大家笑停了,教授才平静地说:"如果,抬头是在看云娱情,如果,低头是在看路防跌,又何所谓抬头低头呢?"

学生们听了,默然无语。教授清了清嗓子继续说:"大家一定听说过我的故事。可是,你们知道吗? 当年我们这所学院里,和我一同被打为反革命的,有七名教授。一年后,死了六个。只有我,活到了现在。"教室里,一阵短暂的沉默之后,爆发出雷鸣般的掌声。那个男生涨红着脸站了起来："教授，我错了。"教授轻轻摆了摆手，示意他坐下。

抬头时，便看云；低头时，便看路。淡泊宁静，自然从容。这才是人生的大智慧。

卖给你童年的记忆

方益松

时光倒溯到 56 年前。他的父亲是电气工程师。一台老式摄像机是全家最值钱的东西，他从小就对它比较痴迷。14 岁那年，他学会了独立操作。

在他居住的小城，有几间小型的学校。他常常会免费给孩子们拍一些玩耍的片段。每次，他一回到家里，父亲都会把他拍完的带子分类保管起来，让儿子记下每一个被拍摄者的姓名、地址以及家长姓名，还把自己的名片散发给被拍摄的孩子带回家。

在父亲逝世那年，父亲把他叫到床头，用颤抖的手从枕边摸出四个记录本，告诉儿子，自己没有什么财产留给他，但这几个本子将来或许可以为他提供一些创业基金。

十来年后，一个富商辗转找到了他，提出要用巨款购买自己儿时的一段录像。他这才如梦方醒。原来，这许多年来，父亲一直默默地为自己提供了一个潜在的创业商机。他找出那几本已经发黄的记录本，开始逐一联系当年的孩子。接下来的事情完全超出他的想象，只要能联系上的，几乎百分之百都购买了他的录像带。甚至，连时任加拿大总理的特鲁多也不惜重金，从他手里购买了自己童年时的一段录像。四本发黄的记录本，为他创造了人生的第一笔创业基金，使他有能力向自己所钟爱的电影事业进军了。

他就是《阿凡达》、《泰坦尼克》的导演詹姆斯·卡梅隆。

鼓掌杂记

远　之

看时下电视综艺类的节目,常常被节目现场观众如潮如雷的掌声所感染。直到有一次到节目制作现场当了一回观众,才发现"掌声"是编导向观众"要"来的。

上个世纪 90 年代,听到一个"下面可能有掌声"的故事。大致是说,一个领导干部,每有会议讲话,自然由秘书代劳执笔,秘书虑事周全细致,可能是考虑到会议的节奏和气氛,有一次,在一段文字结束之后,加了个括弧,括弧里面写着"下面可能有掌声"。可弄巧成拙的是,偏偏那个领导干部一股脑儿地连括弧带括弧里的"下面可能有掌声"都大声念了出来……

在革命圣地西柏坡纪念馆里,有这样一块文字展板:根据毛泽东的提议,七届二中全会做出六条规定。其中,第四条是"少拍掌"……

《古拉格群岛》是俄罗斯诺贝尔文学奖得主索尔仁尼琴的不朽名著,其中写了这样一件事:有一次,斯大林亲自出席党的代表大会,全体代表听到领导的脚步声立即开始全体起立、热烈鼓掌,但鼓着鼓着出现了一个重大问题——谁也不敢率先停下来。于是全体代表就这样站着鼓了 20 多分钟的掌,直到有一个人停了下来,会场才随即变得静悄悄。代表们都特别感谢那位同志,但他们却永远没有向这位同志表达谢意的机会。因为,会后这位代表被"清洗"了。

位子

米国勇

成都境内有座四姑娘山,半山腰上原来有一座小庙,庙里有个老和尚带着几位徒弟。庙虽不大,但游人如织,香火鼎盛,师徒几个日子过得很是滋润。

一天夜里,大殿上供奉的两米多高如来佛像,不知怎么突然跌下来,摔得粉碎,只剩下两个原来摆在佛像两旁两尺来高的小塑像,一个是金童,一个是玉女。

明天就是一年一度的禅会,香客会更多,没有了佛像,这可怎么办?小和尚们没了主意。倒是老和尚还算镇定。他指挥小和尚们把散落的泥块搬了出去,把玉女像丢到了柴房,又把金童像摆在了佛像的位置上。

徒弟们心中纳闷,这个金童像,矮小不说,嬉皮笑脸的,哪能充当佛像呢?明早香客来了,还不炸开了锅,哪还肯跪拜,捐献香火钱呢?

没想到,第二天,一切都和平常一样。青烟缭绕,香客如云,人们在跪拜的时候,依旧念念有词,一脸的敬畏与虔诚。到晚上,清点香火钱,一点也没见少。

老和尚笑了,道:人们有一个特性,不管是谁,只要坐在神的位子上,他们就对谁顶礼膜拜。

小和尚们感慨不已,看来位子才是硬道理,至于位子上坐的是什么东西,是怎么登上这个位子的,似乎并不重要。

做一只树懒的代价

冬　亥

树懒是很多年轻人的偶像。它的生活方式太让人羡慕了。它从不用为吃忙碌，一觉醒来，食物就在嘴边，是真正的饭来张口，不劳而食。

它的悠然自得，它的安详休闲，它的与世无争，是人们最为向往和赞美的生活方式。但没人能够真正选择做一只树懒，因为你注定做不成一只树懒。

它从不愁吃了这顿没下顿，因为它吃的是别的动物根本从不问津的树叶，低热量，没有多少营养，坚韧粗硬，是别的动物不屑下咽的。

它行动缓慢，一生只选择几棵树，其实也是无奈的选择，为了隐藏在细枝上不让天敌发现捕捉，它只有努力降低体重，不惜牺牲自己的肌肉。同时它还努力通过降低体温来减少热耗，以至于根本没有什么活动能力和自我保护能力，一旦下到地上，连站立的劲都没有，碰上美洲狮等天敌，也只能缓慢地艰难爬动，我们可以想像到它心中的绝望。

它的爱情生活极其苍白，在热带丛林中雌、雄树懒邂逅，一般来说要大约 5 年才有一次机会，有的树懒甚至一辈子都没有机会见到异性的模样。

没有什么是可以不劳而获的，你可以羡慕一只树懒的悠闲，但你注定做不成一只树懒，因为树懒的隐忍和牺牲是常人所无法忍受和效仿的。

坚固的流沙

河南上蔡有座古墓,建造于春秋时代。2005 年考古工作者发掘时发现,古墓上被挖开了大大小小 17 个洞,说明不知有多少盗墓者光顾过。从洞里的器皿、古钱币、矿泉水瓶等遗留物考证,最早的盗墓者来自战国时代,最近的来自现代。他们都半途而废,无功而返。因为,考古工作者打开古墓之后发现,里面的藏品大都保存完好。

难道这座古墓有什么特别的防盗措施吗?其实,它在建造方法上与其他古墓没什么两样,不同的是,其他墓穴砌筑完后都是用土回填,而这座墓穴是用沙回填。17 米深的墓穴,上面回填了 11 米深的细沙,表层再填土封盖。细沙里放置了 1000 多块形状各异、大小不同的尖利石块。它被后人称为"流沙墓",这就是它防盗的秘密。

细沙的流动性很强,当盗墓者挖洞时,旁边的细沙会向洞里流动,掩埋刚挖好的洞。当挖得很深时,极易造成塌方。更可怕的是藏在细沙里的石头,随着垮塌的沙子坠落,成了打击盗墓者的武器。

在盗墓者眼里,再坚硬的古墓都不在话下,唯独这座古墓,面对散软的黄沙,他们竟束手无策。

我们的思维,有时候需要像石头一样坚硬,有时候需要像流沙一样松软。许多情况下,打破常规,反其道而行之,能收到意想不到的效果,松软的流沙也能变得比岩石还坚固。

好马之死

冯小宝

一匹高头大马被主人从交易市场上牵回了家。主人对所养的牲畜向来赏罚分明，按贡献大小分配粮草。于是，主人让大家来评议评议新来的马。

驴子和骡子低头不语，显出谦恭的神态。"我看这是匹好马，"一匹老母马说，"是匹'千里马'的胚子。"驴子和骡子依然沉默。

等到主人靠近了，驴子才凑上前低声说道："老母马和新来的是亲戚，我怕当面说了伤和气。"主人笑笑说："我知道你是碍于面子，没关系的，工作需要嘛。"

驴子这才正儿八经地说开了："主人，您看那新来的，哪有新来的样子？头昂得高过主人您了，再看它那对前蹄，总时不时地乱踢一通，这是对主人您早就心存不满了不是吗？"

主人正犹豫着，驴子又说："奴才虽不才，但奴才能连续拉磨七七四十九天不歇脚，他能吗？一看就是中看不中用的货！"

"那是，是好是赖拉出来遛遛！"沉默许久的骡子也在一旁帮腔。

为了验证驴子的话，主人安排马在磨坊拉了三年的磨，说是要从最简单的事情做起。后又调马去驮东西、犁地，说是要从最基层做起。五年后，马没了光亮的皮毛，两眼也暗淡了下来。

主人叹了一口气道："还是驴子看得准啊！"然后就沮丧地把马宰了。

沉重的三瓶水

徐瑞哲

旱灾，正在我国西南部肆虐。有这么三瓶水进入笔者眼帘——

第一瓶水，其实只有半瓶，捧在西南一个女孩的手心里，她说：要靠它喝整整一天。

第二瓶水，放在一个大会场的排桌上，只是被拧开喝了一两口，人们就散会了。

第三瓶水，最近陈列在某个名牌饮用水展销会上，750毫升装，售价198元。

女孩手中的那半瓶水，维系着她的生命。

会场上的瓶装水，完全属于可喝可不喝之类。试看，有多少人会喝得掉整瓶几百毫升的水？又有多少人会把没喝完的水带离会场？再想想吧，诸如此类的会议每天要开多少，又有多少宝贵的水就这样被"废"掉？

198元一瓶"天价水"的出现，焦点不在于厂家如何选取水源、如何加工包装，也不在于这比油贵的水有谁买、卖给谁，反倒是给我们重重敲了记警钟——如今一瓶还不足1元钱的水、还"浪费得起"的水，会不会终有一日真的千金难买？当"习惯性旱情"地区可能进一步扩大，"水质型缺水"城市可能进一步增多之时，我们该怎么办？届时，每瓶水标价198元还贵吗？

这三瓶水,并不能在彼此的瓶中流通,但关于水的思考是相通的:有水喝的人,能为没水喝的人做点什么? 今天的喝水人,能为明天的喝水人做点什么……

你决定救哪个孩子

韦盖利　译

一群孩子正在附近的两条铁轨上玩耍,其中一条铁轨还在使用,另一条铁轨已经废弃不用。只有一个小孩在废弃的铁轨上玩,其余的小孩都在正在使用的铁轨上。火车来了,如果你是扳道工,你是让火车开过废弃的铁轨,以便救下更多的小孩,还是让火车沿着正常的轨道行驶?

大多数人可能会选择让火车改道。为了救大多数孩子,只好让一个孩子牺牲,从道德上和情感上说都应该那样做。

可你想过没有? 在废弃的铁轨上玩的孩子先前的决定事实上是正确的,他选择了在一个安全的地方玩耍。

这种两难处境每天都在我们身边发生,在办公室、社区、官场,不管多数人多么愚蠢和无知,也不管少数人多么有知识和有远见,少数人往往要为多数人的利益作出牺牲。那个选择不跟其他孩子一起在正在使用的铁轨上玩的孩子被边缘化了,因此就算他牺牲也没有人为他流一滴眼泪。

批评家列奥·维尔斯基·朱力安说了上述的故事,接着他补充道,我不会让火车开到废弃的铁轨上去,因为我相信正在使用的铁轨上玩耍的孩子们会很警觉,听到火车汽笛的时候会很快跑开。如果让火车从废弃的铁轨上驶过,那个孤独的孩子就必死无疑,因为他认为火车绝不会从那条废弃的铁轨上经过。

悲欢蒙太奇

潘国本

悲观的人看到瀑布,会想到人生险恶,一不小心就会摔得粉身碎骨;乐观的人看到瀑布会想,人生即使像水那样平淡,只要碰到合适的机会,也会有"飞流直下三千尺,疑是银河落九天"的壮丽。

心理学家发现,面对装了半瓶酒的瓶子,这两种人的心理也截然不同:乐观的人看到,已装到半瓶,离满瓶已经不远了,悲观的人只看到空着的半瓶,不上不下空荡荡的,难受。

要选悲观者代表,19世纪荷兰画家梵高可算一个。他孤僻寡言,生活坎坷。由于失恋、贫困、油画不被人赏识,他长期心情抑郁,导致精神失常,割去左耳,最后对着自己的胸口开枪——那年他才37岁。其实,只要再熬上6个月,他画作的售价就能从50法郎涨到2000法郎,与名画家塞尚、高更处于一个级别。可他认定"我无法再坚持下去了,生活总在躲避我",导致了令人扼腕的悲剧。

至于乐观者的桂冠,非19世纪俄国革命家贝斯契夫·路明莫属。他一再遭遇失败,后被沙皇判处绞刑。受刑时,绞索竟意外地断了。他从地上慢慢爬起来,笑着说:我总是不成功,连在这儿都遭到了失败。

其实,欢乐还是悲哀,往往是自己决定的。生活像一面镜子,你对它哭,它对你哭;你对它笑,它也对你笑。

数字的忌讳

柳　萌

20 多年前在《新观察》当编辑,我采访过一位国民党起义将领。问起他当时发迹的过程,他说,其实我所以得到上级赏识,主要得益于自己的细心。于是,他举了两个例子:其一是,他的一位顶头上司,是个非常精明的人,放在办公室的大小物件,稍微挪动一下便可察觉,他一旦怀疑上挪动的人,就以为此人不可靠,从此就甭想再在他那里混事。这位精明的起义将领,感觉出顶头上司的细致,处处小心不碰他的东西,因此,深得这位上司的器重,官阶也就节节高升。其二是,有一次他负责接待一位大人物,这位大人物下榻一栋别墅,他下了汽车望望门牌号,眉头皱了皱脸立即下沉,其表情被这位起义将领察觉,他赶快吩咐手下人换地方,后来深得这位大人物赞赏。原来这栋别墅门牌是 13 号,这位大人物是基督教徒,忌讳 13 这个数字。这位起义将领,当时不满 30 岁,就被晋升到少将军。由此可见,数字在人们心里,产生多大的效应。

就在我写这篇短文时,读到全国人大代表的文章,他建议政府相关部门保护数字中的"四"字文化,因为在我国传统文化中的"四"字是相当不错的,如空间的"四方",如时间的"四时",如汉语成语中的四字语,以及概括的"四大名著""四大传说""四大悲剧""四大美女""文房四宝"等等。文章进而说,"四"在民俗中有"事事如意"的谐音理解。实际上早已经成为国人最吉祥、最习用的一个文化符号。然而,近 20 余年来,随着东洋日本文化的传入……视"四"为死的观念,国人在不明不白中接受了……

教授的底线

张全民

　　雅斯贝尔斯是德国思想家,存在主义哲学的代表人物之一。1910年他和一个在医院里做护士的女子结婚。然而不幸的是,纳粹上台后,雅斯贝尔斯因妻子的犹太身份而受到当局的迫害,这位著名的海德堡大学哲学教授随即失去了工作,他的著作被禁止出版。他的妻子不想连累丈夫的学术前途而要求丈夫放弃自己,尽管雅斯贝尔斯面临随时可能被一起送到波兰集中营的危险,却说:"我如果这样做的话,我的全部哲学就没有任何意义。"

　　后来,雅斯贝尔斯和妻子一起出逃到瑞士,又被纳粹发现并扣留了,最终纳粹同意他出境,但条件是留下他的妻子。雅斯贝尔斯拒绝了这个条件,陪伴妻子一起留了下来。雅斯贝尔斯和他的妻子约定,一旦妻子的生命遭遇危险,他们就一起自杀。所幸在雅斯贝尔斯和他的妻子无路可走、几近生命尽头的时候,盟军及时赶到,解放了海德堡,他们才重获生命自由。

　　这个貌似无关哲学的生命故事,让我在很长的一段时间里对哲学,对所有一切的事物有了新的认识,那就是:再伟大的事情,一旦背离了做人最起码的道德底线,就没有任何意义。

风水与理财

沈　乎

证券业内对风水和各种神秘力量的爱好早已不是新闻。比如,某基金公司北面的窗户永远不打开,办公室内不允许摆放绿色植物;某投行组织员工远赴普陀山礼佛;某投行又大批购置法轮和水晶球,摆座招财七星阵,等等。最近有报道说,风水在与客户沟通的时候也甚为重要。

真的吗?日前遇到某证券公司财富管理部门的负责人,我便好奇地向他询问。

他答道:"现在谈风水的大多是骗人的,或者不如说是心理学的实践者。举例来说,常用的有三招:

第一招——你天赋过人,一直以来在事业上也极为努力,可惜机缘捉弄人,付出的很少能转化为成绩,属于典型的怀才不遇——大概80%的人都能栽倒在这句话上了吧?

第二招——你性格诚恳直率,但一片真心常遭旁人误会,耿直反倒引起人际上的不快——就算是个骗子,都会真的觉得自己好直率啦!

第三招——你和另一半感情还不错,但时常有些小矛盾发生。如果不寻求解决办法,这些小矛盾有可能会演变成大矛盾,最终形成不好的结果——这句话对女人是通吃。"

我愕然道:"你们在销售的时候到底用不用这几招?"

"最终当然还是靠产品了。产品不赚钱,哪个客户理你啊?"他很认真地说。

上海格调

20 世纪 80 年代,上海曾流传过两位耄耋老人的佳话。这对老夫妻已经相伴 69 年了,丈夫李九皋 91 岁,妻子陈素任 96 岁。

1936 年,李九皋在电台当英文音乐节目播音员,"大人家"出身的陈四小姐陈素任迷上了他的声音,经常打电话点歌。

之后,陈素任认识了李九皋,两人开始了热恋的玫瑰人生。他们相濡以沫地走过了几十年风雨磨难、生离死别的日日夜夜。

"文革"中,李九皋被关起来了。刚刚大学毕业分配在瑞金医院当医生的儿子,因为父亲的"问题"受到牵连,清高孤傲的他忍受不了侮辱迫害,自杀身亡。

医院派人告知这个噩耗时,陈素任正在家里剥毛豆,她一听愣住了,轻声缓慢地对来人讲了一句"谢谢侬",然后低下头继续剥她的毛豆。直到那篮子里的毛豆剥完,她起身用手掸掉衣襟上的尘屑,收拾那堆空豆荚时,眼泪才哗地涌了出来。

医院派去的人站在那里,不知所措。他来前心中设想过女人听到噩耗后的各种反应,或晕厥过去,或失声痛哭,或破口大骂,或者揪住他叫嚷:"还我儿子!"可是,这个上海女人"谢谢侬"三个字中的矜持冷峻,却让他毫无思想准备,不寒而栗。

上海闲话中内敛的功底是多年修炼而得的,城市文明是长期熏陶而成的,浸润着上海人"讲究面子""以柔克刚"的低调精髓。

100 亿人的"幸福感"

100 亿人口,这个数字应该会不太远。因为本月,世界人口将达到 70 亿。按这个增长速度,达到 100 亿还真不难。

100 亿人口,应该会很幸福。到那时,人手里拥有的东西应该非常值钱。不过前提是,如果你有的话。

一粒粮食,那时的价值应该比好几颗克拉钻还要值钱。

一瓶干净的空气,应该是富人百般炫耀的资产,而不是阿斯顿马丁和蓝博基尼。

一滴洁净的水,肯定比什么灵丹妙药更备受青睐,此刻,它能瞬间荡涤所有的痛苦,估计比毒品更能让人飘飘欲仙。

一棵枝繁叶茂的大树,定会比万所房产更有看点,因为,它可以用来点缀周围一成不变的房屋森林,带来一些无法比拟的亮点。

一粒黑乎乎的煤块,那时比几十盎司黄金更为耀眼。黄金不能带来丝毫的温暖,而煤块的点燃,瞬间能让你感到温暖。

一块肥沃的土地,会成为各国争夺的焦点,就业、房产应该被抛诸脑后。因为有了农田,这块地上的人还能存活上些许时间。

一块没有垃圾的空间,会是最为昂贵的房产,在那个四处是《机器人总动员》满是垃圾场景的地球,这是最后的净土。

当地球上有 100 亿人口时,如果上述的东西你能拥有任何一样,就会得到久违的"幸福感"。

意见领袖

刘诚龙

赵高也是一位意见领袖。他牵着一头鹿，来到朝廷上，说：大家看，这是一头多么漂亮英俊的马！赵高上朝不开口，哪个臣子敢作声？既已先开了口，个个虫儿敢作声。"甲壳虫"说：这真是一头千里马；"乙壳虫"说：确实，这还是一头汗血马呢！"丙壳虫"说：对极了，这是一头转基因良种骏马。

2011年辽宁省的高考题目是给材料作文：一个哲学家拿着一个蜡制苹果，对学生们说：这是一个刚从园子里摘下来的新苹果，请大家闻闻香不香，有个学子闻了，说香，其他的，闻都没闻，说真香；只有三个没回答，教授走到他仨面前，一个说：我什么也没闻到；一个摸了一下说：这是什么东西？第三个说：我感冒了，我什么也没闻到。

网络世界最值得欣喜的是，人人都可以是话语中心；网络世界最堪哀怜的是，很多人爱做跟帖粉丝。这粉丝那粉丝抱成团结成块，各自站队，各自作战；唯论坛版主之首是瞻，唯意见领袖之话是呼；版主叫好，一窝蜂地喊好，领袖叫骂，一边倒地开骂。

官场作家王跃文说了一件妙事：一个意见领袖常高分贝对他破口大骂，私下里托人传话，叫王老师别在意，他只是为了提高点击率而出此上策的。为要权威指鹿为马、指蜡为果扭曲事实以发高论，为抓人眼球提高眼球经济而故作耸人听闻宏论……这种意见领袖哪是真情表达，哪有真知灼见？你跟在其后面瞎咧咧个啥劲。

胡适说：大胆怀疑，小心求证。对意见领袖的话，对盖棺论定的事，都应仔细分辨，多方核实，把苹果看一看，摸一摸，闻一闻，咬一咬，才能辨出真相，接近真理，获取真学，抵达科学。

影子的故事

傅佩荣

朋友为我叙述过一则安徒生的童话，题目就是《影子的故事》。听完之后，难免产生联想与反省。

故事是这样的：在阳光之下，影子总是随形而生，看来一片阴暗，使人不安。影子虽然没有独立的生命，但是变化无穷，久而久之难免得意忘形，以为自己不必依附主人，也可以游历世间。他对主人说，我们假装是朋友，结伴同行到别处发展吧。

他们来到一个国家，国王正在为公主招驸马。影子大胆应征居然中选，于是他开始厌恶主人又老又丑的模样，遂要求国王把主人关入狱中。婚礼前夕，影子担心主人搅局，派人下毒把主人谋害了。然后呢？

童话的结局大都不外乎："从此以后，影子与公主过着快乐的日子。"但是，这一次没有。结局要让读者自己去想。答案一：既然主人已死，影子怎么独存？影子应该随之消失，使得一切像是春梦一场，无迹可寻。答案二：影子的阴谋被人揭穿，受到了应有的惩罚。答案三：反省一下，我们是不是都在做这样一个影子？或者，人生就是影子谋害主人的过程？

影子象征我们的幻想与欲望，为了实现幻想、满足欲望，我们游历世间，学习必要的知识与技能，在这个过程中逐渐世俗化，成为社会所欢迎的典型。外在的角色、地位、关系、成就，足以使人忘却自我，甚至不喜欢那偶尔发出质疑的内心。谋杀主人的诡计，是很容易得逞的。结果呢，满街都是影子。

历史的仲裁者

张世普

沃特·罗利是英国著名的历史学家，1603年他受人诬告被判处死刑，在伦敦塔中一关就是十三年，是历史上伦敦塔内滞留时间最长的一名囚犯。据说，在污水遍地，潮湿阴暗，寒风刺骨，毒虫遍地的牢房里，他用十二年的时间写就了《世界史》聊以自慰。

据说有一件事情，却几乎击碎了他的梦想。一天，看守他的两个卫兵发生了争执，罗利从头到尾目睹了这场争吵。与此同时，他的一个朋友来探监，恰好也目击了此事。但后来当罗利提起了这件事，发现他们两个人的观察大相径庭。他还发现，两人在狱卒谁是谁非的问题上，看法也截然相反。罗利顿时心灰意冷，他连一桩耳闻目睹的事件都不能准确地进行描述与记录，又有什么权利去描写、仲裁几百年前、几千年前的事情呢？于是他将已完成的手稿付之一炬。

这里揭示了一个令人尴尬的事实，历史是客观存在的，但如果站在不同的立场和角度，就会观察到截然不同的场景。不用故意歪曲，仅仅是视角的错位，就足以令历史产生诸多荒诞。比如世界史，在有的人笔下是一部惊心动魄的厮杀史，而在有的人笔下却是一部热血豪情的奋斗史。

然而，最终罗利还是完成了他的世界史。至于他为什么最终又拿起笔完成了那部世界史，现在已经无从查考。不过，我在一本书中发现了他的这样一段话：古人认为美好的，我们现在依然觉得美好。古人认为罪恶的，我们依然认为是罪恶。我们的历史，似乎一直在与人性的罪恶作对，但一直在解释为什么会失败——这也许就是罗利最终写完了那部世界史的原因。

生命只有三万天

薛　遂

前些日子，为写一篇访问圣彼得堡的游记，我找来一些资料。手头资料显示，俄罗斯圣彼得堡的埃尔米塔日博物馆，其藏品多达300万件。写游记时忽然想到，要是每件展品看一分钟，这300万件展品需要多长时间呢？拿来计算器算了一下，结果让人大吃一惊：是5.7年！

由此生出一份好奇心：一个人的生命以分钟计的话，会是多少呢？计算器显示：一个80岁的生命，是4207.68万分钟。

好奇心继续起作用：如果按天计算呢？计算器显示的数字满足了我：80岁的生命是29220天。

怎么这么少！

有一次，和一位年龄相仿的朋友闲聊，说起了人的生命是3万天，对方似乎也很吃惊：这么少哇！

人的生命约是3万天，但是我更觉得生命是我们手里的3万支蜡烛——每天清晨点燃一支，夜晚熄灭……想想看，自己的手中还大致有多少支生命的蜡烛？是2万支、1万支、还是几千支？好好珍惜吧！用它们的光和热，照亮社会，也温暖自己和他人……

聪明的放弃

唐慧忠

电视上有一个娱乐节目,内容就是数钞票比赛。

主持人拿出一大沓钞票。这一大沓钞票里面,有大小不一的各类面额,按不同顺序杂乱重叠着。游戏让现场选拔四名观众进行点钞比赛。看这四名参赛的观众在规定的三分钟内,谁数得最多,数目又最准确,那么,他就可以获得自己刚刚所数得的现金。

游戏开始了,四个人开始埋头"沙沙沙"地数起了钞票。当然,在这三分钟内,主持人是不会让你安心点钞的,他拿着话筒,轮流给参赛者出脑筋急转弯的题目,来打断他们的正常思路,并且,必须答对题目才能接着往下数。几轮下来,时间就到了,四位参赛观众手里各拿了厚薄不一的一把钞票。主持人拿出一枝笔,让他们写出刚才所数钞票的金额。第一位:3472元。第二位:5836元。第三位,也数出了4889元的好成绩。而第四位,只数出区区500元。

主持人把四名参赛观众所数的钞票重数了一遍,正确的结果分别是:3372、5831、4879、500。也就是说,前三名数得多的参赛观众,分别多计了100元、5元、10元,距离正确金额,都只是一"票"之差。只有数得最少的第四位,才完全正确。

得到这样出乎意料的结果,台下的观众先是沉默,继而爆发出热烈的掌声。

这时,主持人告诉大家一个秘密:自从这档节目开办以来,没有人赢得的钱能超过 1000 元。

全场观众若有所悟。主持人最后说:"有时,聪明的放弃,其实是经营人生的一种策略。"

令人吃惊的数据

莫　语

这是一些来自美国的数据,但对我们还是有参考价值的。

工作繁忙的人与配偶或其他重要人物的有意义的交流平均每天少于 2 分钟;

工作繁忙的人同其孩子有意义的交流平均每天少于 30 秒钟;

80%的人不想在星期一早上上班。只有 60%的人不想在星期五上班。

过去 20 年里,工作的时间增加了 15%,娱乐闲暇时间减少了 33%。工作时间的增加也是无奈的事情。但,我们在时间管理上还是能有所作为的。

人们一般每 8 分钟会受到 1 次打扰,每小时大约 7 次,或者说每天 50—60 次。平均每次打扰大约是 5 分钟,总共每天大约 4 小时。80%(约 3 小时)的打扰是没有意义或者极少有价值的。

20%的工作时间是"关键性的"、"重要的"。80%的时间被用在了意义寥寥的事情上。

一个人如果工作桌上乱七八糟,他平均每天会为找东西等多余耗费花 1.5 个小时,每周 7.5 个小时。

每周 5 天,每天花 5 分钟改进自己的工作,在 5 年里将导致同一个工作被改进 1200 余次。

每天自学 1 小时,一周就是 7 小时,一年就是 365 小时,这样,一个人可以像全日制学生一样学习。3—5 年就可以成为专家。

平均阅读速度大约是每分钟 200 个词。如果每个工作的人每天阅读 2 小时,将其阅读速度提高到每分钟 400 个词,则每天可以节约 1 小时时间用于工作。

80％的危机和纠纷(内耗)是可以避免的。

第三章 改变自己，什么时候都不晚

当众人都哭时,应该允许有人不哭

莫 言

1964 年春天,学校组织我们去公社驻地参观阶级教育展览馆,一进展览馆,一个同学带头号哭,所有的同学都跟着大放悲声。我哭出了眼泪,舍不得擦掉,希望老师们能够看到。我偶一回头,看到有个同学,瞪着大眼,不哭,用一种冷冷的目光在观察着我们。当时,我感到十分愤怒:大家都泪流满面,哭声震天,他为什么不流泪也不出声呢?参观完后,我把这个同学的表现向老师做了汇报。老师召集班会,对这个同学展开批评。你为什么不哭?你的阶级感情到哪里去了?你如果出身于地主富农家庭,不哭还可以理解,但你出身于贫农家庭啊!任我们怎么质问,这个同学始终一言不发。我后来一直为自己告密行为感到愧疚,并向老师表达过这种愧疚。

我想说这个不哭的人就是作家的人物原型。就像我小说《生死疲劳》里所描写的那个单干户蓝脸一样,当所有的人都加入了人民公社,只有他坚持单干,任何威逼、利诱、肉体打击、精神折磨都不能改变他。这两个人物,不哭的人和单干的人,都处在政治的包围之中,但他们战胜了政治,也战胜了那些骂他、打他、往他脸上吐唾沫的人。文学可以告诉人们的很多,我想通过我的文学告诉读者的是:当众人都哭时,应该允许有的人不哭。

改变自己，什么时候都不晚

从北京广播学院毕业后，我回到了家乡黑龙江，在省人民广播电台工作。因为经历过上山下乡的知青生活，我的文化底子薄，于是我报考了母校的研究生，可连续两次都名落孙山。当时我已经29岁了，不想再这样折腾了，但就这样放弃，我又有些不甘。那段时间，我一直闷闷不乐。母亲是个知识女性，她对我说："人的命运掌握在自己手里，真要想改变自己，什么时候都不晚。"

就是这一句话，让我第三次走上了考场，终于在30岁的那一年成为了北广的研究生。毕业后，我留校任教了。一个女人在大学里当老师，工作既体面又轻松，很多人都羡慕我，但我觉得自己是学新闻的，更应该到一线去做更有挑战性的工作。

33岁那年，中央电视台经济部来北广要人，我幸运地被录用了。当时来自亲友们的阻力很大，他们说我是头脑发热，都30多岁的人了，还瞎折腾什么。那段时间，我不断地想起母亲的话："人要想改变自己，什么时候都不晚。"我最后的决定是，不管怎么样，不能让自己的人生留下遗憾，哪怕失败了，我也无怨无悔。就这样，我在33岁的年纪走进了中央电视台，成为一名主持人。

一转眼，我就到了40岁，我突然有一种深深的危机感和失落感。每天患得患失，内心充满着苦涩和忧郁。我把自己的困惑和烦恼向母亲倾诉了，母亲说："每一个人都不可避免会变老，有的人只是变得老而无用，可是有的人却会变得有智慧有魅力，这种改变，不是最好的么?"那一刻，我迷茫混沌的心豁然开朗。

如果到了 50 岁、60 岁，又有新的梦想在诱惑我，我想我依然会义无反顾地朝着它走去。好的改变，什么时候都不嫌晚。

五十自戒

刘心武

清夜扪心，便感到自己心灵深处至少有两种恶，在五十将临时有蹿动膨胀之势，不能不引以为戒。

一是对同辈人的嫉妒。对人家才能方面、成就方面、名方面、利方面、实惠方面、实力方面、前景方面、眼下方面，种种超过自己的地方，总有一种针刺般的隐痛，从而不仅在暗中巴不得人家或自然衰竭停滞倒退，或触个霉头栽个跟斗，甚至也还有一种隐藏得很深连自己也死活不愿承认的恶浊想法——一旦有机会，少不得要臊一臊他的面皮，扫一扫他的兴头，坏一坏他的声誉，阻一阻他的前程……

另一种是对年轻人的嫌弃。其实也是一种嫉妒，所谓对年轻人，是含糊其辞。坦率说是针对比我年轻的作家——当然，对他们的嫌弃度是与他们的走红程度成正比的。我走上文坛那阵儿，有多艰难，他们现在多容易！我从茅盾手里领过头名奖状时，他们还在哪儿窝着？看他们那狂放劲儿，知不知道天高地厚！他们见到我的时候，居然没有足够的礼貌，没有应有的微笑，没有引出我谦让之辞的必要恭维，没有征求我的批评指正，甚至没有最低限度的敷衍……我心灵深处的恶啊，其实，恐怕是我自己难耐寂寞吧？因为不能将自己的高峰期、走红期、轰动期加以延长、发展、上扬，所以，我不能承认年轻一代超越我的现实。天哪，难道迈进50岁，走向60岁，我会把骂年轻作家渐渐当成我的日常功课吗？我再写不出像样的作品,甚至连不像样的作品也写不出来,剩下的事情便是坐在客厅里,同一二同辈相投者叹息年轻一代作家的不肖,或者出席一些这样那样的会议,满足于在有关报道的一串名单里见到自己的芳讳;又或者在会议上,气急败坏地发言,抨击年轻作家的所作所为——当然,我会频频嵌入"多数"、"大多数"、"少数"、"极个别"一类字眼,显示出自己并非以偏概全。

但要命的是,无论是"多数"还是"少数"年轻作家的作品,我其实都不耐烦读,或根本不读,我对他们的义愤大多来自"听说"。天哪,我会变得那样吗?一身的冷汗在慢慢干掉。

看来,搞一搞自我的心理卫生,挖一挖自己灵魂深处的恶浊,给自己一点儿警戒,确实不仅必要,而且要及时……

杨绛家的阳台

在我们这个几百户人家的小区内，没有封闭阳台也没有进行室内装修的，只有杨绛先生一家。逢年过节，领导以及亲朋好友到家里看望杨绛先生，往往带一些鲜花盆景作为节日礼物。因屋里有暖气，花卉很快就开败凋谢了，十分可惜；室外又太冷，不能放到露天阳台上养植，杨先生就把花分送给邻居。封闭的阳台温度适宜花卉生长，能够保持较长的花期，因此家家户户都把阳台当作了花房。杨先生每次送花都要附带一番解释，并殷殷地向接受馈赠者表示谢意，好像不是她把美丽赠予了别人，而是别人帮了她很大忙。我们与杨先生住对门，所以受惠最多。

我们很为杨先生拳拳爱花之心所感动，有一次问杨先生："为什么不把阳台封起来呢？"杨先生回答得很干脆："为了坐在屋里能够看到一片蓝天。"

阳台也叫凉台或晾台，本是为住在楼上的人不出家门就能接触到室外的阳光与空气而设计的。当初，封阳台主要是因为住房的逼仄，为了增加一点室内空间，用来存放杂物，甚至住人，这可以理解。可是后来住房面积扩大了，够用了，却仍然把阳台封闭起来，把这么一点可以便捷地与蓝天阳光相亲的小小空间摒弃了，这无疑是阳台功能的异化。在众多人家的阳台都盖上了彩钢遮阳板，安上了乳白塑钢窗的时候，杨先生家的阳台始终无遮无拦地裸露着，看上去似乎有点荒凉，与周围环境不太协调，但它却是一个真正的阳台。这成为小区内一道迥异的风景。

　　同时成为风景的还有杨先生本人：坐在书房的写字台前，桌面上是一卷打开的书，或是一沓字迹密密麻麻的稿纸，头则有时侧仰着，出神地凝望着室外的蓝天。

巴菲特的生活准则

佚 名

　　1999年，"股神"巴菲特为了向一家慈善机构奥马哈孤儿院捐款，拍卖了他的裤后袋钱包。在此前的20年里，他一直使用这个破旧的钱包。正如巴菲特所解释的那样："这个钱包没有什么特别之处。它的历史可以追溯到很久以前。我的西服是旧的，我的钱包是旧的，我的汽车也是旧的。1958年以来，我就一直住在旧房子里。"

　　虽然有报道说，巴菲特穿过一套价值1500美元的意大利西装，但是只有在极少见的场合下他才会穿。有时在周末，他穿着一件松松垮垮的海军蓝T恤衫，上面还写有证券交易委员会的标识语。就像他的女儿苏姗说的那样："有一天，妈妈去商场，说'咱们给他买一套新衣服吧，他穿了30年的那套衣服我们都看烦了。'所以，我们就给他买了一件驼绒的运动夹克，一件蓝色的运动夹克。但是他让我把衣服退掉。"苏姗补充说："他不把衣服穿到非常破旧是不肯换的。"

　　巴菲特不爱抛头露面，生活方式保持低调。他把他的生活准则描述为："简单、传统和节俭。"

　　巴菲特的生活总是量入为出。他坚持以最低的成本运作，手中持有充足的现金。例如，他在很快就要成为一名百万富翁时，才为他的合伙企业添置一台价值295美元的IBM打字机。

高仓健的美学

曹　雷

前一阵,一位媒体友人向我打听怎样能联系到日本演员高仓健,他们想对一些中国观众熟悉的日本老演员作一组采访。我想起在日本的一位朋友跟他有过交往,就发了一封电子邮件过去,转达了这个意思。不料,接到的回信说:"高仓健先生不接受任何媒体采访,包括日本的 NHK 电视台,这是他的美学。"

"不接受任何媒体采访",这是高仓健先生当演员的美学观,也是他做人的美学观。

我找出了十多年前收藏的一本高仓健的著作《期待着您的夸奖》。和很多大明星写的自传不同,这是一本散文随笔风格的集子,记述着他生活中遇到的各种人和事,多半是同他在电影里演的那些小人物差不多的真实的人;那些事,也是些貌似不起眼的小事:理发店的剃头师傅、摄制组的道具员、儿时的好友、小学的老师、外景地的渔民、一顶骑手的帽子、一只小小的罗盘……还有,就是他已故的母亲。

淡淡的叙述,浓浓的思念。朴素的感情,流露的是高仓健的"美学观"。一如他的电影。

高仓健至今拍了两百多部电影,在世界上都可以排得上是大牌男演员,可是,他生活低调,为人真诚。当年,他来我国内蒙古参加电影节,一位蒙古族妇女请他在自己三个月大的孩子照片上签名,他竟感动得热泪盈眶;上译厂为他影片中的形象配音的演员毕克去世了,消息传到他那里,他托人转来了悼词,还寄来了奠香,让毕克家人代他在逝者像前点燃……

很自然,我联想到了当前的娱乐界,演员更多的是被当成了"娱乐"的商品。自己炒作,也让媒体炒作,叫做"晒"。据说,越炒"人气"越高。

在这样的风气下,高仓健的"美学",就显得特别的可贵,也特别应该得到尊重。

曾国藩识人

朱院生

曾国藩的一个成功之处是善识人才。

一次,李鸿章向恩师推荐了3个年轻人,很快,曾国藩召见了他们。交谈中,一人与曾相谈甚欢,一人仰头看云,却偶有顶撞,一人很少说话。出人意料的是,曾国藩并没有对与之相谈甚欢的年轻人委以重任,而是让他做了个有名无权的虚职;很少说话的那个年轻人则被派去管理钱粮马草;而那个仰头看云,偶尔顶撞曾国藩的年轻人被派去军前效力,他还再三叮嘱下属,这个年轻人要重点培养。

后来曾国藩告诉李鸿章的用人秘诀,第一个年轻人在庭院里等待的时候,便用心打量大厅的摆设,刚才交谈的时候,明显看得出来善于投人所好,由此可见,善于钻营,不足以托付大事;第二个年轻人遇事唯唯诺诺,谨小慎微,沉稳有余,魄力不足,只能做一个刀笔吏;最后一个年轻人,在庭院里等待了那么长的时间,却不焦不躁,竟然还有心情仰观浮云,就这一份从容淡定便是少有的大将风度,更难能可贵的是,面对显贵他能不卑不亢地说出自己的想法而且很有见地,这是少有的人才。那个仰头看云的年轻人没有辜负曾国藩的厚望,在后来的一系列征战中迅速脱颖而出,他便是台湾首任巡抚刘铭传。

恐惧让我成长

杨　澜

很多记者在采访我时，往往会说，杨澜你很有心计啊，在中央电视台最辉煌的时候选择去读书，后面又到凤凰卫视……这一切都是你安排好的吗？我说我没有啊，我哪有心计啊？当时我在中央电视台是一名当红的主持人，大型的活动都由我去主持。可是一件小事，却让我感觉到我身处的环境极其不安全。有一年春节晚会，共有6名主持，多遍彩排之后，有一位主持的大姐，导演组突然决定不用了，但却没人去通知她。那一天，那位大姐兴冲冲拿着礼服到化妆间，化妆师说没她名字，结果那位大姐黯然神伤地走了。我当时坐在一旁，那一刻我似乎看到自己的未来就这样。我当时心想，今天，如果没有机遇和环境的平台，有多少成功算是你努力的结果？选择离开是因为恐惧，因为命运不在自己掌握中。从那一刻起，我就觉得自己首先得站稳脚跟，不要沉迷在鲜花和掌声中，去寻找成长，去读书。我的一些成长并不是精心安排，只是跟随心里最真切的声音。年轻的时候不去搏一搏，什么时候还有机会？

王菲:其实我很自卑

汤国基

一向被传媒认为傲慢的王菲,却对自己有着一份难得的清醒。在采访这位歌坛巨星时,她曾很诚恳地对我说:

"其实上帝吝啬得很,他给予每一个人的东西都是有限的。我有天赋的好嗓子,但我却不是很会说话,我的任性,爱发脾气,其实也与我不会说话有关。我若很会说,在很多情况下,就用不着发那么大的火了。

我很懒,缺乏耐性和毅力。我想减肥增强体质,但我跑步只坚持了两天。我抽烟,我知道这是危害健康的表现,但我戒不了。我任性,父母也拿我没办法。我直来直去,得罪人成了家常便饭。我不懂得控制情绪,谁学我都会倒霉……"

"我是一个地地道道的俗人,我自信又自卑,矛盾得要命,面对歌迷,我常常觉得尴尬。"

我简直不敢相信这样的话出自当今红遍天下的一代歌星之口,王菲看我吃惊的样子,又补充道:

"每个人都有自己的长处,我不希望有人崇拜我,很多人只看到了我自信成功的一面,辉煌的一面,不知道我也有自卑的时候,曾经也有过失落的岁月。

谁都知道北京的高校多,高考录取率高,录取分数线比不少省份低很多,但我当年不但没有考上北京一流高校,连二流的大学也不要我,最后我是被远在福建的一所大学录取的,北京的学生愿意去那么远的地方上大学,是少之又少的,但我当年接到福建那所大学的录取通知书时,却依旧高兴得很,因为我知道以我自己的实力,能考上大学就已经是很不错的了。"

王菲的这番话可以警醒一些粉丝们疯狂的追星行为,在有的粉丝因追星而追得倾家荡产,甚至逼得老父卖肾换钱、最后跳海自杀的今天,尤其具有清热解毒的效用。

张中行的气度

到了 1958 年,我母亲杨沫的小说《青春之歌》被改编成电影、京剧、小人书……书中的人物也随之家喻户晓。张中行——我母亲的前夫,日子开始不好过了,人们对他冷眼相看,认为他就是小说中的余永泽,自私、落后,是一个庸俗的典型。

其实,真实的他要比书中的余永泽好得多。他有着中国文人的正直,从不干告密打小报告之类的事,从不踩着别人往上爬。尽管杨沫在书中以他为原型塑造余永泽,虚构了一些他所没有的毛病,矮化了他,让他背上了落后分子的不好名声,但他对杨沫的评价始终是肯定的,正面的,从没有什么怨言。而他的妻子就非常受不了,对杨沫很有意见。

有人让他写文章,给自己辩解一下。张中行说,人家写的是小说,又不是历史回忆录,何必当真呢!就是把余永泽的名字改成张中行,那也是小说,我也不会出面解释。

就这一点来说,他真比动不动就对号入座、跟作者打官司的某些人有气度,有风范。

他虽然学识渊博,却长期不受重用,运动一来,首当其冲受审查。这不能说与我母亲的《青春之歌》没有一点关系。

张中行偶尔也曾私下对某编辑表示:书里写的"余永泽"把我的缺点夸大了。当时我虽然没有接近共产党,但我对国民党也不满,也批评,从不参加它的什么活动。所以解放后,在镇反、肃反中我并没有给抓起来;否则,我可能就挨整很惨了。

生与死

很久了,我想说说尿毒症病人"透析"的事。三年前我双肾失灵,不得不以血液透析维持生命,但透析的费用之高是很少有人能自力承担的,幸而我得到了多方支援,否则不堪设想。我听有位护士说过:"看着那些没钱透析的人,觉得真还不如压根儿就没发明这透析呢,干脆要死都死,反正人早晚都得死。"这话不让我害怕,反让我感动。是呀,走进透析室你才发现最可怕的是什么:人类走到今天,怎么连生的平等权利都有了疑问呢?有钱和没钱,怎么竟成了生与死的界线?这是怎么了?人类出了什么事?

如果你再走进另一些病房,走到植物人床前,走到身患绝症者的床前,你就更觉荒诞:这些我们的亲人,这些曾经潇洒漂亮的人,这些曾经都是多么看重尊严的人,如今浑身插满了各种管子,吃喝拉撒全靠它们,呼吸和心跳也全靠它们,他们或终日痛苦地呻吟,或一无知觉地躺着。首先,这能算是人道吗?其次,当社会为此而投入无数资财的同时,却有另一些人得了并不难治的病,却因为付不起医疗费就耽误了。这又是怎么了?人类到底出了什么事?

出了什么事?比如说,高科技在飞速发展,随之,要想使一个身患绝症的人仅仅保持住呼吸和心跳,将越来越不是一件难事了,但它的代价是越来越多的资金投入。于是,就会出现这样一种局面:有限的社会财富,将越来越多地用于延长身患绝症者的痛苦,而对其他患者的治疗投入就难免捉襟见肘了。

132

随着高科技的发展,医学必然或者已经提出一些哲学问题了。医学已不再只是一门救死扶伤的技术,而是也要像文学和哲学那样问一下生命的意义了,问一下什么是生？什么是死？生的意义如何？以及,"安乐死"是否正当？

南怀瑾谈孝道

徐志远　蕾　蕾

　　南怀瑾说：现在的人不懂孝，以为只要能够养活爸爸妈妈，有饭给他们吃，像现在一样，每个月寄五十或一百元美金给父母享受享受，就是孝了。还有许多年轻人连五十元也不寄来的。光是养而没有爱的心情，就不是真孝。孝不是形式，不等于养狗养马一样。

　　南怀瑾认为："孝"就是他们西方文化所说的"爱"，也就是回过来还报的爱。就是说父母好比两个朋友，照顾了你二十年，如今他们老了，动不得了，你回过来照顾他，这就是孝。以个人而言，所谓孝是对父母爱心的回报，你只要记得自己出了事情，父母那么着急，而以同样的心情对父母，就是孝。

　　南怀瑾有许多好朋友，大都上了年纪，七老八十的。虽然地位钱财不缺，儿女三五个的不在少数，也都受了高等教育，拿到博士、硕士等学位，却一个个飞到国外，再也不回来了，也不打声招呼，也不对父母的生活作相应的安排，独留两个老人躺在医院不能动。老太婆和老公公两人，你看看我，我看看你，彼此抱怨一阵，生了那么多儿女，读了这么多书，又有什么用？

　　南怀瑾的朋友中，有的人的儿子讨了老婆之后，等于嫁出去了一样，与自己的亲生父母疏远得很。南怀瑾曾经对一个朋友说，你很好，又有儿子又有女儿。他朋友回答说："我有什么好？儿子是国家的，女儿是人家的，我有什么?!"听罢此言，南怀瑾唯有感叹这一代的孝道出了问题，文化也出了问题。

潘光旦说"士"

学者潘光旦认为教育就是要教人学会做人、做士。

潘光旦认为"士"是传统文化中最值得继承的遗产,潘光旦十分看重古代先哲对"士"的解释及其现代意义:"士可杀不可辱",这是"士"为人处世最后也最有力的道德防线,由此足以看出"士"应有的凛然正气和壮烈情怀;"士不可以不弘毅,任重而道远","士"要有远大的抱负,要志存高远,不要看重眼前的利益,不要为眼前利益束缚住了。"士"应该有宽广的胸怀,不要鸡肠小肚、斤斤计较;"士"应该有强毅精神,不要脆弱胆怯,不要做懦夫,"士只有弘毅之至,才敢希望于必要时走成仁取义的一步"。

潘光旦进一步指出"士"的教育:"第一是立志,志是心之所在,或心之所止,即一个人的生命总得有个比较清楚的目的,也就是要打定一个健全的立身处世的主意。"用今天的话说就是要有适合自身条件的努力方向,要有切实可行的奋斗目标。但是,潘光旦看到,在专业化教育中,受教育者大都没有立志的追求,到了社会上都是跟着感觉走,由于胸无大志,只好浑浑噩噩,终了一事无成,无甚作为。

"第二要学忠恕一贯之道,所谓忠就是笃信",就是轻易不肯放弃立场,不随波逐流,不赶时髦,不随便改变自己的立意。所谓恕就是容忍,就是宽容,就是谅解别人,就是海纳百川。潘光旦十分看重忠恕的教育效用,他认为今日的教育,误入专业化歧途,缺了忠恕之道,受教育者便不是一个健全的人,由于不明"忠"理,许多人看风向,随世俗沉浮,有些人甚至翻手为云,覆手为雨;由于不谙"恕"道,许多人缺乏宽容精神,既胸怀狭窄,又目光短浅,既刚愎自用,又党同伐异,凡事独断专横,一意孤行,这样的人多了且位居权要,国家与民族的前途便不能不让人忧虑了。

梅兰芳：谦恭和善发自内心

周　恒

凡是跟梅先生接触过的人都知道：梅先生从来没有跟哪个人发过脾气；从来没有摆过名演员的架子，他的谦恭和善发自内心。

从演出方面说，梅先生演戏的时候，场上不论谁出了事故，他总是先检讨自己的不足。有些主要演员在伴奏人员伴奏不当时，常用眼睛向伴奏人员怒视，行内谓之"翻场"。梅先生从不如此，而是下场后找到出事故的人，和颜悦色地说："也怪我，上场前没有跟你对一下，若然就不会出这种事故啦！"

为梅先生伴奏多年的琴师姜凤山先生说："有时候我的弦定得高了点儿，或者低了点儿，梅先生都照样唱。演完了，我觉着对不起梅先生，十分内疚，还没等我向他表示歉意，他便主动安慰我说：'今儿个合适！'如是偏高，则说：'正赶上我嗓子好，这么唱着痛快！'若是偏低，则说：'正巧我嗓子有点儿不给劲，这么唱着舒坦！'"

有位刚进团的演员，面对梅先生这么高威望的角儿，产生"怵角"思想。那天，这位扮个"报子"。上场后一个"报"字念完了，见着梅先生扮的角色，竟然忘了底下的词，不知道报什么内容了。梅先生立刻念出："知道了，再去打探！"化解了僵局。到了后台，这位扮"报子"的心想，梅先生准冲他发火，以后不会再用他，甚至被辞退。他来到梅先生面前，非常沉痛地说："您瞧，我把您的戏给砸

137

啦!"不想梅先生却说:"演员上台忘词儿的事不新鲜,我也常有这时候。别往心里去。下回你再来这个活儿,准出不了错儿!"

梅剧团的人都知道梅先生对艺术可是精益求精,一丝不苟,力求完美,先生如此宽厚待人让人心生感动,工作时自然更加努力认真。

冯小刚的面子

冯小刚脸上的白癜有些年头了,他患的是白癜风。网上好多人说冯小刚的形象很恐怖,本来就丑,现在更丑了。

关于自己面子上的这件事情,冯小刚在"微博"上回应:"常遇热心人苦口婆心劝我治疗脸上的白癜风且免费献出祖传秘方。在此一并叩谢。这病在下就惠存了。不是不识好歹,皆因诸事顺遂,仅此小小报应添堵,远比身患重疾要了小命强。这是平衡。也让厌恶我的人有的放矢出口恶气。再者,即便治愈,我也变不成吕布、黄晓明,顶多就一不用打底色的杜月笙。"

冯小刚变了,原来别人一戳他,他就跟气蛤蟆一样,一蹦老高,动不动就骂人,甚至要动粗,扬言要让记者满地找牙。现在这老兄心态平和了。

"……诸事顺遂,仅此小小报应添堵,远比身患重疾要了小命强。这是平衡。"冯小刚的这些话,很耐人寻味。小刚是享天下之大名者,他考虑到了平衡因素,于是就有了敬畏,有了感恩,有了慎重。

高晓声的文学观

前辈作家高晓声关于文学的两个观点，一直让我耿耿于怀，获益匪浅。上世纪80年代初期，他是江苏最火爆的作家，也是全国最有影响的小说家。从北京领了大奖回来，电视台前去采访，问他对文学有何看法，他用一口浓重的乡音回答，说文学吗，是好玩的事。

这个回答让采访者目瞪口呆，要知道在那个年代，文学仍然被捧到了不能再高的地位，不说是打击敌人教育人民的有力武器，起码也应该冠冕堂皇，把调子再稍稍提高一些，可是被誉为农民代言人的高晓声，很干脆地用了两个近乎犯忌的字，"好玩"。

文学要让人琢磨，要让人玩味和把玩。因为很多人的文学太直露，剑拔弩张毫无藏锋，高晓声又表明了自己的第二个文学观点，这就是要潜移默化，要稍稍拐点弯，绕个圈子。不能说直截了当不是文学，然而太直截了当，太浅薄了，很可能就不够文学。

高晓声的两个文学观点很直白，是对"文学有什么用"的最好解释。文学是热爱文学的人的事业，对于那些不喜欢文学的人，文学一点用都没有，文学也一点都不好玩。文学只对那些准备要感动的人起作用，我们所以感动，是因为已做好被感动的准备，是文学搔到了我们的痒处。否则仅仅是把文学放在一个很高的位置上，竖一个再大的牌坊，仍然没有任何意义。

文学作品如果不被阅读，无论什么名著，无论什么大奖，都和垃圾没太大区别。因此，一个人准备从事文学工作，别老想着当鲁迅，当托尔斯泰，先问问自己是不是真心喜欢。要知道，文学首先不是为了别人，而是为了我们自己。不要光想着拯救别人，而是先要拯救自己，打算去惊醒愚昧的国民前，最好先让自己醒醒酒。

人生知足知不足

季羡林

中国有一句老话："知足常乐。"为大家所遵奉。如果每个人都能满足于已经得到的东西，则社会必能安定，天下必能太平，这个道理是显而易见的。可是社会上总会有一些人不安分守己，癞蛤蟆想吃天鹅肉。这样的人往往要栽大跟头的。对他们来说，"知足常乐"这句话就成了灵丹妙药。

至于知不足，在汉文中虽然字面上相同，其涵义则有差别。这里所谓"不足"，指的是"不足之处"，"不够完美的地方"。这句话同"自知之明"有联系。

自古以来，中国就有一句老话："人贵有自知之明。"这一句话暗示给我们，有自知之明并不容易，否则这一句话就用不着说了。事实上也确实如此。就拿现在来说，我所见到的人，大都自我感觉良好。专以学界而论，有的人并没有读几本书，却不知天高地厚，以天才自居，靠自己一点小聪明——这能算得上聪明吗？——狂傲恣睢，骂尽天下一切文人，大有用一管毛锥横扫六合之概，令明眼人感到既可笑，又可怜。这种人往往没有什么出息。

古代希腊人也认为自知之明是可贵的，所以语重心长地说出了："要了解你自己！"中国同希腊相距万里，可竟说了几乎是一模一样的话，可见这些话是普遍的真理。

韩美林：献计献策别献媚

颜　慧

作为连续多届的政协委员,韩美林"不分场合",在政协会上"放炮"几乎是家常便饭。

2008年会上,文化部领导到文艺组讨论听意见,韩美林却丝毫不给在场委员面子:刚才听了你们的发言,全是些鸡毛蒜皮的碎事儿,文艺界政协委员就不能提点儿国家大事? 这还不算,继而又说,刚才有些发言说得多么肉麻,领导们千万别听。有些委员也找错地方了,这是政协会,不是拍马溜须的地方,希望委员们献计献策,别献媚!

针对一些人的发言,韩美林毫不留情:20世纪,领导说自己是个老粗没什么,因为新中国是他们开创的。如果现在领导再说自己是老粗,就该下台了! 这些话说得一些人当场红了脸,低了头。韩美林说,有人说我什么都说,什么都敢说,我就是因为太爱这个国家才敢说这些话。我讲话净得罪人,你说我放炮也好,但我有个底线,就是爱这个国家,爱这个民族,哪怕九死一生! 我虽不会讲话,但讲的都是真话,用心来讲话。有的人会讲话,一点毛病都找不到,他背后不一定是个人。我们必须清楚,做人,不能盲目跟别人跑,要自尊。我们生活在地球上,不敢说一句真话,不敢为民族说一句好话,就不配做一个人。说我是大炮筒子,宁可以后他们都不选我,我也要把这些话放出来,净是些肉麻的话什么也解决不了,要这些委员干什么?

说知论智

王　蒙

　　什么是智慧？是"知识多"吗？不。知识多，是渊博，是活字典，未必就是智慧。掉书袋的人，学贯中西、文通古今的人，是学问大家，但未必是最好的智者。仅仅有一种绝活，人们会称赞你心灵手巧，称呼你是能工巧匠，却不一定认为你很智慧。

　　今天，追求技巧、想走捷径成功的人越来越多。这又是"智慧"吗？不，最多是心眼多，是投机取巧，是机灵鬼。智慧要求远见，要求眼光，要求对于对象的整体性把握，要求不仅经得住一时一地一事的考验，而且经得住较为长期与全面的检查。智慧要求举一反三，融会贯通，要求有所不为，有所作为，要求学有新意，事有新意，言有新意。

　　在中国古人那里，不常用智慧这个词，而喜用"知"。儒家讲得更多的是"学"字，要人重视学习，重视切磋琢磨。老庄常常抨击或贬低知，提倡厚朴，反对滥用智谋。老子讲大成若缺、大盈若冲、大巧若拙、大辩若讷，这些意思都与我们今天讲的"大智若愚"相通。真正的大智是深藏的，是不那么张扬外露的。这也包含了警示人们不要要小聪明、不要一心投机取巧、不要聪明反被聪明误的意思。

　　怎么获得智慧？自然要汲取全世界的一切智慧成果，弘扬民族文化的益智精华，倾听时代高端与科学前沿的信息与呼唤。更

144

重要的是,面对我们的生活实践,有所实验、有所创新、有所尝试、有所撷取,有所思索,有所发现,有所见解。智慧的依据是生活,是世界,是实践,而不仅仅是书本。

牛奶浴

我们正处于一个贫穷与奢华并行不悖的时代。因此当我们得知牛奶浴即将应市时,愕然而愤怒,我们首先想到牛奶是一种高尚的食物,是我们许多人童年想喝而喝不到的富有营养的食物。想到浴室经营者们将雪白香酽的牛奶一桶一桶地倒入浴池中,想到许多散发着汗味和体臭的身体将浸泡在牛奶里,想到那些被人体污染的牛奶最后将从下水道里汩汩流走,我们痛心疾首却又无可奈何。

那么多的牛奶为什么要倾倒在浴池里?为什么不运到那些贫困地区让那些半饥不饱的老人孩子喝个够呢?牛奶浴的经营者们会说,那是希望工程和扶贫救灾的事,跟牛奶浴毫无关系,你们所说的是无穷无尽的道义和援助,而他们所做的是无穷无尽的投资和获利。

况且牛奶浴的经营者也在新闻发布会上说了,他们用于牛奶浴的牛奶是一种只对人体皮肤有益的牛奶,假如喝到肚子里却营养价值不高,我不知道是不是有这种牛奶,也不知道这种说法是否是如今常见的商业口径和宣传策略,但我情愿相信那是真的。

牛奶浴已经上市了,说不定也会像桑拿浴、冲浪浴什么的一样风靡一时。我是不会去洗的,但总有喜欢新鲜事物的人欢呼雀跃着跳入那池牛奶,总有雪白香酽的牛奶溅到地上,却溅不到你的身上,更溅不到你的嘴里。

王永庆的"瘦鹅理论"

曾　蒙

　　台湾著名企业家王永庆在成功之前曾遭遇种种挫折。在他本人的著作《生根·深耕》中，王永庆这样回忆与评述他的一段往事：

　　当时乡下各个家庭都饲养鸡、鸭、鹅，但自从战争严重缺粮以来，各家饲养的鹅大多骨瘦如柴，苟延残喘。我就想，如果能找出饲料，养鹅的问题就可以解决。当时农村收取高丽菜以后都将菜根和粗叶弃留在田地，我就雇工收回，另外向碾米组织购买稻米的碎米死米，混合起来作为饲料，同时收购各乡农户养得半死不活的瘦鹅，集中起来进行饲养。瘦鹅看到食物就拼命吞食，一直到喉咙塞满食物为止。经过饲养以后，瘦鹅三个月就变成肥壮的鹅，重量增加两三倍，成果丰硕。这些瘦鹅经过长时期的饥饿，仍然不残废，即可见其生命力相当强韧，加以饲养以后甚至比一般的鹅还要良好。在日本殖民统治下，台湾百姓不能完全伸脚出手，隔绝于自我的期望与理想之外，这种境遇就如同瘦鹅每天惨淡地接受饥饿折磨一样。但台湾的中国人，也要像瘦鹅一样具有强韧的生命力，才能够长时期忍受折磨，度过重重难关生存下去。

　　这就是王永庆的"瘦鹅理论"。所以，失败从没有让王永庆消沉，反而能激发他更强韧的生命力，帮他渡过难关。

俞敏洪的捡砖头思维

郭永刚

新东方学校被人们称为"出国梦的制造者",其创办者俞敏洪也成为中国最富有的老师之一。而俞敏洪成功与其小时候他父亲做的一件事不无关系。

俞敏洪在博客中说,父亲是个木工,常帮别人建房子,每次建完房子,他都会把别人废弃不要的碎砖乱瓦捡回来。"久而久之,我家院子里多出了一个乱七八糟的砖头碎瓦堆。我搞不清这一堆东西的用处。直到有一天,一间四四方方的小房子居然拔地而起。父亲把本来养在露天到处乱跑的猪和羊赶进小房子,再把院子打扫干净,我家就有了全村人都羡慕的院子和猪舍。"

父亲向俞敏洪阐释了做成一件事情的奥秘。此后做事时,俞敏洪一般都会问自己两个问题:一是做这件事情的目标是什么,因为盲目做事情就像捡了一堆砖头而不知道干什么一样;第二个问题是需要多少努力才能够把这件事情做成,也就是需要捡多少砖头才能把房子造好。之后就要有足够的耐心,因为砖头不是一天就能捡够的。

"我生命中的三件事证明了这一思路的好处。"俞敏洪说,第一件是我的高考,目标明确:要上大学,第一年第二年我都没考上,第三年我继续拼命"捡砖头",终于进了北大;第二件是我背单词,目标明确:成为中国最好的英语词汇老师之一,于是我开始一个一个单词背,在背过的单词不断遗忘的痛苦中,父亲捡砖头的形象总能浮现在我眼前,最后我终于背下了两三万个单词;第三件事是我做新东方,目标明确:要做成中国最好的英语培训机构之一,然后我就开始给学生上课,平均每天给学生上六到十个小时的课,很多老师倒下了或放弃了,我没有放弃,到今天为止我还在努力着,并已经看到了新东方这座房子能够建好的希望。

读书

白岩松

我的阅读分为三个层面,第一个是工作性阅读,定下选题之后我就要为了做节目大量阅读。第二个是职业性阅读。我是一个新闻人,家里订有很多的报纸杂志,我没有一天不逛报摊,包括上网。但我觉得最重要的是作为一个人的阅读。每天必须有一定的时间去阅读跟这个时代没有关系的东西。我的乐趣来自"读与这个时代无关的、但作为一个人而读的书"。

我需要不同的角度,就像当初我看《胡适杂记》的时候,脑海中根深蒂固地认为社会进化必定从奴隶社会到封建社会到资本主义社会到社会主义社会。在书中出现了争论:谁说人类的发展一定是按照这个前进的? 在同样一个时代里头,很有可能这几种层面都存在。如果没有触碰的话,就从来不会思考。我觉得人的独立的思维是由独立的阅读开始的。

我现在只要不工作就在家,在家基本上就处在阅读的状态中。我们过多把创意当成了天才,但是我觉得创意是勤奋决定的。失去阅读必定失去独立思考的能力。这就是我现在非常担心网络阅读的原因所在。最大的危害不是人们不看书,是过度被资讯俘虏,这个更可怕。

生活由你创造

金陵客

读到一篇博客,比尔·盖茨写的。他在博客里认真介绍最近出版的一本书——《生活由你创造》。他对这本书充满好感。书的作者彼特·巴菲特,是世界知名"股神"沃伦·巴菲特的儿子。有着这样的家庭背景,彼特却坚持走自己的路。在书中,"彼特撰写了他自己认可的价值观和他自己追求的道路,即从事自己生命中爱好的事";他"对音乐非常热爱。他是一位获得艾美奖的音乐家和歌曲作者,曾为许多电影电视创作歌曲,已发布专辑 15 张以上"等等。这其实是"生活由你创造"的一个打动人心的实例。

而比尔·盖茨这篇博客就表达一个观点:只要你足够坚持,生活确实可以由你自己创造。

这篇博客价值不仅于此,其更大的价值,在于它对父辈的影响。

在中国,子女的人生常常是由父母代为设计的。这种选择人生道路方面的"包办代替",其实比婚姻方面的"包办代替"危害更大。在国外,情况似乎也并不乐观。盖茨当年从哈佛辍学,与艾伦共同创业,也曾经使他的父母震惊不已。30 多年过去了,在对待子女选择自己的人生道路问题上,现在的父母究竟能有多少认同"生活由你创造"的理念呢?从比尔·盖茨这篇博客看,彼特的"父母亲一直鼓励他去寻找自己的道路",这总算是一种社会进步。可是,这种进步什么时候才能进入每一个普通家庭呢?

爱因斯坦的忠告

参观上海世博会以色列国家馆,在里面看到一件非常珍贵的史迹。一封爱因斯坦在 1938 年写的信,这封信的题目叫:给 5000 年后子孙的信。

在这封信中,爱因斯坦深情地写道:我们的时代充满了创造性的发明,这也大大方便了我们生活,我们使用电能,把人类从繁重的体力劳动中解放出来。

1922 年 11 月 13 日,爱因斯坦曾对上海进行了短暂访问。当他从汇山码头登岸时,瑞典驻上海总领事向他递交了荣获诺贝尔物理学奖的正式通知,以奖励他在核物理学方面研究所做出的重大贡献。没想到,以后核物理的发展他已无法控制。一直到晚年,爱因斯坦还一直认为,人生的最大遗憾是推动研制了核武器,这是他心中永远的痛。在这种情况下,爱因斯坦给 5000 年后的子孙写了一封信。爱因斯坦一方面用一种赞美的语言,描述了科学的进步给人类带来的幸福和快乐;另一方面,他又用一种悲哀的语言,表达了自己的忧虑。那就是,由于商品的生产和财富的分配不均,也给人们带来了一种更大的灾难和不幸。

让我们无比震惊的是,原以为要 5000 年后才能出现的状况,有很多境况,在今天就已经成为了现实。恐怖主义、地区冲突,人们的生活还缺少很大的安全感;社会的分配不公,贫富差距拉大,让人充满着一种深深的忧虑和恐惧。

爱因斯坦给 5000 年后子孙的忠告,给人们带来的是一种挥之不去的深思和回味。

作家的捐助

裴毅然

上世纪 50 年代初至"文革"前，作家常有较高的稿费与版税收入，也有不少值得记述的捐助行为。

吴强的《红日》初版于 1957 年，拿到第一笔版税，为一位没有钢琴的作家买了一架钢琴，周围有人遇到困难，他即主动解囊。后来，他索性将所有版税全部交了党费。这种做法在当时也不多见。

柳青 1952 年任陕西省长安县副书记。1960 年，《创业史》第一部出版，1.6 万稿酬，不留分文，全部捐给长安县王曲公社。对此，柳青解释道："我身在农村，生活在人民群众之中。今天出书了，拿了巨额稿费，全部揣进自己的腰包，改善个人的生活，农民会怎么看？他们会说：'这老汉在这里写我们，原来也是为他个人发家呀！'如果这样，我还怎么在皇甫村住下去！《创业史》还能写下去吗！"柳青的思想在当时很有代表性。

1958 年 10 月 17 日，郑振铎因飞机失事身亡，家人将其大量藏书捐献给国家。其子郑尔康在《我的父亲郑振铎》中记述：

在父亲逝世不久，就有许多书商把目光瞄向了他的藏书。有一家书店愿以 46 万元巨款，全部收购他的藏书。在当时多数人的工资是四五十元的水准的年代，这无疑是个天文数字啊！但母亲和我们商量后，婉言谢绝了所有的书商。父亲虽然没有留下一个字的遗嘱，但作为一位藏书家，他生平最爱说的话题，就是他的"书"。而在他晚年，说得最多的一句话也是"我死后，这些书全都

是国家的。"我们想起了父亲的这句话，于是，就把这句话当作他的遗嘱，

在他逝世后，我们遵照他的遗愿，将其近 10 万册珍贵藏书全部献给了国家。

郑振铎对自己藏书的归宿问题早有决定，家人的选择，源于郑振铎一贯的"精神上的教育"，也充分体现了那个时代的精神追求。

回望流年

我 23 岁时，住在成都市布后街省文联，做《四川群众》月刊编辑，写些短篇小说，读契诃夫，读马克·吐温，读莫泊桑，唱苏联歌曲，看苏联电影，崇拜斯大林，学《联共（布）党史简明教程》，到新繁县禾登乡新民社"深入生活"，赞美农业集体化，协助基层强迫农民卖粮食给国家，梦见共产主义明天。

我 33 岁时，住在成都市北郊省文联农场。戴右派帽子已有 8 年，昼则炊饭养猪，按季节种油菜植棉花，夜则深钻《说文解字》兼读天文学的初级著作，闲时便抄《声律启蒙》自娱，观星辰，伴猫狗，畏闻五类分子之提法，怕见四清运动之批斗，犹记农场场长赠我良言有云："不要读你那些古书，争取早日摘帽要紧，人一辈子有几个33 岁啊！"

我 43 岁时，押回故乡金堂县城拉锯钉田已有九年，家抄了又抄，人跪了又跪，做不完的无偿劳役，写不尽的有罪自谴，想起昔年农场，好像梦回天堂。

我 53 岁时，回到省文联《星星》编辑部继续做反右派运动前我做过的那个工作已有五年，得了奖，出了国，长了脸，翘了尾，说些捧场话，写些帮腔诗，拼命积极，抱病工作，胃病似乎是他人的溃疡，著文随抛新名词，发言乱骂老棍子。

我 63 岁时，住在省作协宿舍楼，身衰枯柳，诗散云烟，往事眼前过电影，痴心将半冷，旧交头上起霜花，淡淡的悲伤，深深的惆

156

怅,提篮去买菜,写字来卖钱。

　　每一个前十年都想不到后十年我会演变成何等模样,可知人生没有什么必然,或富或贫或贵或贱,或左或右或高或低,无非环境造就,皆是时势促成。所以我要劝人:你可以自得,但不应自傲;你可以自守,但不应自卑;你可以自爱,但不应自恋;你可以自伤,但不应自弃。

鲁迅谈死亡

书　同

"爸爸,人人是那能死脱的呢?""是老了,生病医不好死了的。"

"是不是侬先死,妈妈第二,我最后呢?""是的。"

"那么侬死了这些书那能办呢?""送给你好吗? 要不要呢?"

"不过这许多书那能看得完呢? 如果有些我不要看的怎么办呢?""那么你随便送给别人好吗?"

"好的。"……

以上是许广平先生在鲁迅先生逝世十多年后,回忆起当年情景,而做的记录。

阅读鲁迅,无法回避死亡的话题。这也许是鲁迅创作与他人创作的一大不同吧。1927 年 2 月 19 日,在香港青年会,鲁迅作《老调子已经唱完》的演讲:"今天我所讲的题目是'老调子已经唱完':初看似乎有些离奇,其实是并不奇怪的。凡老的,旧的,都已经完了! 这也应该如此。虽然这一句话实在对不起一班老前辈,可是我也没有别的法子。中国人有一种矛盾思想,即:要子孙生存,而自己也想活得很长久,永远不死;及至知道没法可想,非死不可了,却希望自己的尸身永远不腐烂。但是,想一想罢,如果从有人类以来的人们都不死,地面上早已挤得密密的,现在的我们早已无地可容了;如果从有人类以来的人们的尸身都不烂,岂不是地面上的死尸早已堆得比鱼店里的鱼还要多,连掘井、造房子的空地都没有了么? 所以,我想,凡是老的,旧的,实在倒不如高高兴兴的死去

158

的好。"

　　"凡是老的,旧的,实在倒不如高高兴兴的死去的好。"做人能如此达观,如此唯物,即使他没有什么作品传世,也足可令人敬佩了。

胡适的"容忍观"

徐百柯

胡适曾作《我们必须选择我们的方向》一文，申说自己"偏袒自由民主潮流"的基本立场。他指出："我深信这几百年（特别是这一百年）演变出来的民主政治，虽然还不能说是完美无缺陷，确曾养成一种爱自由、容忍异己的文明社会。法国哲人伏尔泰说得最好，'你说的话，我一个字也不赞成。但是我要拼命力争你有说这话的权利。'这是多么有人味的容忍态度！自己要争自由，同时还得承认别人也应该享受同等的自由，这便是容忍。"

容忍，既是个人品德，也是政治德行。人与人之间的宽容，是有人味的体现；群体与群体之间的宽容，则是社会文明的标志。实际上，胡适在这一点上曾有过示范。1933年，他被盛邀出任国民政府教育部长，而他的朋友如傅斯年等纷纷入阁。但胡适婉言拒绝了："我所以想保存这一点独立的地位，决不是图一点虚名，也决不是爱惜羽毛，实在是想要养成一个无偏无党之身，有时当紧要的关头上，或可为国家说几句有力的公道话。一个国家不应该没有这种人；这种人越多，社会的基础越健全，政府也直接间接蒙其利益。我深信此理，故虽不能至，心实向往之。以此之故，我很盼望先生容许我留在政府之外，为国家做一个净臣，为政府做一个净友。"

所谓净臣、净友，便是政府和知识分子间相互宽容的良性结果。这里面，透出的是人味而非官味。

在改变中认识"自己"

陈建宽

著名作家夏衍是当代作家中使用笔名最多的一位。许多研究他的学者发现,夏衍一生所用过的笔名总共有一百多个,这是已知的,未找到的还不算在内。

1949年春,夏衍开始接管上海文教工作。在这一阶段,他着力为《新民报》晚刊撰文,几乎每天一篇,共使用了77个笔名。他的好友询问他使用笔名有何讲究时,他说:"没有。"一次,他的一个朋友拿着报纸,指着其中一篇文章,告诉他,这是你的文章,这个是你的笔名。他竟然不承认,说:"忘记了。"

夏公在数百个自己中穿梭来去,逝世后,他的生前老友说:他使用那么多的笔名,是不希望人们记住他。

世上或许就没有一个叫作"自己"的东西。不是吗?在这偶然时空的交汇中,哪一个才是我们真实的自己呢?生活之中,每一个自己都在时空中不断蜕变:昨天的自己和今天的自己不同;清晨出门前的自己和日落归来的自己不同;心眼已开和心眼未开的自己又是不同……

真实的自己,永远在改变中;也正因为蜕变,才使我们从前的一切过错能得以修正,遗憾能得以弥补,使我们的未来充满了无限的可能。

王中与讲真话

李良荣

第一次见到王中老师是在一个雨天。1979年秋,我考入复旦新闻系读研究生。本来填报的指导老师是余家宏,当我到他家报到时,他却告诉我:"你现在由王中老师指导。王老师在家里等着你。"不由我问个究竟,他就拉我出门直奔王中家。王中的大名在当学生时就如雷贯耳,我1963年考入复旦新闻系,入学教育时就听到——批判王中的反动言论,他是全国新闻界的第一号大右派。当年的批判对象,现在将成为我的导师,这之间的心理落差我一时难以适应。还来不及反应,王中家就到了。

看着全身湿漉漉的我,漠视我的局促和不安,他张口就直奔要害:"你知道我是大右派吗?"

"知道。"

"你怕不怕当右派?""我怕。"我几乎未加思索,本能地回答道。

"怕什么?"

"地富反坏右,谁不怕啊!"我壮胆说,当时想:反正我已经注册报到了,回答错了,大不了换个导师,总不至于把我踢出复旦。"我才30出头,像您这样当20多年右派,我都快60岁……"

沉默,沉默了好久。他只是一口一口抽烟。当空气快要窒息的时候,他才缓缓地说了一句话:"你说了真话。"从这开始,他滔滔不绝地连续讲了一个小时。讲记者的工作是求真,学者的工作也是求真,追求真理。而求真的第一步就是讲真话。真话不一定正确,但追求真理必须从讲真话开始。

也许正是我们都讲真话,我做了王中老师的学生。这一做,就是十多年。

尊严与尺度

敢于自我尊重乃是中外知识分子应该持有的一条精神尺度。

钱钟书有一则经典段子：某权威人士年初二上门拜年，说了声春节好便要进门，钱先生只露一条门缝："谢谢！谢谢！我很忙！我很忙！谢谢！谢谢！"硬将人家堵在门外。至于江青点名要钱钟书赴国宴，钱先生依然拒绝，且不以身体不好相推托，更是为中国知识分子的脊梁增添了经典话题。

季羡林谈到与老同学胡乔木关系时有两段心理自剖：

他到我家来看过我。他的家我却是一次也没有去过。什么人送给他上好的大米，他也要送给我一份。他到北戴河去休养，带回来了许多个儿极大的海螃蟹，也不忘记送我一筐。他并非百万富翁，这些可能都是他自己出钱买的。按照中国老规矩：来而不往非礼也。投桃报李，我本来应该回报点东西的，可我什么吃的东西也没有送给乔木过。这是一种什么心理？我自己不清楚。难道是中国旧知识分子，优秀的知识分子那种传统心理在作怪吗？

有一次，乔木想约我同他一起到甘肃敦煌去参观。我委婉地回绝了。并不是我不高兴同他一起出去，我是很高兴的。但是，一想到下面对中央大员那种逢迎招待、曲尽恭谨之能事的情景，一想到那种高楼大厦、扈从如云的盛况，我那种上不得台盘的老毛病又发作了，我感到厌恶，感到腻味，感到不能忍受。眼不见为净，还是老老实实呆在家里为好。

诺言的分量

陆其国

1927年,29岁的丰子恺拜弘一大师为师,正式皈依佛门,丰子恺也是弘一大师唯一的在俗弟子。就在这年秋天,这对师徒商定一个宣传仁爱的大计划——筹划编绘《护生画集》,由丰子恺作画50幅,弘一大师为每幅画配诗并书写。1929年2月,《护生画集》由开明书店出版。

10年后,丰子恺为祝贺弘一大师60寿辰,作《护生画集》续集,绘60幅画。后者收阅后深感欣慰,并给弟子写信道:"朽人七十岁时,请仁者作护生画第三集,共七十幅;八十岁时,作第四集,共八十幅;九十岁时,作第五集,共九十幅;百岁时,作第六集,共百幅。护生画功德于此圆满。"丰子恺复信表示,"世寿所许,定当遵嘱。"这即是他对大师郑重许下的诺言。当又一个10年过去,《续护生画集》由夏丏尊作序,弘一大师书文并作《跋文》出版。1942年10月13日,弘一大师在泉州圆寂。丰子恺并没有因此放下自己对弘一大师许下的诺言。从1928年起至1973年,共计六集的《护生画集》前后画了整整45年!尤其是在"文革"中,丰子恺被打倒在地,历经苦难,《护生画集》也被列入"反动书刊",他仍不忘自己曾经许下的"世寿所许,定当遵嘱"使《护生画集》功德圆满的诺言。1973年,他在恶劣艰苦的环境中,冒着危险,每天拉严窗帘,黎明即起,天亮收笔,在狭窄的寓所秘密从事着《护生画集》第六集百幅画的工作。这是丰子恺在以自己的生命践行对弘一大师曾经许下的诺言！

　　由丰子恺身上折射出的对诺言的分量的理解，足可让人省察到，任何一个人，面对他人和公众许下诺言，绝不是抒豪情表壮志，更不是一场"秀"，诺言是一副担当，是一份责任，是一种付出，诺言即出，就要全力以赴践诺。因此，举凡新官上任立言、领导亲民讲话、名人和老板慈善表态……当事人在许下诺言之前，不妨先拷问一下自己：我准备好了吗？一旦诺言即出，就不得轻慢，更不应违背。要知道，诺言是有分量的。

不要迷信自己的雅量

刘诚龙

狄仁杰是唐朝名相,他心胸阔达,方正廉明,被武则天看中,提拔任宰相,他初任这一职务,也碰到过有人向他告密的事,告密者不是别人,而是武则天。

那天,群臣退朝,武则天独将狄仁杰留下,先是拉了一会儿家常,提及狄仁杰在汝南政绩,连连夸奖,"卿在汝南,甚有善政",然后附耳过来:你知道你在汝南,谁经常打你的小报告吗?"卿欲知谮卿者乎?"你想知道吗?我告诉你吧。

狄仁杰听了这话,赶紧说:陛下,请您别告诉我。

武则天有点讶异:你不相信我?

狄仁杰说:不是。不是我不相信您,而是我不相信我自己的雅量。

宽容是最大的美德,而最大的宽容又是什么呢?就是对自己的敌人不反击,对自己的对头不记仇,对加害过自己者不报复,对在背后使坏玩阴者不计较。这就叫做宽容,这就叫做雅量。

这种宽容,这种雅量,有多少人能够做到呢?

很多人很喜欢挖小人,向人打探谁是他的朋友谁是他的敌人,没雅量的,一旦打探得知,马上以牙还牙;小雅量的,君子报仇十年不晚;中雅量的,惹不起我躲得起,不跟你玩了;大雅量的,相逢一笑泯恩仇,把他忘了;而高雅量的呢,以德报怨,以恩答仇。

狄仁杰对武则天说:"陛下以臣为过,臣当改之;陛下明臣无过,臣之幸也。臣不知谮者,并为善友。臣请不知。"我不知道哪些是小人,我只知道他们都是好朋友,我请您不要告诉我哪些人向您打过我的小报告。因为狄仁杰还想与他们照样相处,照样共事,不想在心中留下任何疙瘩。狄仁杰做宰相,他有太多的机会报复小人,可是作为政治家,他能以公器报私怨吗?他怕自己克制不住内心的报仇冲动,一不小心私仇公报了,不能团结所有可以团结的力量,所以他"臣请不知"。

不相信才是真自信。狄仁杰不相信自己的雅量,他拥有最大的雅量,也因此他被人誉为"河曲之明珠,东南之遗宝"。

张开济的大和黄永玉的小

仲利民

张开济是位著名的建筑设计师,他设计的许多建筑都是在中国乃至国际上具有重大影响的作品,如天安门观礼台、中国革命历史博物馆、钓鱼台国宾馆、友谊宾馆、北京天文馆等。

祝勇采访他时,指着他家墙上的一张照片说:他们都是大人物。这张照片上有黄永玉、杨振宁、丁聪、张开济等人。

张开济笑着回答:我不大。

祝勇说:您大。

想不到张开济借机幽了自己一默,我年龄大。

如果说张开济谦逊有加的话,那么他也有固执己见的时候。他设计的中国历史博物馆和中国革命博物馆,都是用方柱子,这与人民大会堂的圆柱相比,让人感到方柱细,不对称,周恩来总理在审看方案时,提出加粗方柱子,想不到张开济坚持自己的设计方案,并说服周恩来总理。如果加粗方柱子,在不同角度观看时,就会发现方柱子粗笨,破坏了整体的美感。最终,周总理接受了张开济的理由。在专业问题上,张开济寸步不让,这是他另一种"大"的表现,看得远,想得细,敢于坚持,敢于承担。

与张开济的"大"相媲美的是黄永玉的"小"。这个从湘西凤凰出来的黄永玉,少年时期就被誉为"中国三神童之一",他出色的木刻作品蜚声画坛。黄永玉经常为革命进步刊物配图、作画,受到冯雪峰的接见。冯说:想不到你这么小。这样的话,著名画家徐悲鸿也讲过，"我以为你五十多岁呢！想不到你这么小。"

　　黄永玉不仅年纪小，他还在许多地方表现出"小"来。他的作品受到好评，加上他的传奇经历。如果附会一下，他肯定是位英雄人物。然而，他的回答处处透露出自己内心的"小"，他说自己画画就是想到哪里画到哪里，没有那么多的远见，也从未为自己设计更多的离奇经历。这样的坦承，也许有人认为太不足为奇，可是，从他坦荡的话语中，我们如何能不被感动？这是讲真话、说真理的"小"，这是一份大家应有的真诚与坦荡。

第四章　乔布斯生命中的三个故事

步鑫生的忏悔

流　沙

20 年前,浙江海盐的步鑫生是全国媒体关注的焦点。1988年,因为决策失误和管理不善,他被免去了海盐衬衫总厂厂长的职务。正当人们开始淡忘这位改革风云人物的时候,年已七旬的他却在嘉兴媒体上刊登文章,向一位名叫赵荣华的人忏悔。

原来,1983 年 7 月,步鑫生擅自改组厂工会,让赵荣华担任工会主席。赵荣华却认为步鑫生违反《工会法》和群众意愿,拒绝担任工会主席的职务,还向有关部门反映。步鑫生当时正是"红极一时",无法容忍赵荣华的举动。他先是撤销了赵荣华的职务,随后,又宣布开除赵荣华。赵荣华的妻子当时也是厂里的职工,步鑫生又辞退了赵的妻子。走投无路的赵荣华和妻子被迫回了老家。

失去工作的赵荣华回老家后,为了谋生,办起了织造厂,因为经营有方,工厂越办越好,规模越来越大,很快成为浙江省的著名企业。

6 年前,赵荣华突然接到步鑫生的电话。在电话里,步鑫生向赵荣华夫妇问好,并表达了对自己当年错误行为的愧疚。赵荣华夫妇也大为感动,不仅原谅了步鑫生,而且还特地看望了这位老上司。

但 6 年来,步鑫生并未从心田抹去对赵荣华的愧疚之情,而是一直记挂着。最近,他把自己的愧疚之情通过媒体刊出。他说:我静下来会想起他。他夫妻俩被打击,身处逆境,责任全在于我个人的错误决断。虽已时过境迁,但这个问题在我脑海中永远抹不去。每每想到一个人遭遇不公正后的那种心情,愧疚之情油然而生,成了平生的一大憾事。

改革有时候就是试错。但是,这并不意味着大家放弃了道德上的正当诉求。遭遇不公待遇,却听不到只言片语的道歉,那么,我们可以从道德上评判对方连为人也失败了。

正因如此,步鑫生是有德的。

乔布斯生命中的三个故事

杜　然　译

美国苹果电脑公司创始人之一、首席执行官史蒂夫·乔布斯曾在美国斯坦福大学毕业典礼上发表过演讲,讲述了他生命中的三个故事。

第一个故事,是关于串起生命中的点点滴滴。

我的生母是一名年轻的未婚妈妈,当时她还是一所大学的在读研究生,于是决定把我送给别人收养。我的养父母保证会把我送到大学。

17年之后,我果然进了大学。我的父母都是工人,他们倾其所有资助我的学业。在6个月之后,我发现自己完全不知道这样念下去究竟有什么用。当时,我的人生漫无目标,为了念书,还花光了父母毕生的积蓄,所以我决定退学。

那个时候,里德大学拥有大概是全美国最好的书法教育。整个校园里的每一张海报、每一个抽屉上的标签,都是漂亮的手写体。由于已经退学,不用再去上那些常规的课程,于是我选择了一门书法课程,想学学怎么写出一手漂亮字。在这门课上,我学习了各种衬线和无衬线字体,学习如何改变不同字体组合之间的字间距,学习如何做出漂亮的版式。那是一种科学永远无法捕捉的充满美感、历史感和艺术感的微妙,我发现这太有意思了。

当时,我压根儿没想到这些知识会在我的生命中有什么实际运用价值,但是10年之后,当我们设计第一款 Macintosh 电脑时,这些东西全派上了用场。如果我没有退学，我就不会去旁听书法课，而今天的个人电脑大概也就不会有出色的版式功能。

我的第二个故事是关于爱与失去。

我是幸运的，在年轻时就知道了自己爱做什么。在 20 岁时，我就和沃兹在我父母的车库里开创了苹果公司。我们勤奋工作，只用了 10 年时间，它就从车库里的两个小伙子成长为拥有 4000 名员工、价值达到 20 亿美元的企业。那个时候，我们最棒的产品 Macintosh 刚刚推出一年，而我才刚过 30 岁。

然后，我就被炒了鱿鱼。一个人怎么可以被自己所创立的公司解雇呢？这么说吧，随着苹果的成长，我们请了一个原本以为很能干的家伙和我一起管理这家公司，在头一年左右，他干得还不错，但后来，我们对公司未来前景的看法出现了分歧，于是我们之间出现了矛盾。由于公司的董事会站在他那一边，所以在我 30 岁时，就被踢出了局。

在头几个月，我真不知道要做些什么。当时我并没有看出来，但事实证明，我被苹果公司解雇是我这一生所经历过的最棒的事情。事业成功所伴随的那种沉重不见了，取而代之的是重回起跑线的那种新手的轻盈。每件事情都不再那么确定，我获得了解放，进而开始了我一生中最富有创造力的时期。

在接下来的 5 年里，我开创了一家叫做 NEXT 的公司，接着又建立了一家名叫皮克斯的公司。再后来，经过一次戏剧性的收购，苹果公司买下了 NEXT，于是我又回到了苹果公司，我们在 NEXT 研发出的技术成为推动苹果公司复兴事业的核心动力。

我的第三个故事是关于死亡。

大约一年前，我被诊断出癌症。医生告诉我，几乎可以确定这是一种不治之症,顶多还能活 3 至 6 个月。之后,我接受了手术,现在已经康复。

这是我最接近死亡的一次,我希望在随后的几十年里,都不要有比这一次更接近死亡的经历。在经历了这次与死神擦肩而过之后,死亡对我来说只是一项有效的判断工具,并且和只是一个纯粹的理性概念时相比,我能够更肯定地告诉你们以下事实:没人想死;即使想去天堂的人,也希望能活着进去。死亡是我们每个人的人生终点站,没人能够例外。

记住,你们的时间有限,所以不要把时间浪费在别人的生活里。不要被条条框框束缚,否则你就生活在他人思考的结果里。不要让他人的观点所发出的噪音淹没你内心的声音。最为重要的是,要有遵从你的内心和直觉的勇气,它们可能已经知道你想成为一个什么样的人,其他事物都是次要的。

在我年轻的时候,有一本非常棒的杂志叫《环球百科目录》。上世纪 70 年代中期,这本杂志出版了最后一期。封底有一张清晨乡间公路的照片,照片下面有一行字:"求知若渴,虚怀若愚。"我一直希望自己做到这样。现在,在你们毕业开始新生活的时候,我把这句话送给你们。

格林斯潘的成功秘诀

[美] 格林斯潘

大学期间，为了支付学费，我为一个投资机构当兼职调查员。当时冷战刚开始，五角大楼大量制造战斗机、轰炸机和其他军用飞机。投资家都想预测备战计划对股市的影响，因此他们都急于知道政府对原材料的需求量，尤其是铝、铜和钢材的需求量。

不过这些数据可不容易搞到。1950 年，朝鲜战争一打响，五角大楼就把所有军用物资购买计划列为保密文件。

我以前对金属市场有所了解，所以自告奋勇去当这个"侦探"，老板同意了。首先我找到 1950 年国会听证会的会议记录（这些资料是向大众公开的），但因为军事会议是保密召开的，我没法看到他们的记录。

怎么办？我想到了 1949 年的会议记录。那时朝鲜战争还没有开始，军事会议在正常听证会期间召开，记录也很详细，而通过研究政府公告和一年来的新闻报道，我知道 1950 年和 1949 年美国空军的规模和装备基本一致。于是我从 1949 年的记录中找出每个营有多少架飞机，每个空军联队有多少个营，新战斗机的型号、后备战斗机的数量和预计损耗量。有了这些数据，我就基本上可以算出每个型号战斗机的需求量了。

接下来我必须找出每种型号的飞机需要多少铝、铜和钢材。我找来各种飞机制造厂的技术报告和工程手册，一头扎进数字、图表和工程专业术语的海洋。渐渐地，凌乱的资料中呈现出规律，政府的购买计划变得清晰了。

调查结束后,我写了两篇很长的报告,都被发表在《经济记录》报上,题目是《空军经济学》。时隔30多年,我当上美联储主席后不久,一个曾在五角大楼工作过的同事说:"还记得你写的《空军经济学》吗?你计算出来的数字跟政府保密文件里的数字非常接近,当时吓了我们一大跳,差点就要派秘密警察跟踪你呢!"

如果你问成功的秘诀是什么?我会给你两个答案:"捷径"(WorkSmart)和"苦干"(WorkHard)。比如《空军经济学》这项调查,1949年的会议记录是"捷径",在浩如烟海的资料中计算整理出各种型号飞机的数据是"苦干",这两项缺一不可。

袁水拍的悲剧

袁水拍本色是诗人。年轻时,喜欢写抒情诗,和徐迟、冯亦代被人称为"三剑客"。20世纪40年代末,热衷于写政治讽刺诗,出版了两部《马凡陀的山歌》,获得极大的诗名。这些山歌,嬉笑怒骂,不拘一格,都是嘲讽国民党的。

解放后,热情高涨的讽刺诗人回归抒情。1951年,一首《毛泽东颂歌》,获得毛泽东的青睐,主席甚至请诗人全家到香山双清别墅度工作周末,还设家宴招待。

袁水拍担任了一段时间的《人民日报》文艺部领导,后来调到中宣部,是新中国文艺界的风云人物。但是,这位大诗人袁水拍晚景却颇为凄凉。"四人帮"垮台以后,旧日好友,几无往还,甚至有断席绝交者。

就说袁水拍的老友徐迟,晚年定居武汉,偶或进京会友,依旧写诗作文,自得其乐。贵为京官的袁水拍,忙于公务,却也不曾忘记这位故交。有一次,徐迟来京,向袁水拍要票看戏,袁水拍就送给他一张。

只是位置太差,后场倒数第三排。开幕前几分钟,剧场里进来一拨贵宾,拉家带口,前呼后拥,直奔前排,原来正是袁副部长大人一行,甚至包括司机、保姆。徐迟见状,怒不可遏,士可杀不可辱,遂与袁水拍断交。

袁水拍原本是个单纯、勤谨、执著的人,待朋友也很诚心。但在那特殊环境中,一旦平步青云,也会得意忘形而不自知。可见特权是个什么样的腐蚀剂了。

"读报人"杨锦麟

刘长乐

杨锦麟曾属于出身不好的"黑五类",尚未成人就做了下乡知识青年。在福建西南部大山深处的八年中,他干农活直累到尿血,落下腰肌劳损。

这些磨炼使杨锦麟明白了三个道理:一、珍惜机会;二、勤劳肯干;三、自信人生。1978年恢复高考的机会被他死死抓住。杨锦麟被厦大录取了。大学毕业后,他留校任教,当上副教授,又娶妻生女,日子过得安稳而优裕。1988年,一个偶然的机会,35岁的杨锦麟挈妇将雏,跨过罗湖桥,来到香港。

他先后在香港、台湾地区以及新加坡的华文报纸杂志开设专栏。"有半年时间,一家三口吃喝拉撒靠的只有我这一支笔。"

这种"技术含量"颇高的卖文生涯虽然无奈而苦涩,但也逼得杨锦麟把自己从未意识到的潜力开发出来,他以从未有过的勤奋不停地写作、思考。2003年,香港凤凰卫视计划开办一档全新的读报节目《有报天天读》,请来杨锦麟开讲。

用杨锦麟自己的话说,他拥有的是"变音国语"、臃肿身材、长相平凡、年过半百。他凭什么还能红,还能火? 凭两个字:经历。杨锦麟读报的"魂魄",在于一个饱经忧患、忧国忧民的知识分子,这五十多年来在底层苦过、在上层混过、在内地呆过、在香港漂过的人生经历。

读报背后,是其集数十年功力于一身的真学问、真智慧、真见地。

强大在内心

上善若水

2006年5月,哈佛大学研究生院学生会主席竞选进入了白热化阶段。中国女孩朱成成为备受关注的一匹黑马。朱成一共有三个主要对手,分别是哈恩、吉米克和隆德里格斯。

由于竞争激烈,大家纷纷各显神通。首先,隆德里格斯出人意料地曝出了哈恩和吉米克的丑闻,说他们的家庭和人品有问题。

不久,隆德里格斯曝出了朱成的丑闻,说她以救助南非孤儿为名,侵吞了大量捐款,而那个孤儿却依然流浪街头。

这个谣言让朱成受到了很多选民的质疑。为了证明自己的清白,朱成在学校召开了新闻发布会,把那个四岁的南非女孩抱到了学校,并且出具了她生活得非常幸福的证明。

哈恩和吉米克趁大家怀疑隆德里格斯的时候,又曝光了一段录像带。那是隆德里格斯在一家中国超市里被警察询问的录像。他们说,隆德里格斯因为偷窃而被人抓到,有这样行为和污点的人,哈佛怎么能够容忍他成为学生会主席?

2006年5月11日是整个竞选中最重要的一天,4个竞选者一起召开了新闻发布会。朱成走上台,说:"同学们,今天我想先告诉大家一件事情。就是关于隆德里格斯在超市行窃的事。"

朱成说:"我认识那家中国超市的老板。我到他那里去过,问明了整个事情的经过。事实上,隆德里格斯并不是因为行窃,他是因为帮助老板抓到了小偷而被警察询问情况的!"

瞬时,整个发布会现场哗然了,隆德里格斯不可思议地抬头看了看朱成。

在最后投票的前 15 分钟,隆德里格斯在广播里宣布了自己退出的消息,并且号召自己的支持者把票投给朱成。他说,他无法做到朱成的真诚与宽容,他已经输了⋯⋯

2006 年 6 月 8 日,朱成力挫群雄,成为哈佛第一任华人学生会主席。

那些投票给她的学生们说,他们相信,只有内心真正强大的人,才会追求公平和公正,

只因为差了一点点

　　登山运动员桑巴,在登山时,离正确的路线只差了半只脚。但就是这半只脚,使他跌入冰川,陷入了死亡之谷。十天后他意外获救。大家问桑巴,在死亡之地,他都想了些什么?

　　桑巴说:这十天,他把自己的一生都细细地想了一遍。他发现他的命运,原来都是那么不确定。一切都只差了那么一点点。

　　桑巴想到的先是自己的婚姻。二十岁那年,他险些与另一个女人结婚;只是因为结婚前,那个女人向桑巴的家人多要了一张牛皮。桑巴的家人不同意多给一张牛皮,婚姻由此告吹。之后桑巴便娶了别家的女人。一张牛皮,改变了桑巴的轨迹。

　　桑巴结婚数年后,又差一点离了婚。他和女人合不来,于是两人写好了离婚协议书,准备去镇上办离婚。可那几天突降风雪,无法出门。镇委会离他们家有四十多里路。风雪停了的时候,俩人似乎已经过了非离不可的阶段,就这么又过到今天。

　　桑巴回想起来,死亡危险也不是头一回了。二十三岁那年,桑巴出远门时,赶上了火车出轨。桑巴坐的那节车厢,人员死伤最多。列车在出轨前的五分钟,桑巴上厕所,厕所却正被使用。桑巴无奈,只好到别的车厢去找厕所。事后桑巴得知,那位使用厕所的人,正是死者中的一个。桑巴冒出一身冷汗。

　　生死的十天中,他想了很多很多。他发现人生可能是这样,也可能是那样……

杨绛的人格威力

薛鸿时

这里讲两个关于杨绛先生的小故事。

J君出身贫下中农,成长于边远山区。"文革"初期,用他本人的话说,他曾以"极不礼貌"的态度狠批杨绛先生。不料,风云变幻,响当当的无产阶级革命派,忽然被指控为"五一六反革命分子"。J君是个"一根筋",不肯说瞎话欺骗组织、贬辱自己、诬陷他人,于是就陷入即将受到"从严惩处"的险境。他最担心的是,身在农村的老父、妻儿一旦失去生活来源,将无法生存。杨绛先生喜欢J君表现出的诚实品质,她不顾自己处境危恶,悄悄让J君写下家庭地址,并向他庄严承诺:一旦他入狱,她将按月给他的一家寄生活费……J君至今对此事感念不已。于是,他在自己办公桌玻璃板底下压着一个大大的"人"字,意思是从杨先生身上生平第一次学到了如何做人的道理。

1956年,"向科学进军"时,领导指定D君拜杨绛先生为师。杨绛先生不但把丰富的知识毫无保留地传授给D君,还以高尚的道德情操使年轻人深受感染。不料,仅仅过了一年,上面将所谓旧社会的知识分子一律定性为"资产阶级知识分子"。领导又暗中向D君收集老先生的反动言行,以便往后向他们清算。D君真的紧张了一阵,因为杨绛先生为他开的书目中,确实很着重乔治·奥威尔和阿瑟·柯斯特勒这类"反动作家",这件事要不要向领导汇报?经过深思,D君确信杨绛先生是优秀的爱国知识分子,于是他决定对此一字不提。

后来,D君在杨绛先生等师长的教导下刻苦努力,迅速进步,终于成长为学科的带头人。

秋天的怀念

史铁生

双腿瘫痪后,我的脾气变得暴怒无常。望着望着天上北归的雁阵,我会突然把面前的玻璃砸碎;听着听着李谷一甜美的歌声,我会猛地把手边的东西摔向四周的墙壁。母亲就悄悄地躲出去,在我看不见的地方偷偷地听着我的动静。当一切恢复沉寂,她又悄悄地进来,眼边红红的,看着我。"听说北海的花儿都开了,我推着你去走走。"她总是这么说。母亲喜欢花,可自从我的腿瘫痪后,她侍弄的那些花都死了。"不,我不去!"

我狠命地捶打这两条可恨的腿,喊着:"我活着有什么劲!"母亲扑过来抓住我的手,忍住哭声说:"咱娘儿俩在一块儿,好好儿活,好好儿活……"可我却一直都不知道,她的病已经到了那步田地。后来妹妹告诉我,她常常肝疼得整宿整宿翻来覆去地睡不了觉。

那天我又独自坐在屋里,看着窗外的树叶"唰唰啦啦"地飘落。母亲进来了,挡在窗前:"北海的菊花开了,我推着你去看看吧。"她憔悴的脸上现出央求般的神色。

"什么时候?""你要是愿意,就明天?"她说。我的回答已经让她喜出望外了。"好吧,就明天。"我说。她高兴得一会坐下,一会站起:"那就赶紧准备准备。""唉呀,烦不烦?几步路,有什么好准备的!"她也笑了,坐在我身边,絮絮叨叨地说着:"看完菊花,咱们就去'仿膳',你小时候最爱吃那儿的豌豆黄儿。还记得那回我带你去北海吗？你偏说那杨树花是毛毛虫，跑着，一脚踩扁一个……"她忽然不说了。对于"跑"和"踩"一类的字眼儿。她比我还敏感。她又悄悄地出去了。

她出去了。就再也没回来。邻居们把她抬上车时，她还在大口大口地吐着鲜血。我没想到她已经病成那样。看着三轮车远去，也绝没有想到那竟是永远的诀别。邻居的小伙子背着我去看她的时候，她正艰难地呼吸着，像她那一生艰难的生活。别人告诉我，她昏迷前的最后一句话是："我那个有病的儿子和我那个还未成年的女儿……"

又是秋天，妹妹推我去北海看了菊花。黄色的花淡雅、白色的花高洁、紫红色的花热烈而深沉，泼泼洒洒，秋风中正开得烂漫。我懂得母亲没有说完的话，妹妹也懂。我俩在一块儿，要好好儿活……

在去漳县的路上

贾平凹

2010 年 10 月，我驾车去陇右。在去漳县的路上，进村去吃午饭，村民很好客，竟有三四个人都让到他们家去，后来一个人对一个老汉说：我家是兰州的，他家是北京的，你家是西安的，西安来的客人就到你家吧。

我们觉得奇怪，怎么是兰州的北京的西安的？到了老汉家，老汉才说了缘故，原来这村里大学生多，有在兰州上大学的，有在北京上大学的，他家的儿子在西安上过大学。我们就感叹这偏僻的小村里竟然还出了这么多大学生。

老汉说：娃娃都刻苦，庙里神也灵。每年高考，去庙里的人多得很，神知道我们这儿苦焦，给娃娃剥农民皮哩。我夸他比喻得好，老汉便咻咻地笑。可是，当我问起他儿子毕业后分配在西安的什么单位，他的脸苦愁了，说在西安上学的先后有五个娃，有一个考上了公务员，四个还没单位，他儿子就是其中一个。县上已经答应，这些娃娃一回来就安排工作，但娃娃就是不回来。供养了二十年，只说要享娃娃的福了，至今没用过娃娃一分钱，也不指望花娃娃的钱，可年龄一天天大了，这么晃荡着咋能娶上媳妇呢？老汉的话使我们都哑巴了。

这一顿饭吃得没滋味。

离开老汉家时，巷道里有五个孩子背着书包跑了过去，这是去上学的，学校离这个村可能还远。同去的小吴说：这五个学生里说不定也出几个大学生哩！而我却想到另一件事：越是贫困的农村越是拼死拼活地供养孩子们上大学，终于有了大学生，却耗尽了一个家，也耗尽了一个地方，而大学生 90％再不回到当地，一年一年，一批一批，农村的人才、财物就这样被掏空……

成功没有时间表

段田野

　　她是一个德国人,20岁那年,因为天生丽质加上演技突出,她被当时的纳粹头目相中,"钦点"成战争专用宣传工具。几年以后,德国战败,她因此受到牵连,被判入狱4年。刑满释放之后,她想重回自己喜爱和熟悉的演艺圈。然而,由于历史上的污点,主流电影媒介对她避而远之。十几年过去了,没有人敢起用她,甚至,没人敢娶她。

　　她的50岁生日就这样凄然来到。那天,她大醉了一场,醒来之后,突然做了一个谁也意想不到的决定:只身深入非洲原始部落,采写、拍摄独家新闻。这之后的两年,她克服重重困难,拍摄了大量努巴人生活的影集,这些照片,一举奠定了她在国内摄影界的地位。

　　她的奋斗精神和曲折经历深深吸引了一位30岁的小伙子,他和她是同行。共同的兴趣和爱好让他们超越了年龄的隔阂,抛开外界的舆论走到了一起。在接下来近半个世纪的时光,他们远离人间的一切是是非非,相敬如宾地恩爱。

　　为了使自己的拍摄才华与神秘的海底世界融为一体,在68岁的那年,她开始学习潜水。随后,她的作品增添了瑰丽多彩的海洋记录,这段海底拍摄生涯一直延伸到她百岁高龄。最后,她以一部长达45分钟的精湛短片《水下世界》开创了纪录电影的一个里程碑。

这位充满传奇色彩的女性,就是被美国《时代周刊》评为 20 世纪最有影响的 100 位艺术家中唯一的女性。她的名字叫莱妮·丽劳斯塔尔。她以前半生失足、后半生瑰丽的传奇经历告诉人们:成功没有时间表。

在邱吉尔这棵大树下

王　殊

1960 年 10 月我在伦敦出差。一天，一位记者朋友带我参观英国议会。突然，朋友拍拍我的肩膀说："你看谁走进来了?"我向楼下议会大厅的门口看去，原来是我过去常常在图片上和电影中看到的，嘴上叼着大雪茄烟的邱吉尔，正在慢慢地走进来。

他一手拄着拐杖，另一手拿着刚刚脱下的他常戴的黑色礼帽，在走近议员席时向议长深深鞠了一躬，然后坐在后排的空位上去。他已 86 岁，显得老态龙钟，静静地听着双方的辩论。

望着老人孤独的身影，我心里不禁一阵难过：这位二战叱咤风云的人物，晚年的生活却是多么的不幸。大女儿戴安娜两次婚嫁，丈夫都是酒色之徒，他们看上的并不是她，而是他父亲在政界和社会上显赫的声誉。她受到了严重的折磨，精神陷入极度的痛苦和失望之中。儿子鲁道夫受到了父亲格外的栽培和提携，而他一点也不给父亲争气，终日沉溺于酒色，丑闻不断，气得他父亲多次发病。二女儿莎拉婚嫁多次宣告失败，情场失意造成精神崩溃，整天借酒消愁。只有小女儿玛丽下嫁平民，生活还不错。这位记者朋友后来和我谈起了邱吉尔的子女时说："我们大家都只是希望他在平静地进入天堂之前不要再受到更大的打击。"

可是，他还是受到了打击。在他 1965 年以 91 岁高龄去世前一年多，戴安娜终于精神失常，在 1963 年 10 月吞服了大量安眠药自杀。在他去世后的三年内，鲁道夫在 57 岁终因酒精中毒死在家中。妹妹莎拉也步了他的后尘。当时,一些英国和欧洲报刊在谈到这些悲剧时叹道:"在大树底下,花草的生命力都很弱。邱吉尔这棵大树实在太大了,他的子女在大树呵护下都经不起人间风雨的吹打,都不可避免地夭折了。"

德国最长寿老人的"秘诀"

刘燕敏

罗伯特·米尔是德国人，今年 109 岁，参加过第一次世界大战。据说，他也是目前德国最长寿的男人。

关于罗伯特的长寿秘诀，德国的各大报纸都曾报道，概括起来有三条：家族中有长寿基因；喜欢简单的饮食；偶尔喝一点红葡萄酒。然而，他生活中的一些故事却常常被人忽略。前不久，德国《图片报》刊载了他在二战中经历的一件事。读后，我觉得，真正使他长寿的，可能不是那三点，而是其他的一些东西。

1940 年 7 月，他的好朋友约索夫被送进了集中营，因为他是一名犹太人。临离开家的前一天夜里，约索夫把自己的 5 万马克交给米尔保管。他说："我走了，我的妻子和孩子请你照顾好。这部分钱，没谁知道，妻子、孩子都不知道。我的意思你是明白的，怕他们经不起纳粹的折腾，说出去，连累了你。拜托了！"

约索夫被带走的第二天，他的妻子和孩子也被带走了。他们被关在什么地方，米尔并不知道。为了稳妥，米尔以个人的名义，把那笔钱分开存在四家银行里，把存折秘密地藏起来。这件事，他没敢告诉妻子，因为他怕走漏了风声。

直至二战结束，米尔都没有约索夫一家的消息。不过，米尔依旧没有动用那笔钱。1965 年，米尔 68 岁，他与儿子联合经营的一家机械厂倒闭了。祸不单行，这一年，他的妻子还摔断了腿。米尔想到了约索夫的那 5 万元马克。

米尔正准备从银行里取出这笔钱的时候,在报上看到一篇纪念反法西斯战争胜利 20 周年的文章,作者是安迪·约索夫。从文章回忆的内容,米尔断定,这位作者就是约索夫的小儿子。米尔还从文章中获知,他们一家人被关在不同的地方。也就是说,约索夫的小儿子不知道那 5 万马克的事。

　　米尔陷入了深深的矛盾之中。他说:"我一生,共有三个晚上没有睡好觉,全发生在看到那篇回忆文章之后。我的思想在作斗争:是归还这笔没人知道的巨款,还是拿来拯救自己?"四十年后,当记者问他,对这件事作何感想时,他感慨道:"令我骄傲的是,我选择了前者!"

　　关于米尔的故事还有许多,但是我对这个故事最感兴趣,因为它让我知道:心灵的安宁,才是幸福长寿最不可缺少的因素。

骡子改变蒙哥马利的命运

衣昭杰　程春喜

1908年9月19日,蒙哥马利从英国桑德赫斯特皇家军事学院毕业。12月,他又随皇家沃里克郡团第1营驻防印度。

起初,蒙哥马利郁郁而不得志。然而一次奇特的考试却彻底改写了蒙哥马利的命运。

当时部队运输的主要工具是骡车,因此蒙哥马利被送去学习驾驭骡子及有关知识。

学习结束时,军官要进行考核,由一位外来的考官主持口试。据说考官是位骡子专家,对骡子的习性了如指掌。考试开始时,考官用充满血丝的眼睛注视着蒙哥马利,问道:"骡子一天大便几次?"

这个问题完全出乎蒙哥马利的意料之外,蒙哥马利飞快地开动脑筋:是不是上午3次,下午3次?晚上也许只有小便而没有大便?只听考官又问:"准备好了吗?"

"准备好了,6次。""不对,第一题0分。""那么正确的答案是几次呢?""8次。""先生,我看6次、8次没有多大区别。"

"不准无礼!你的耐心会让你知道我的结论是正确的。第二个问题……"

尽管第一题得了0分,蒙哥马利最终还是顺利地通过了考试。

但是蒙哥马利的好奇心上来了。他观察了半个月,果然发现骡子一天大便8次。这件事对他触动很大。后来他成了大军事家,仍常讲:"这次考试使我真正懂得一个军人在战场上的观察力来自他对平时生活的积累,而缜密的计划只能来自源源不断的全神贯注的观察力和思维能力。"

　　他到老的时候还在讲这件事。

"神探"李昌钰解析人生

有一次，我接到一通电话，是我在大学时一起在实验室做助理的老同事打来的。年轻时，我在大学里半工半读，白天在实验室工作，晚间上课。实验室有两位同事，一位是白人，另一位是黑人。他们都劝我说："昌钰，何必这么卖命！为什么不学学我们，下班到酒吧喝喝啤酒，周末到球场看看球赛？人生何其短，何不多享受一番？"我回答说："少壮不努力，老大徒伤悲呀！"

后来，我相继拿到学士、硕士和博士学位，他们依然在实验室清洗仪器；10 年后，我当上了教授，他们仍在实验室清洗仪器；20年后，我侦办了许多案件，成为系主任并出任康州刑事鉴定中心主任，但他们两位还是在原来的实验室清洗仪器。

打电话来的这位是白人老同事，已经 63 岁了。他后悔地对我说："昌钰，您当年讲的话很有道理。现在我也想学您，拼个博士学位，您的看法如何？"

我笑着回答："我对我的所有学生，不管年纪有多大，都说'学无止境'，鼓励他们努力学习。但是，您已经浪费了大半辈子，现在要从头开始，为时已晚。您最好看破名利，算了。"

"但是，看破也不行。我现在连仪器都洗不动了，记忆力也不行了……"他后悔地说，"早知道如此，当年就和您一样少看几场球赛，少喝几瓶啤酒，多念几门课程了。"

我对他说，人生就如搭乘火车一样。上大学，就等于取得进入火车月台的门票,而最终要上哪一班火车,要往哪一个方向,毕业后的发展如何等,就需要自己再作努力。但是,如果没有受过大学的教育,你连上火车的机会都没有。

我告诉他,世上 10 大死因中有心脏病、癌症等等,而努力工作不包括在内。懒惰会永远拖住你的后腿,如果不去努力,你永远无法达到目标。

成龙践诺

他出生在香港一个贫困家庭，很小就被家人送到戏班。经人介绍，他进了香港邵氏片场，专门跑龙套。在那样的环境里，他没有怨天尤人，依然刻苦勤奋。由于学了一身好功夫，加上为人厚道，几年以后，他开始担当主角，小有名气，每月能拿到 3000 元薪水。

有一天，行业内的何先生约他出去，请他出演一个新剧本的男主角："除了应得的报酬，由此产生的 10 万元违约金，我们也替你支付。"何先生说完强行塞给他一张支票，匆匆离去。

他仔细一看，支票上居然写着 100 万，好大的一笔款子！他从小受尽苦难，尝遍艰辛，不就是盼望能有今天吗？可转念一想，如果自己毁约，手头正拍到一半的电影就要流产，公司必将遭受重大损失。于情于理，他都不忍弃之而去。

一宿难眠。次日清晨，他找到何先生，送还了支票。他说："我也非常爱钱，但是不能因为 100 万就失信于人，大丈夫当一诺千金。"

何先生非常欣赏这位年轻人，成龙的事情也很快传开了。公司得知后非常感动，主动买下了何先生的新剧本，交给成龙自导自演。就这样，他凭借电影《笑拳怪招》创造了当年的票房记录，大获成功。

那年他才 25 岁，全香港都认识了他——成龙。

在一次电视访谈中,成龙回忆起这些往事,感慨万千,深情地说道:"坦率地讲,我现在得到了很多东西。但是,如果当初我背信弃义,从戏班逃走,没有这身过硬的武功,或者为了得到那100万一走了之,我的人生肯定要改写。我只想以亲身经历告诉现在的年轻人,金钱能买到的东西总有不值钱的时候,做人就应当诚实守信,一诺千金。"

我的"诚信"教训

李开复

1981 年我在哥伦比亚大学读书的时候,法学院院长需要一份学生选课系统的相关软件。院长找到承包商,他们都报出了昂贵的价钱。

后来,院长打听到我是编程高手就来找我。我很自信地打包票说,我可以把这个工作做好,而且绝对不影响秋季开学的使用。院长很高兴地付给了我七美元一小时的工资,并问我什么时候可以有初步的结果。我承诺八月初可以使整个程序跑起来。

我当时觉得这个工作很简单,所以没有认真对待"八月初就初步完工"的承诺。七月份,我打了三个星期的桥牌才开始为法学院编写软件。但我很快发现,这个工作有很多繁杂的细节是我根本没有预料到的。到了七月底,我只好对院长说:"这个工作超出了我的想象,大概要到八月底才能跑起来,但是,应该不影响九月开学时使用。"

没想到,学法律出身的院长非常生气。告诉我说,我不必再来上班了,他决定把这个项目交给承包商来做。因为他认为,我对工作明显不够重视,没有调查就轻易承诺,这让他失去了对我的信任。

对这个决定,我开始感觉很惊讶,但想了一晚后,我理解了院长的处境:他把这一项重要的工作交给一名学生,这对他来说是要冒很大风险的。但是,学生的偷懒和不负责任让他彻底失望。

于是，我找到院长，对他说："我应该把你已经付给我的工资全部还给你，因为我没有兑现我的承诺。"这时，他已经心平气和了。他对我说："不必了，看得出你已经接受了教训，而且，你没有工作经验，犯错是难免的。希望你从这件事中，更好地理解大多数企业对我们的毕业生所抱有的诚信和负责的期望。"

我从这件事中吸取了极大的教训，此后，过去犯过的错误一直提醒我，品行的磨砺不可有片刻懈怠。

334 个生命的继续"旅程"

从玉华　张　国

一切都是按开诚老人生前的意愿进行的。

没有葬礼、没有挽联。最后的告别是在天津一家医院5平方米逼仄的太平间举行的。20多名亲友几乎背贴冰柜,前贴老人的遗体,一个紧挨一个,把白菊花轻轻放下,默默走上一圈。整个过程不超过两分钟。

正如老人设想的一样,最终他去的不是墓地,而是门口停着的一辆略显破旧的白色金杯车。车开往天津医科大学。不用太久,他会变成一块块、一片片,甚至他的头发都会变成小切片,被放在医学院学生的显微镜下。这些初学医的后生们将从老人身上,认识第一根神经、第一根动脉。

2010年12月2日,78岁的开诚没有离开这个世界,他只是换了一种存在方式。他是天津市全年的第8位、有记录的第334位遗体捐献者。

这334名捐献者,生前也许只在填表时到过这所学校,而当他们下一次进入校门,或许已是生命之门关闭的时候了。

遗体一旦进入解剖楼,身份将彻底消失,只有一个个编号。

这段"旅程"是从天津医科大学高级实验员袁武的手开始的。他会轻手轻脚,像"给活人脱衣服"一样,脱掉袜子、裤子、上衣。哪怕身体已经僵硬,他也不会使用剪刀。

"旅程"还会继续,经过一双双实验员的手、老师的手,最后遗体进入一间 60 多平方米的解剖教室。

解剖课有简短的开课仪式,所有的学生都被要求默哀 30 秒,向尸体鞠躬致敬。

几乎没人觉得这些尸体是可怕的、冰冷的,有人会喝着牛奶吃着煎饼果子去上解剖课,有人则聚精会神,"恨不得整日趴到尸体上研究",舍不得下课。

每次解剖课快结课时,即使再匆忙,学生们也会不厌其烦地一寸寸把皮肤覆盖好,让死者尽量看起来"完好如初"。而这并非课程的硬性要求。

最后一堂解剖课,所有人会向已残缺的遗体鞠躬感谢。

当第 334 位捐献者从户籍上、档案里消失时,还有一份特殊的记录,永远保存。在医科大学的教学楼里,有一间 100 多平方米的"生命意义展室",这里陈列着所有捐献者的遗书。

不会写字的天津市西青区张家窝镇的农民张凤龙。他的遗书是别人打印的,最后落款,他像画画一样照样子画出自己的名字,可他还是画错了,歪歪扭扭地写着:张凤龙。

还有人为了证明自身的"科研价值",不厌其烦地说病史:五六岁,害眼疾,七八岁时,感染秃疮,八九岁时,得疟疾……

一名书法家说,"死后仍要助人为乐",如果自己的脏腑能够用于挽救别人,来个生死之交,"觉得也颇有诗意"。他希望自己不吸烟、不喝酒的好"五脏六腑",正好能教育抽烟酗酒的"同志们和青年们"。

有一点,这些人的选择都很"决绝"。有人在遗嘱上按下 5 处手印,以证明其强大效力。还有人交待:假如身体变得僵硬,那就苫上一条白布单子,不要勉强穿寿衣,以免损伤肌肤和骨骼,影响使用。

来到这里参观的人都会经历 30 秒的默哀仪式。有时,仪式在参观前举行,瞬间让吃着零食、喧闹的人群安静下来。有时,默哀会在结束参观后进行,"让人沉思 30 秒"。有中小学生来参观,讲解员会先讲,让叽叽喳喳的孩子们"渐入佳境",然后中途在朱宪彝校长的内脏标本前默哀。

面对这位 60 年前创办了这所"新中国第一所医科大学"、担任校长达 32 年之久的老教授的心脏,有人会摸着罩子,有人会刻意离它很远,怕碰到了显得不敬,有人则会站立好久,最后鞠一躬。

朱宪彝生命最后一刻的故事在展室内常常被提及。当时,他感到不适,亲友同事都劝他住院治疗。他婉拒:"新楼病房的会议室、过道和各科门诊室都住满了病人,我是医学院院长,愧对患者,又怎能和他们争床位呢?"

1984 年 12 月 25 日上午 9 时,朱宪彝心脏病猝发,倒在正在批阅的论文上,与世长辞,身后"四献"。

世界医学法学协会主席阿芒·卡米,原本只打算抽出几分钟去看看这个展室,结果,大半个小时也没出来。他说,这里"将医学教育和人文教育融为一体的想法是伟大的,值得全世界所有医学院效仿"。

卡米在门口的留言簿上写了一首诗。当别人以为他要离开的时候,他突然问:"我能念一遍吗?"接着,这位白发老人旁若无人地大声朗诵道:"我来自远方,来到这个独特的地方。我来自远方,怀着对朱宪彝教授的崇敬——他像一盏灯,让他的民族看到伦理之光、人性之光。当我回到远方,我会把这灯的信号带给全世界的人。"

一些社会参观者显然为了从众,随大流参观完就往外走,可他们会等到所有人都走完后,再悄悄折回来,独自趴在留言簿上书写。有的写满一页纸,有的只写下两个字:震撼!

高招体检政策因她改变

孟亚生

1983年9月,江苏省泰州市的纺织女工钱乃玉,发现一周岁的儿子对声音没有一点反应,经医生检查,是用了庆大霉素致使耳聋。

钱乃玉并没有放弃儿子,她想方设法帮助儿子正常地上学、生活,从小学一年级到高中毕业,儿子年年被评为"三好学生",2002年5月还被共青团泰州市委评为"泰州市优秀共青团员"。

2001年8月,钱乃玉看到这样一条新闻:本省淮安市有一位考生,3次高考,3次达到本科录取分数线,然而由于腿有残疾,没有一所大学肯录取,3次落榜。这件事,对钱乃玉触动很大,于是她瞒着儿子给江苏省一位副省长写了一封信,提出了自己的担忧,这位副省长立即将信转给了江苏省残联、江苏省招办,要求双方协调处理好此事。

2002年儿子考取了南京财经大学本科财会管理专业。尽管聋儿考上了大学,但钱乃玉没有沾沾自喜,她不停地反思我国的高校招生体检标准,她觉得我国的高校招生体检标准有问题,于是开始多方奔走,多次上省城,去北京,吁请给残疾考生多一点关爱,废除原体检标准中不合理的部分,给残疾考生同等的受教育权。她的这些意见得到了国家有关部门的重视。

2003年高考之前,教育部、卫生部、中国残疾人联合会共同制定出台的《普通高等学校招生体检工作指导意见》,取代了原《普通高等学校招生体检标准》,进一步放宽对患疾病或生理缺陷者的录取要求,对原《标准》规定患有某种疾病或生理缺陷的考生不能录取的专业进行了调整:对身体残疾但不影响所报专业的学习,且高考成绩达到录取要求的考生,高校不能因其残疾而不予录取。

看到新政策的出台,这位妈妈露出了笑容。最近,她又作出了一个决定:全力支持儿子将来报考研究生,毕业后为残疾人工作。

3000 美元环球旅行

王　树

朱兆瑞是 1999 年年初放弃沈阳市一家大公司优厚的待遇去英国留学的。2001 年秋,完成剑桥大学 MBA 学业的朱兆瑞,在英国一家大型商业公司做采购管理工作。

2002 年年初,朱兆瑞边工作边在欧洲旅行边做着另一件大事——准备半年后辞职做一次环球旅行,目标非常明确:花 3 千美元,环球旅行。他要跨越五大洲、四大洋,行程超过 10 万公里,时间超 80 天。

通过查阅各种资料,朱兆瑞提前半年订了一张"环球机票"——由美国、澳大利亚、英国等八大航空公司联盟经营的业务,即购买一张 1000 美元的机票后,365 天内可以 6 次搭乘任何一次航班。朱兆瑞事前设计好了 6 次跨洋过洲的航程。然后,朱兆瑞办好了十几个国家的签证。

朱兆瑞的环球旅行,是从 2002 年 7 月 14 日开始的。他从上海出发,先后去了韩国、澳大利亚、新西兰、美国、加拿大、法国、瑞士、希腊、土耳其等 14 个国家的 30 多个城市,又回到了中国上海。历时 84 天。

有些国家,坐火车比坐飞机贵,有的国家打辆出租车最便宜。朱兆瑞对这一点已经了如指掌。从巴黎到伦敦,坐火车要花 796 美元,飞机票则是 180 英镑。要是提前两周预订,机票的价格就只有 6.3 英镑。在欧洲,他还享受了多次免费机票,这更是旅行的技巧了。

　　朱兆瑞要去美国旧金山,他先飞到离旧金山很近的圣何塞,然后打车去旧金山。这样省了一大笔钱。因为他走的航线机票折扣很多。朱兆瑞想从美国洛杉矶去赌城拉斯维加斯。如果坐美国的"灰狗"大巴,往返票价就是 85 美元。他选择了跟旅行社走,这可是他此次环球旅行为数不多的跟旅行社走的线路,原因非常简单,省钱!朱兆瑞跟一家旅行社走,共 3 天 2 夜,住的是五星级宾馆,吃的是免费的大餐,还去了一趟世界著名的科罗拉多大峡谷,还考察了整个拉斯维加斯独特的赌城文化和赌城经济。朱兆瑞来到赌城后,赌城又送给每人每天 25 美元赌资。他没有去赌,而是用赌城送的这笔钱,游遍了赌城的各种场所,还买了许多纪念品。

　　朱兆瑞在法国巴黎照样吃法国大餐,还跟几个中国人一起喝了一瓶很好的红酒,才花了不到 30 美元。花这么少的钱,享受到了正宗的法国大餐,窍门只有一个,远离商业区和旅游区。而在美国,朱兆瑞也享受到了非常好的美国美食,并且花钱也特别少。他的做法很简单,打包走!美国在餐馆买外卖,非常便宜。可是,同样的东西,你坐在餐馆里吃,价格就要高上几倍甚至十几倍,还要付很多小费。朱兆瑞住的都是提前两周预订的档次很高的青年旅馆,只花十几美元。在土耳其,坐出租车非常便宜。朱兆瑞包车旅行,参观得非常细,也非常方便。

　　朱兆瑞始终在强调:"我是环球旅行,不是旅游! 我的旅行,主要目的是学习。在麻省理工学院这座世界著名的大学里,朱兆瑞走进了大学博物馆。那里正在展出人类科技成果展,是麻省理工学院自 1900 年起参与的所有人类科技发明与创造的成果展。朱兆瑞说,看到这个展览,感觉有一种特殊的力量在心中产生,那种被激发出的创造热情,让人享受到一种至高无上的境界。在哈佛大学,朱兆瑞在学术报告厅听了一堂经济学讲座。然后,他走到无数为人类发展做出巨大贡献的伟人们走过的校园小路上,感觉天空格外蓝。他坐在路边的露天咖啡厅里,喝着咖啡,看着校园走来走去的人们,享受着温暖的阳光。而在美国旧金山的斯坦福大学,朱兆瑞正好赶上《中国历史展》。这是美国的大学举办的中国历史展。这种特殊的展览让他耳目一新。在丹麦哥本哈根,朱兆瑞走进了著名的嘉士伯酒厂;在英国伦敦,他走进劳埃保险市场;他还去了美国的波音公司、微软公司、芬兰的诺基亚公司……在这些世界500强的大企业中,感受独特的企业文化和这些企业的风采。

在整个环球旅行中,朱兆瑞受到过多次不公正的待遇,但是,每一次他都为祖国赢得了荣誉。

在伦敦办理去澳大利亚签证时,领事馆的官员问朱兆瑞去他们国家干什么?朱兆瑞说去旅行,是环球旅行的一站。对方的脸上写着不相信。朱兆瑞说:"我已经走遍了欧洲30多个国家。"他让这位官员看了他走过几十个国家的边境手续,并且简单讲了边求学边打工边旅行边考察的经过,还讲了他对西方独特的看法。听到朱兆瑞的讲述,领事馆的官员言语变得非常温暖:"你只在澳大利亚停留10天,太短了。多停留几天也是好的。澳大利亚欢迎像你这样的中国青年。"

从新西兰飞往美国夏威夷,下飞机后400多人走向安检口,美国的边检人员只留下了朱兆瑞一人。美国的边检人员看了朱兆瑞的护照:"你为什么来美国?"朱兆瑞被他的态度激怒了:"更确切地说,我不是想去美国,只是恰巧美国在我环球旅行的路途上,只是我的一站而已!""什么?你环球旅行?"美国人不相信朱兆瑞的话。

朱兆瑞拿出在各国旅行的机票、车票、住宿票、各国的工艺品……这时的朱兆瑞已经不是为了证明自己的身份，而是一种展示——向美国人展示中国青年的风采。美国边检人员握住朱兆瑞的手："先生，为我的不友好态度向你正式道歉。我能有幸在你的世界地图上盖上我们国家的边检章吗？美国永远欢迎你!"

生命的长度

王者归来

她叫茉莉,出生在澳大利亚一个普通的小镇上。茉莉从小就接受最传统的教育。很小的时候,父母就告诉她要遵守小镇上的生活准则,不要给别人增加麻烦。小茉莉一直把父母的话牢牢记在心底。茉莉一天天长大,上学、工作、结婚、生子,她没有让父母失望。可茉莉总有种淡淡的失落感——她的大半生都生活在这个小镇子上,从没有见过外面的世界。

时光悄无声息地流逝。茉莉从豆蔻少女变成了慈祥和蔼的老奶奶。后来,她的丈夫去世了,孩子们也都各自成了家,茉莉又开始了一个人的生活。在她80岁那年,整个小镇都成了旅游区,从世界各地纷纷涌入的旅游者很快打乱了小镇的平静生活,也打乱了茉莉的心。

新年聚会的时候,旅游区开发商请小镇上年龄最大的居民——茉莉女士为小镇做广告。茉莉女士向游人们诉说着小镇上的快乐与美好。说着说着,她突然停了下来,自言自语地说道:"是的,这里真的很美,但我更喜欢另一种生活。"

茉莉生平第一次没有听别人的劝阻,毅然选择过一种全新的生活。她带着变卖房产所得的钱来到了墨尔本。她开始按照自己的愿望生活——学习绘画,去听古典音乐,和年轻人一起去看最流行的时装发布会,出席各种各样的社交活动。

茉莉变得如此快乐、自信,几乎让人忘记了她的年龄。茉莉不仅充实地生活着,还出人意料地当选了市政府的议员。很快,茉莉就成了家喻户晓的明星。人们都说,茉莉一定会在90岁那年成为墨尔本市的市长。然而,茉莉90岁那年意外地在自家门前摔倒,她的生命之花瞬间凋谢。

人们根据茉莉生前的嘱托,将她安葬在郊外的公墓里,墓碑上刻着:茉莉,1990年生,2000年快乐地结束在人间的旅行。

很多来悼念的游客都吃惊地发现茉莉女士的生平被写错了,她明明是1910年出生的,这么重要的事情怎么会弄错呢? 每到这个时候,导游都会郑重地告诉大家:"茉莉女士始终觉得,从80岁那年开始她才过上了自己真正想要的生活,所以她生命的真实长度应该是10年!"

最美的一句情话

戚锦泉

一个电视节目正录制着,今晚他们要选出配偶说过的最美的一句情话。

最终,现场选出10对夫妇,其中7对青年人,两对中年人,还有一对老年人。最后轮到那对老年夫妇。老太太接过话筒,只是轻轻说一句:你是站着还是坐着?

主持人盯着他们,不理解什么意思。

可是他们毫不理会旁人的议论,缓缓说起来。老人退休前是个医生。有一次,他正在值班,突然间感到心头一阵绞痛,凭着专业知识,他知道自己的心脏病发作了。同事们立刻把他推进手术室,准备进行心脏搭桥手术。这项手术的风险很高。医院规定,病人动手术前一定要通知亲属。他静静躺在手术台上,握住手机的手不停地颤抖着。他想了想,拨响了太太的手机。手机嘟嘟地响着,他心急如焚。最后,那边传来熟悉的声音……

"那么多年过去了,我还清楚地记得,当时他说的第一句话是:你是站着还是坐着?他是担心我受不了刺激,摔倒在地……他都这个样子了,心里惦记的还是我的安危……"老太太缓缓地说着,"这是我这辈子听到的最美的一句情话。"

说完,她把话筒交给主持人。经过一阵短暂的静默,现场响起了掌声。

善良无需张扬

张军霞

每次回老家,母亲一定要摘下耳环,穿上洗得发白的休闲装,连鞋子和背包也要换成最普通的。我忍不住笑她:"人家都是衣锦还乡,您这是干什么啊?"

母亲叹一口气说:"我的那些老姐妹们都在乡下种田。"相聚难得,母亲不想和她们拉开心理距离。邻居老太太年轻时守寡,含辛茹苦把儿子抚养成人,但是,儿子长大后并不孝顺。母亲做饭时,会多煮两个鸡蛋,在门口看见老太太,悄悄塞到她的手里。

有一次闲聊,母亲知道老太太念旧,喜欢吃老豆角做的"苦累"。母亲不声不响地蒸好了,调上蒜汁,请老太太来吃。每次,母亲都会对她说:"甭跟别人说,悄悄地吃。"

最近,小区旁边又搬来一户人家,其女儿正上高中,儿子从小患脑瘫,双双下岗的夫妻俩,租了间旧房子,靠卖菜维持生计,日子过得非常拮据。母亲不但尽量买这夫妻俩的菜,还整理了家里的一些衣服,打算送给他们,又不知道是否合适。最终,母亲转身回去,把那些衣服用塑料袋装好,趁天黑时,悄悄放到他们家门前。

晚上卖菜回来,男的先发现那个塑料袋,女的看了看,拿回屋里去了。第二天,我的那件只穿过一次、因为缩水有点短的连衣裙,穿在他们家女儿的身上。

母亲没上过几年学,识不了多少字。她一辈子也没有说过"人之初,性本善"这样文绉绉的句子,但她用自己的行动证明,善良,原来有另一种方式,无需张扬,不需要回报,悄悄地表达,最好。

妈妈的坟墓

[韩]金 河 苏 茉 译

一个下着鹅毛大雪的冬天,山势又高又险的某个小山沟里来了两个人。年龄大的那个是美国人,年轻的是个韩国人。走了整整一天后,他们来到了山沟里的某个坟墓前。

坟上积了厚厚的雪,墓碑看起来非常简陋。年长的美国人对年轻人说:"这就是你妈妈的坟墓,鞠个躬吧⋯⋯"年轻人"扑通"一声跪倒在雪地上。

故事发生在1952年。韩国为了挽回朝鲜战争败局,为"联合国军"增援了一批士兵,韦尔森就是其中一员,当时最激烈的一次战斗就发生在这个小山沟里,夜以继日的血战已经持续了好几天。

人民军的强烈攻势使得"联合国军"节节败退。撤退途中,韦尔森离大部队越来越远。于是,他决定一个人到另外一个集结地去。就在这时,他突然听到了婴儿的哭声,哭声是从一个雪窟窿里传出来的。韦尔森本能地扒开积雪,顿时被眼前的景象惊呆了。

在一个母亲的怀里,婴儿大声地哭着。更令人吃惊地是,母亲一丝不挂。原来,是一位母亲背着孩子避难的时候,被困在了这个山沟里,又下起了大雪,为了救活自己的孩子,母亲把自己所有的衣服都给了孩子,然后把孩子紧紧抱在怀里。虽然赤裸的母亲已经死去,但她怀中的孩子却活了下来。

韦尔森被这意外的景象深深感动了。他用野战工具在冰冻三尺的雪地上挖了坑,把这位母亲埋葬了,然后抱着大哭的婴儿追随大部队去了。战争结束后,他领养了这个孩子,并把他带到美国去抚养。孩子慢慢长大了,韦尔森把当年发生的事告诉了孩子,并带着他来到山沟里找妈妈。

跪在坟墓前的年轻人的泪水像断了线的珍珠一样。

过了一会儿,年轻人站起身,开始拨开坟墓上的积雪。他大汗淋漓地把周围的积雪都清理完,把衣服一件件脱下来盖在了坟墓上,然后扑到坟墓上,把长久以来藏在心里的话说了出来:

"妈妈,这么多年你多冷啊!"

母亲发现的冻疮

[日]高仓健　吴树文　译

我在少年时期，身体羸弱。一有病，老母就待在我身旁，久久不离。她用湿毛巾搭在我发烧的额上。晚上屡屡替我换置毛巾，还不停地摩挲我的脊背。

长大后，身在家乡的老母总为我的健康烦神。"别干这样辛苦的工作，早点回老家来吧。"老母屡次来信告诫。

我没有向老母说过赴天寒地冻的雪山以及南极的事，但我演的电影，老母是必看的。与其说她是在看影片的情节，倒不如说她是在看我有没有险情。一旦感到不妙，就寄来长信，要我辞去工作。

"腿上生冻疮了吧。别到寒冷地方拍片。向公司求情试试。"

我收到过老母的这种来信。她说，看到我登场的电影海报，发现我生了冻疮。

拍摄海报上那张照片时，我的周围有很多人。化妆师、服装师、摄影师，为了掩盖冻疮，我贴上与肤色一样的护疮膏。谁也没注意到冻疮的存在，然而，老母只看海报，就发现了真情。

读完老母的来信，我不由感到老母手上的暖意。她常用手搭在我的额上，测试有没有发烧。我当时感到的，就是这手上的暖意。

169 个假儿子

佚　名

多年前,美国纽约的"红心慈善协会"准备为一家孤儿院盖一所大房子。在破土动工时,意外地挖到了一座坟墓。于是他们在报纸上刊登启事,请死者家属速来商量移坟事宜,届时能得到补偿款五万美金。

三十二岁的爱德华看了消息不由怦然心动,他的家就曾在那片土地上。父亲也确实死去了,但却不是葬在那里。

但爱德华还是抑制不住五万元的诱惑。

那家慈善机构的一位小姐热情地接待了爱德华。让爱德华大吃一惊的是,之前已有 168 个儿子来认爹了,他们要一一审查,确认谁是其中的真儿子。

事情被一家媒体知道,他们将这 169 位认爹的人姓名刊登在报纸上,还告诉人们,人再贪财,爹是不能乱认的。这时对坟墓尸骨的鉴定也出来了,坟墓里的尸体已经有一百六十年了,死者的儿子不可能还健在。事情让人哗然。

又是这家慈善机构宣布:如果大家确实想认爹,可以到老年收容所去,他们每人都将得到一个爹。看到如此的闹剧,美国上下深受震动。各界人士纷纷站出来讲话,呼吁诚信,号召人们一定要做一个诚实坦白的人,一定要靠自己的劳动创造自己的未来。

在那次事件中,爱德华无地自容,非常惭愧。他将那份报纸珍藏起来,以警示自己,一定要做一个诚实可信的人。十年后,爱德

223

华成为了全美通信器材界的巨头。当有人问他创业和成功的秘诀时,爱德华坚定而感慨地说:"诚实,是诚实帮助了我,它使我懂得了如何做人,使我有了事业并学会了如何待人,大无畏的诚实给了我一切。"

嘲笑中的诺贝尔奖

彭龙富

1982年,41岁的他在美国霍普金斯大学从事研究工作:这年4月8日,他首次在电子显微镜中观察到一种"反常理"的现象——铝合金中的原子,是以一种不重复的非周期性对称有序方式排列的,他把这种固体物质命名为"准晶体"。但是,按照当时的理论,具有此种原子排列方式的固体物质是不存在的。他试图说服同事"准晶体"存在的事实,但几个月过去,不仅没人听他的解释,反而都以为他是疯子。他最终被要求离开所在的研究小组。

他近乎麻木地接受着嘲笑,始终不放弃一丝一毫的希望去寻求支持,终于得到一个叫亚瑟的朋友帮助,准备将"准晶体"的有关研究成果公开发表。

但论文的发表并不顺利,众多的科学杂志拒绝了它。经过他和亚瑟的不懈努力,终于在1984年将论文发表于一家小刊物上,但论文随之被化学界人士认为是一派胡言。

但他不在乎,更专注地研究"准晶体"。他的执着打动了一些科学家,他们开始重新思考他的发现。最终,人们确认"准晶体"不仅存在,而且是一种硬度高且兼具弹性的材料,它不易损伤,使用寿命长,可应用于制造不粘锅具、柴油发动机等众多器物上。"准晶体"材料的发现,将会极大地改善人类的生活,是科学的最伟大发现之一;更主要的是,它的发现过程体现了科学最本质的精神——怀疑。

"准晶体"的发现者,就是以色列科学家达尼埃尔·谢赫特曼,凭此他独享了 2011 年诺贝尔化学奖。

　　古稀之年获大奖,谢赫特曼显得很平静,他说:"科学需要质疑,任何新事物的发现,难免要遭受误解甚至嘲笑,经受了嘲笑而笑到最后,也就成功了。"

一站的爱

包利民

他是一个单亲家庭的孩子,妈妈和他相依为命。妈妈在公共汽车公司当售票员,勉强能维持生活。

有一天,他的同学无意间对他说:"好几个月没在 5 路车上看到你妈妈了,是不是换工作了?"他一怔说:"没有啊!"

他所在的初中就在家对面,而妈妈的 5 路公交车正好路过校门。每天早晨上学总能看见 5 路车缓慢开过来,妈妈在车窗后冲他微笑,他便向妈妈挥挥手。可是,同学怎么说没看见妈妈呢?

第二天早晨上学时,在校门前又看见了 5 路车,妈妈依然在窗后冲他微笑。他决定去了解究竟。他从校门出来,追上了 5 路车。他躲在一棵树后,悄悄地观望。妈妈下车了! 她手里提着一个蛇皮口袋,急匆匆地向街道后面走去。他慢慢地尾随过去,街道后面是一个居民小区,他惊讶地看见妈妈正在一个垃圾箱里翻着,把拣出来的废纸、饮料瓶等装入蛇皮口袋。他就站在不远处呆呆地看着,不知不觉地流出了泪水。

他继续去追 5 路车。终于赶上了。他上了车,结结巴巴地向售票员说明了原委。售票员说:"你妈半年前就下岗了,因为公司要换一批年轻的售票员。你可别看不起你妈啊,她为你吃了不少苦呢! 她瞒着你,是怕你为她担心,怕你的同学嘲笑你!"

他下车时,眼中盈满了泪水。那以后的每天早晨,进校门前,妈妈还是在车窗后冲他微笑,他依然向妈妈挥手,然后,带着一种温柔的力量,走进校园。

一位父亲的信

林　培

　　5月17日,南京市阅城国际小区发生一起凶杀案。两名劫匪冒充送快递骗开防盗门,抢走保姆10多万元并将其杀害。见1岁多的男婴一直在哭,劫匪担心引人关注,便痛下杀手。

　　市内外数十家媒体迅速聚焦此案,大多辟出专版、栏目,打出醒目大字刊头,连续跟进报道。5天后,即5月22日,外逃的两名歹徒被抓获,该案告破。

　　5月24日,被害孩子父亲给所有媒体发来一封公开信。吊诡的是,原先有闻必报的数十家媒体,仅有一家原原本本地刊出来信。

　　是"感谢信"吗? 是,好像又不是。让我们用心品读这封和着血和泪的公开信吧!

　　"尊敬的各家媒体、各位记者:

　　我是5·17凶杀案被害的孩子的父亲。

　　……

　　各位记者,最后我还想借这个机会说一点感受:这些天来我们从不同媒体上看到了对于此次事件的各种报道,在报道中我们看到对于我们种种实与不实的各种详尽报道,甚至我们的姓氏都写得清清楚楚……

　　我们是普通的家庭,我们是普通的人,这是普通人遭受的惨烈不幸。我们能够理解媒体的义务与需求,但我们恳请各位手下留

228

情，经历这样的痛苦，如果再被作为市井新闻被万千人传诵，甚至还包括了各种未尽的隐私的描述，换位思之，如果是各位的亲人，谁忍如此？请理解我们，请以悲悯的心让我们可以安静地在自己的角落里恢复我们的伤口，好吗？

我们失去了孩子和亲人，但如果我们遭受的不幸能够让更多人珍惜自己的家人，能够让有关部门和企业加强对于公民护卫的举措，这或许是我们的不幸所具有的一点意义……"

我希望更多的媒体人能读到这封信，并记住一位不幸父亲关于"手下留情"的恳请，关于痛定思痛的包容，关于将心比心的劝慰。这是一个坚强而理性的父亲，在他善良的本性面前，某些媒体的炒作和渲染显得多么低下和残忍。我希望这封信成为媒体人自律的一面镜子，成为铲除"媒体暴力"的一个信号，让我们的笔，始终不逾越人性和人道的方格；让我们的心，始终不为名利这个恶魔诱惑。

第五章 角落里的奥巴马

理性的声音从未沉默

程 玮

德国的知识分子是一个很独特的团体。他们很少趋炎附势，也很少加入万众的狂欢。他们和社会保持着一定的距离。在触动了他们底线的时候，他们会发出强有力的声音。

德国的前国防部长古藤贝格出身贵族。39岁，法学博士，英俊潇洒。最打动德国大众的是，有一次他站在家族的城堡前面，指点着家族的大片森林田地说，他从政不是为了替自己谋利益。他并不需要这些。一时间，他人气急升，他和太太的照片几乎覆盖了德国所有的杂志和报纸。

今年二月份，突然爆出，这位政治新星的博士论文是有计划有目的的抄袭。一时间，朝野震动。古藤贝格马上表态愿意接受学术委员会的审查，并立刻放弃博士头衔。他的态度获得了媒体和民众一边倒的支持。于是默克尔趁势表态说，她任命的是一位国防部长，而不是一位学术研究人员。这一切跟博士学位无关。

就在这时，德国两千多名教授学者联名写信给默克尔。他们说，身为物理学博士的默克尔女士忽略了一个最重要的东西。这就是，德国科研和学术领域的价值和荣誉。她的这一态度将影响德国未来年轻人治学的严肃和科研的态度。最后，国防部长不得不退出政坛。

关于击毙本·拉登一事。默克尔当天表示，她很高兴听到击毙本·拉登的消息。就这样一句话，引起知识分子的强烈不满。

有一个法官甚至准备起诉默克尔。他说，作为一个基督教民主党的领袖，默克尔应该了解基督教规，人的生命是应该得到尊重的。任何时候都不应该为一个人被剥夺生命而表示喜悦，哪怕那是一个罪犯。默克尔马上公开承认错误。但是，知识分子们继续不依不饶。

很多时候我并不完全赞成这些人的观点。但是，我赞美他们的存在。因为这是一个充满理性的声音。这个声音从中世纪到现在，有时微弱，有时强大，但是，它从来没有沉默过。

角落里的奥巴马

赵盛基

2011年5月1日，美国海军"海豹突击队"突袭了恐怖大亨本·拉丹在巴基斯坦的藏身住所，并将本·拉丹击毙，除掉了追剿10年的心头大患。

同一时刻，美国总统奥巴马率领文武大臣在逼仄的战情室观看了突袭行动的全过程。美国没有公布突袭行动的视频，倒是公布了奥巴马及文武大臣们全神贯注地观看战事进展的画面。有意思的是，狭窄的战情室里，作为一国总统的奥巴马并没有坐在显要的位置上，而是坐在一个墙角处。而且，他坐的是没有扶手的小板凳，不像其他人，坐的是高靠背的皮椅，所以他要比人家矮半截。特别是，他向前探着头，弓着腰，显得更加矮小，像是孤孤单单地蜷缩在角落里。

有人可能要问，堂堂总统怎么被"逼"到了角落里？显要位置怎么被手下人"占领"了？颜面何在？尊严何在？

这是我们的习惯思维，不管多大的官，只要是官，就得站前排，坐中间，就得前呼后拥，凸现在突出的位置。只有这样，才不丢颜面，不失尊严。可是，角落里的奥巴马，颜面、尊严……什么也没丢失。不但没有丢失，民意支持率反而上升了10个百分点。

艺术的自尊

余秋雨

意大利的假面喜剧本是我研究的对象，也知道中心在威尼斯，因此那天在海边看到一个面具摊，便兴奋莫名，狠狠地欣赏一阵后便挑挑拣拣选出几幅，问明了价钱准备付款。

摊主人已经年老。刚才我欣赏假面的时候他没有任何反应，当我从他刚刚挂上的假面中取下两具，他突然惊异地看了我一眼。等我把全部选中的几具拿到他眼前，他终于笑着朝我点了点头，意思是："内行"。

正在这时，一个会说意大利语的朋友过来了，他问清我准备购买这几个假面，便转身与老人攀谈起来。老人一听他流利的意大利语很高兴，但听了几句，眼睛从我朋友的脸上移开，搁下原先准备包装的假面，去摆弄其他货品了。

我连忙问朋友怎么回事，朋友说，正在讨价还价，他不让步。我说，那就按照原来的价钱吧，并不贵。朋友在犹豫，我就自己用英语与老人说。

但是，我一再说"照原价吧"，老人只轻轻说了一声"不"，便不再回头。

朋友说，这真是犟脾气。

但我知道真实的原因。老人是假面制作艺术家，刚才看我的挑选，以为遇到了知音，一讨价还价，他因突然失望而伤心。是内行就应该看出价值，就应该由心灵沟通而产生尊重。

这便是依然流淌着罗马血液的意大利人。自己知道在做小买卖，做大做小无所谓，是贫是富也不经心，只想守住那一点自尊。职业的自尊，艺术的自尊，人格的自尊。

捡了蝴蝶丢了澳大利亚

李辰安

200多年以前,澳大利亚还是一片新大陆,两大殖民主义强国——英国和法国决心派大军抢占这一片资源丰硕的土地。两国大军实力相当,关键在于两国船只的航海速度。英国派出弗林斯达船长领军,法国则有擅长带领三桅帆船队的航海家亚兰梅为主帅。相比之下,亚兰梅不但技术高超,而且航海知识丰富,是当时最有名望的海军高级将领。果然,亚兰梅不负众望,他带领的法国军队率先驶入了今天澳大利亚的维多利亚港,而英国船队还在海上颠簸。亚兰梅登陆之后,把海港命名为"拿破仑港"。当军队正要安营扎寨之际,亚兰梅被一只飞来的蝴蝶吸引。他对自然生态素有研究,发觉这是极其罕见的品种,于是下令全军停止整修,跟他一起追踪蝴蝶,希望找到更多的珍贵的品种。

正当法军走入山谷,远离海港的时候,弗林斯达的英国海军登陆。原先他慨叹迟来一步,可是却见停泊在海边的法国军舰上空无一人,也不见法国人在岸上留下任何占领标记,甚至没有一兵一卒驻守,弗林斯达大喜过望,马上派兵把整个海港占领。当亚兰梅心满意足地带着无数珍贵蝴蝶返回时,惊讶地看到海港插满了英国旗帜,英军严阵以待,并以占领者的身份祝贺亚兰梅的收获,并要求法国人立刻离开。

法国人至今仍忘不了,伟大的航海家兼自然生态学家亚兰梅因为一只蝴蝶而失去了整个澳大利亚。

国家多睡半小时

感　动

2007年9月,南美洲国家委内瑞拉突然更改了时区,把本国的时间调慢了半个小时。

虽然是半小时,却引起了巨大的争议,因为时间变动,给这个国家带来了很大的影响。首当其冲的是金融业,为了适应新时间,银行和证券公司不得不召集程序员重新编写电脑软件程序。而一些政府部门的工作人员则要学会适应新的作息时间……许多人对调整时间感到莫名其妙时,全国的中小学生却兴奋不已。

改时间以前,按照委内瑞拉学校的作息时间,中小学生每天天不亮,就要起床去上学。

有一个异想天开的孩子,给委内瑞拉总统查韦斯写了一封信,他在信中说,因为每天要起大早去上学,所以已经有很久没有看到早晨的太阳了。孩子说自己最大的梦想就是能让早晨的时间停下半小时,这样,就可以每个早晨都能迎着太阳去上学了。

孩子的来信,深深打动了查韦斯总统。查韦斯作出决定:全国时间调慢半个小时。这个决定,令许多人感到震惊,有人说这是查韦斯的一时心血来潮,还有人干脆说他疯了。

"我不介意别人说我发疯了,新时制将实行下去。"

这位总统在电视节目上说,"这半个小时,就可以让孩子们能够在天亮以后起床,而不是在日出之前就得爬起来去上学了。"

孟子和小科员

龙应台

1997年7月,我接到台北马英九市长的秘书来电,大意是说,因为马市长希望邀请龙教授回台出任台北市首任文化局长,"请龙老师把履历寄到台北。"

我记得自己当时不假思索地答复:"要履历？我又不跟你们求职,干嘛要寄履历给你们？需要认识我的话,去书店买我的书啊!"没几天,接到马市长自己的越洋电话。从电话的交谈中,我知道,这个人,还真的读过那些没什么意思的书了。

又过了几个礼拜,接到市长贴身秘书的电话:市长将亲自到法兰克福来,晚上八点多到,"龙老师能不能到他下榻的酒店一谈？"我也记得自己当时三分玩笑、七分认真地答复:"只有'王'来见'士',哪有'士'去见'王'的道理？欢迎市长来我家一谈。"

于是市长风尘仆仆从台北飞到罗马,在罗马密集而繁琐的公务行程之后,只身与秘书一人,摆脱了记者团,悄悄飞到法兰克福机场,再从机场搭出租车,在德国的暗夜中寻找我离城二十里路乡下的家。

我不是个高傲的人;曾经有记者观察到,在签名售书的场合里,当我坐着为排队的读者签名时,如果年长的读者出现,我一定马上从座位上站起来,为他签名。但是面对代表"权势"的市长,却表现得如此傲慢,傲慢到不尽情理。于是在思索自己的思想和人格养成过程时,不禁自问:这种对权势的"傲慢",究竟其来何自？

240

从记忆深处第一个浮上来的，竟然是孟子。十三岁的时候读到"富贵不能淫，威武不能屈，贫贱不能移"，虽然还不知道何谓富贵、威武和贫贱，也不懂"淫"、"屈"，和"移"，作为动词，里头有多少层次的意义，但是句子的斩钉截铁，以及那斩钉截铁的语言所释出的一种简单但绝对的力量，显然让年幼的我深深震动。

　　出任文化局长年后的有一天，一份盖满了章的公文一路旅行到了我桌上。盖了那么多章，表示下面一串官员全同意了。仔细读，却看得我直皱眉头。原来这是市长室下来的公文。某月某日某经济园区落成，市长要去剪彩了。为了剪彩的风光，市长室的官员请文化局责成下属美术馆配合剪彩时段，在该园区办一个美术展，同时，请文化局安排开幕时现场表演节目。

　　不需多想，我在已经盖了好多"拟办"章的公文上，写下推翻一切的局长批示：

　　1. 美术馆展览属艺术专业范围，自有其严格规定之专业流程，不宜配合市长剪彩"演出"。

　　2. 文化局对市民负责，非市长幕僚。安排表演活动目的在培养市民美学则可，在"配合"市长剪彩则不可。以上事宜由新闻处幕僚单位出面作业较妥。

　　公文批好之后，再把科员、股长、专员、科长一路到主秘、副局长都请来局长室拿着白纸黑字的批示跟同仁沟通观念：

　　"以后市长室再来这种指令，比照办理。"

　　谈完后，同仁一一离去，主秘却不走，面有难色，欲言又止。我知道他有话要说。

　　他极坦诚地告诉我这孟子的学生："局长，您的理念我完全了解，而且赞成。但是，能不能不要形诸文字。因为公文复阅、回流的一路上,每一个官员都会读到,给市长室的人难堪,就是给市长难堪,不太好。官场还是有官场文化的。您还是让我去用电话表达比较好,原批示可以擦掉。"

我默默看着这资深公务员大约足足两分钟之久,心中深深感动,他如此细致而诚恳地卫护一个"误闯"官场的人,怕她受伤害。思索片刻之后,我说,"明白你的细心,但是,如果不落文字,这一路上旧观念的公务员不会认识到文化行政独立的重要。有白纸黑字,才能让公务员严肃地对待这个问题吧,包括市长室的公务员。"

主秘无奈地拿着公文起身离去。"而且,"我说,"我有信心市长自己也会支持这个立场。"

我其实并不知道市长会怎么反应,但这是个很好的测试吧。当天晚上,跟市长通电话,我把这个批示原原本本道来。他静静听完,轻松地说,"对啊,本来就应该这样啊。这种观念是要建立的,很好。"然后开始谈别的公事。以后,文化局再也没有接到过类似的指令。

不见得总是成功,但是我努力维持自己的独立,也要求属下官员培养独立意识。三年后,有这么一个下午,我在视察一个剧院工程时,看见工地上一排被拆卸一半的楼房露出一整面难看的墙壁;准备上油漆暂时遮丑的鹰架已经搭设完成。黄昏迟迟的阳光,刚好把鹰架那横七竖八的竹影,淡淡地,错错落落地,斜斜洒在那颓废斑驳的墙上。

我被那刹那间发现的美惊呆了。站着不动,好像听见阳光在那墙上悠悠移动的声音。从美的震撼中回过神来,我交代随行的高级官员:不要上油漆了。就请艺术家把阳光自然投射的鹰架影子,淡淡地画在墙上,这就是最美的公共艺术了。

高级官员说,马上办。

过了两个星期,我问专管公共艺术的承办人,那面墙做好了吗?

那是个讲话娇滴滴、十分腼腆的科员。她说"还没"。又过了两周,仍是"还没"。过了一个月,仍是"还没"时,我准备发火了。把科长和科员请到面前,板着脸质问延宕原因。这个娇滴滴、十分腼腆的科员轻声地说:

"局长,公共艺术,您不是说,'公共'的意义就是,它必须来自艺术家的创作,而艺术家的创作还要经过一个和市民互动,得到市民响应、接受的过程。您不是说,过程比艺术品本身还重要。那一面墙,尽管只是划上一点影子,其实都是公共艺术的范畴,就应该经过那整个艺术家创作和市民互动的流程。局长说画什么,就画上去,可能违背了公共艺术的基本精神。我觉得不太妥。"

她静静地陈述。我静静地听。

那面墙,没有处理。

真的,除了孟子,小科员也给我上过课。

接手机的文化差异

［美］Bill　管　锥译

我与中国妻子芸在一起已经 8 年了。不久前，我们为了一件小事情陷入冷战。

为了解除其中的误会，我们开始了一场重要的谈话。

就在这个节骨眼上，芸的手机响了。她毫不迟疑地拿起来接听，电话是她的一个女性朋友打来的，她说电话十分重要，她的朋友需要她的帮助。

在她打电话的这 5 分钟时间里，我谈话的感觉顿时消失。我们正在进行一次重要的交谈，为什么要放下这件事去接听电话呢？我于是一言不发地走开了，妻子的这种无礼行为令我难以忍受。

后来，我们重归于好，再也没有提起那件事。再后来，她有事去了美国。上周的有一天，在我们的一次越洋通话中，她突然提到那天晚上的电话，并对我表示抱歉。原来，我们在芝加哥的邻居在一次聚会上抱怨，中国大陆人总是随时随地接听电话，即便在他们与最亲密的家人、朋友一起享受轻松一刻的时候也是如此，美国人把这种做法看作无礼行为。

就在那一刻，我的妻子告诉我，她突然意识到，她当初在我们谈话的时候无意间冒犯了我，她不该随便接听电话。她解释说，从小到大，她从来没有被告知在吃饭或者聚会的时候，尽量不要让手机打扰到别人。

妻子真诚的道歉令我恍然大悟,她的无礼行为也许出于一种文化差异,或者是两国发展水平的不同,但有一点是肯定的,她在这一点上是无意的。我不禁为自己当初对她的责怪感到愧疚。

拔错牙的代价

闻 以

德国萨克森州第三牙科医院的伊万先生,是一位拥有牙科学硕士学位的资深牙科医生,从医10多年来,从没有出现过任何医患纠纷事故。然而在上个月初,却在阴沟里翻了船。

这天上午,伊万上班后诊治的第一位患者,是一位年轻的日本女患者,要求拔除一颗蛀掉的门牙,安装一颗烤瓷牙。

伊万不知怎么的,在给这位日本女患者拔除病牙的时候,将另一颗好牙连同拔了出来。患者立即向医院方提出措辞强烈的投诉。

院长主动向患者提出了三项赔偿方式给予选择:

一是给予最高上限2.5万欧元的精神痛苦补偿,同时负责将患者转给另一家牙科医院治疗,所有费用由本医院负责支付,同时,两人来去所有的交通费用也由本医院支付。

二是建议仍然在本医院疗养一段时间,院长本人负责适时免费安装两颗烤瓷牙,安装完毕回国后,院长本人会按时飞抵贵国,登临您的家门为您免费矫查,直至功能完全恢复到原来的状态。

三是如果以上两项都不同意接受,那只好由您诉诸法律,医院只能听从法院的判决。

这位日本女患者选择了第二个方案。

而医院监事会对伊万作出的处理是:从这位患者安装了烤瓷牙的当天始,伊万必须承担患者换了牙后所有相关的费用,当然还包括院长来回飞赴日本患者家矫查烤瓷牙的航班交通费,直至烤瓷牙的咀嚼功能完全恢复到理想满意的自然状态。同时给予伊万暂停一年行医而转调到药库分发药品的处分,并给予"最后警告"的惩罚,也就是说,如果再有类似的下一次,伊万就会被开除出院,并在德国医生从业网上注销伊万的医生资格,即使另谋他就也会大打折扣,因为在德国,有任何"开小差"的从业者,不管什么原因,都被视为"不受欢迎者"。

桥墩应该有多粗

　　我在美国访问时,发现一个有趣的细节:这里的卡车和大巴比中国大得多,尤其是卡车,两个粗大的烟囱,在国内从来没见过,就好像电视里运送洲际导弹的那种大汽车。可以推断,美国的道路和桥梁的承重量一定不比中国的小,但他们的立交桥桥墩,却比中国城市的立交桥桥墩细得多。

　　是不是因为粗大的桥墩,可以让缺少工程知识的普通民众感到安全?我的这种推测,遭到丈夫的嘲笑,他说:"建这种桥墩,不需要什么高新技术,纽约30年前的桥墩之所以比现在中国一些大城市里的桥墩还细,是因为纽约的市政管理制度比较完善。"看我有些不解,他解释道:"中国城市的市政工程多是由政府出资,国有企业承建的。

　　国有企业(私营企业也一样)为了把工程预算尽可能地提高,希望通过把桥墩建得更加粗笨以增加预算。当然,建筑商也可能担心中国的钢筋、水泥质量不过关,故意加粗一点。"

　　中国城市在提供公共物品的能力和效率上,与美国相比,差距立即显现出来,而且体现在很多细节上。经济学家在研究"制度质量"时,设法量化。如果我们能够把各个城市的立交桥承重量和桥墩的直径都调查清楚,这肯定是一个非常好的"制度质量"指标。

你知道我是谁?

尹玉生　译

刚刚当选上马萨诸塞州州长的克里斯琴·赫脱先生公务十分繁忙。这天上午,当他处理完所有急需办理的事务,已经错过了午餐时间。饥肠辘辘的赫脱先生急匆匆地来到附近的一家烧烤店。没想到虽然饭时已过,前来买炸鸡块的人还是排起了长队。赫脱先生忍着饥饿,随着队伍缓慢地向前移动着,终于轮到他了,他对卖鸡块的女服务生说:"给我两份炸鸡块!"女服务生微笑着对他说:"对不起,先生,今天买炸鸡块的人太多了,为了让每个顾客都能吃上我们的炸鸡块,一个顾客我只能卖给他一份。"女服务生将一份鸡块递给赫脱先生,就去招呼下一位顾客了。

"请原谅。"赫脱先生彬彬有礼地说,"我今天实在太忙了,早上都没顾上吃早饭,请你多给我一份鸡块吧。""这恐怕不行,尊敬的先生。"女服务生拒绝道。尽管赫脱先生是一位有修养、不爱摆架子的男人,但此刻他决定给女服务生施加点压力:"女士,你知道我是谁?"赫脱州长加重语气说道:"我是马萨诸塞州的新任州长!"

"州长先生,你知道我是谁吗?"女服务生也加重语气说道,"我是这里专门负责卖鸡块的服务生!"

守住底线

日前,到新加坡旅游。甫抵狮城,导游把我们直接带到市中心的制高点花芭山观景。我们边听导游讲解,边欣赏如画的景色。几位游客悠闲地点燃香烟,为了表示友好,其中一位拿出一支中华牌香烟递给导游,导游却微笑着谢绝了。

递烟者问:"你不抽烟吗?"导游答:"我的烟瘾比你们谁都大,但我只抽自己的烟。"说着他便拿出自己的烟抽起来。我注意到,他抽的是10元一包的万宝路,而递给他的中华烟每包价值在60元左右。

乘车返回酒店的路上,导游对他刚才的举动做出解释:"刚才有朋友递给我中华烟,我没有接受,我知道中华烟在中国是很高档的香烟,但是我们政府有规定,导游不能接受游客的任何东西,哪怕一支香烟。如果有游客投诉我抽了你们的烟,我就会被贪污贿赂调查局请去喝免费咖啡。不属于我的东西,哪怕再昂贵也不能接受,否则我就对不起国徽,这就是我们签约导游的做人底线!"

听了这番话,车里一片寂静。导游的底线,是一种做人的境界,是一个民族保持强大生命力的源泉。

为啥老吃惊

李浅予

中国高级检察官代表团访问澳大利亚,在新南威尔士检察院,当有人问到如何处理检察官违法乱纪案件时,州检察长竟不知这个概念。检察长自豪地告诉中国同行,到目前为止,澳大利亚百年来还没有发现一起法官、检察官收礼受贿等违法犯罪案件。

中国检察官吃惊了。

瑞典法律规定,拥有电视机的家庭须缴纳"电视费"。在瑞典看电视,只要接上线就能收看,即使你没缴费,也没有人会切断你的线路。瑞典人一般都会主动缴纳这笔钱,如果不缴,会有偷税、漏税之嫌。

一位中国留学生的房东有台旧彩电,可他眼睛不好,所以他很少看电视,而是以收音机取代电视机。有一天,他和这位留学生聊天时说,不看电视还要缴费,不合算,他打算把电视机捐给慈善机构。第二天,他果然停缴了电视费。可停缴没几天,突然有了重要节目:东德与西德合并仪式的现场直播。

房东是从匈牙利来的移民,对这样的大事非常关心。现场直播前,他后悔地说:"这个季度的电视费真不该停缴。"留学生觉得他傻得可笑,便"指点"他说,只要接上线就可以收看了,今晚看了,明天不看不就行了?房东听了这话,吃惊地看着他,半天没说话。那天晚上,这位"傻冒"房东愣是坐在收音机前,听了几个小时的"现场直播"。

这回,轮到中国留学生吃惊了。

尊严永远不可毁灭

张达明

1797年的7月15日，一个名叫StClairepollock的5岁小男孩，失足坠崖身亡。父亲在悲痛之余，决定在自己的土地上为儿子修建一座小小的坟墓，为了不让失去儿子的痛苦时时折磨自己，孩子的父母决定，卖掉全部土地，迁移到远离儿子的地方居住。在转让土地的契约里，孩子的父亲对土地的新主人提出了一个特殊要求：土地虽然以后归你所有，但孩子的墓地必须完整保留下来，不能私自拆迁和铲平。

100年过去了，这片土地不知辗转卖过了多少次，也不知道更换了多少个主人，但孩子的墓地却被完整无缺地保存下来。在此期间，格兰特总统逝世，美国政府选择安葬小男孩的地方作为格兰特总统的墓地，但政府不仅没把小男孩的坟墓迁走，而且还把孩子的墓地重新予以修建。

又过了100年，也就是1997年的7月份，是格兰特总统墓地建成100周年纪念日，美国政府决定对格兰特总统墓地重新修整。而此时，也正是小男孩去世200周年纪念日，政府在修整了格兰特总统墓地的同时，也修整了小男孩的墓地。时任纽约市市长朱利安尼还特地为小男孩题写了碑铭。

美国前总统里根曾在一次拜谒格兰特总统墓地时说："虽然小男孩只是一位平民的后代，但他也应享受和总统一样的待遇。因为，他的墓地属于他的私人领域，是永不可毁灭的，谁也没理由剥夺他安卧在自己领域的权利。"

一只小野鸭的弹劾力

刘燕敏

卢塞恩是瑞士的第三大城市,因毗邻卢塞恩湖而得名。

前不久,在城中的五谷广场发生了这么一件事:一只野鸭在花坛边做了一个窝,并孵了一只小野鸭。这本来是一件喜事。有许多网友在网上表示祝贺,市长还亲自前往探视。可是,小野鸭在出壳后的第七天,意外地死掉了。

这一死可不得了啦!一个民间鸟类保护组织首先发难,责问市长:你有什么权力去探望那只小野鸭?他们推测,是市长扰乱了它们的宁静,致使小鸭受到惊吓。市长这种树形象、拉选票的做法严重侵犯了动物的生存权。为了平息事态,市长不得不对自己的行为作出解释,并向小野鸭的死表示愧疚,同时,向市民道歉。

就在市长出面道歉的第二天,一个民间环保组织又发难了:一只鸭子为什么要跑到市政广场上来孵小鸭,难道卢塞恩湖湖水已经被污染了,要不然,它怎么会跑到广场上来?

这一问,更不得了啦。因为卢塞恩居民的饮用水全来自卢塞恩湖。居民开始到市政广场游行,环境监测部门也立即出动,对卢塞恩湖的水质进行鉴定。鉴定的结果是,卢塞恩湖污染度上升了0.1‰!

市议会不敢怠慢,立即召集会议研究此事,结果是,市议会拨出2000万法郎专门用于减污工作,市长引咎辞职。

市长辞职后的第45天,瑞士为了发展旅游业,就加入《申根协定》进行全民投票。这个协定是一个关于相互开放边境的协定。正是由于那只小野鸭，93％的卢塞恩人投了反对票。他们认为，加入《申根协定》后，会有更多的外国游客拥向卢塞恩湖。到那时，将不只是一只野鸭飞向市政广场，可能是三只、五只、十只甚至是一百只，居民的饮水也将会更加糟糕。最后，《申根协定》没有被通过。

　　一只小野鸭影响到国家的对外政策，我们可能觉得小题大做，然而这是事实。

没有路的路

崔鹤同

　　韩国首都首尔有一条清溪川。20世纪60年代,清溪川是一条清澈幽静的河流。很可惜,后来被污染了,河水浑浊不堪,臭气冲天。于是,当地政府就把这条河加上"盖子"封死了,下面是排污河,上面成了一条路。20年以后,这里的交通越来越拥挤;为了缓解日益拥挤的交通,于是清溪川被改建成了一条高速路。几年之后,这里的交通又变得拥挤不堪,于是政府不得不又在这条高速路上另建了一条新的高速路。然而,似乎杯水车薪,这两条高速路建成之后,这个区域变得更加拥挤。

　　首尔新市长上任后,为了解决清溪地区的交通问题,提出了一个大胆的设想:能否拆除这两条高速路。当时,几乎所有的人都反对这种做法,认为拆除后交通必然会更加恶化。

　　但是,奇迹出现了:当政府花费5亿美元拆除这两条高速路,并恢复清溪川河流的面目后,整个城市的生态得到了很大的改善,交通状况也变得更好了。因为光天化日之下的清溪川,人们不会再去肆意污染它,高速路没了,车辆分流了,拥挤当然也就不复存在。

丹麦:老板不能叫秘书倒水

　　丹麦人富裕,人均国民收入 3.46 万美元,全球排名第七。但丹麦人不能容忍政府官员贪腐或享有特权。举例而言,2005 年 5 月,丹麦爆发低阶移民官收受中国留学生贿赂的丑闻,其中一件贿赂案金额约 7.5 万元人民币,竟被称为"丹麦 30 年来最大宗的贿赂案"。

　　就连丹麦皇室,也必须遵守法律并维持俭朴生活。皇宫为灰褐色哥特式建筑,外观朴素,4 栋建筑分别为现任女王玛格丽特二世与王夫、王储、二王子以及宾客的住所。民众与车辆可自由穿梭在 4 栋楼中间,象征平等与亲民。小王子寝宫楼下就是文物馆与纪念品展示区,人来人往。

　　周末,女王经常只带两位随从,静悄悄走进教堂内祈祷。一位见过她走入教堂的丹麦民众说:"看见她只带两个人出现在面前,我吓了一跳,那真是神奇极了!"女王甚至自己上超市买东西。

　　爱上网的丹麦人,随时可以上网查阅丹麦皇室主要成员的预算,包括女王、王夫、王子、王妃,一清二楚。

　　"对丹麦人而言,最有权力的人和最没有权力的人距离很小,这是一个非常平等的社会。"音响制造公司 B&O 首席执行官苏腾邦说。

　　离开丹麦前两天,我们遇见哥本哈根今年第一场瑞雪。韦思特(Vestas)首席执行官迪特烈·英格在风雪中快步走回办公室,自己拎着皮包与大衣,自己开门,自己倒水,一位部属在一旁,任由老板服务我们。要不是换名片,根本分不出来谁是领导。我们一路采访,从未见员工帮领导倒水,所有领导都是自己动手。

丹麦最大烟草公司皇家烟草市场发展总监汉斯·豪斯克夫告诉我们:"在丹麦,老板绝不可能叫秘书倒水,如果他这样做,秘书大概会把水倒在他的脸上!"

不能辜负的那份尊重

2006年夏天,在德国留学的中国青年杨立从波恩港出发,沿着莱茵河开始了他的自行车旅行。

一天,当他来到莱茵河沿岸的一座小镇投宿时,却被几名身着制服的警察拦住,彬彬有礼地把他请到了警局。说是受一个叫作克里斯托的小镇之托来寻找他。

在警局,杨立接到克里斯托镇镇长打来的电话,要他回克里斯托小镇领取500欧元的奖金和一枚荣誉市民奖章——这是小镇历来对拾金不昧者的奖励。

原来,两天前杨立路过克里斯托的时候,将捡到的一个装有几千欧元现金和几张信用卡的皮夹送到了市政厅,连姓名都没有留下就悄悄离开了。这次镇长希望他回去,他回答说,施恩不图报是我们中国的传统,自己如果接受那笔奖金和荣誉,反倒显得动机不纯。

镇长想了想,问杨立:"你知道我们是怎样找到你的吗?"

镇长告诉他,在他离开后,镇上的人们立即开始打探这个善良的东方青年的下落。由于杨立在镇上只是稍作停留,镇上的人也只是听说他在沿莱茵河旅行,连具体的方向都不清楚。小镇的警局只好把对杨立相貌的拼图电传给上下游两岸的十多个城镇的警局,发动了百余名警力,这才把他找到。

听到两天来克里斯托小镇如此劳师动众地寻找自己,杨立很是感动,也很不理解:既然自己都已经离开,还有必要如此大费周折吗?

镇长听到他的话之后,用英语说了句"东方式思维"。然后严肃地回答:"施恩不图报,并不是你们中国人眼中简单的个人问题。可以说,你拒绝我们的请求,已经相当于在破坏我们的价值规则。那些奖励你可以不在乎,但你必须接受。因为那不仅仅是对你个人的认可,也是整个社会对每个善举的尊重。对善举的尊重,是我们每个公民的责任,也让我们有资格去劝勉更多的人施援向善。所以,我们才不能因为你的无私而放弃履行自己的责任。"

这番话让旅居德国近一年的杨立第一次真正认识到"德意志智慧"。最后,他终于答应回到了克里斯托。因为,他明白,自己实在辜负不起那份尊重。

规范在德国

郑　健

下了飞机,办完入境德国的手续,在导游的引导下,乘中巴赶到餐馆时,已是晚上 7 点多钟了。这是一家中餐馆,老乡见老乡,话多了些,待吃完饭已快 9 点了。

我们刚走出餐馆,一直停靠在餐馆门口的中巴打开了车门。上车坐定后,我发现司机换了。

20 多分钟后,中巴将我们送到了旅馆门口。

待卸完东西,司机走后,我问导游:"是不是我们用餐时间太长,原来的驾驶员有意见……"

导游先是一愣,接着笑道,"不,是超过时间了。"

导游解释,德国法律规定,司机每天工作时间不可超过 9 小时,包括景点参观和用餐时间。第一位司机超过了时间,公司就主动调换了人。

第二天,我们从柏林到德累斯顿参观。走了约莫两个小时,中巴在高速公路一个临时停车点停住了。

司机转身笑着对我们讲了几句话,导游翻译说:"请大家在车上休息 15 分钟。"

"在车上休息?离德累斯顿还有多远?"有人问。"也就 10 多分钟。"导游回答。

也就 10 多分钟还休息?

导游说:"德国的交通规则明确规定,司机行车两小时,必须休息15分钟,如果不休息,必须在行驶4小时后休息45分钟。"

听这么一说,我觉得这样的规定有利于驾驶员休息,保证交通安全,不是没有好处。可是,全德国每天有那么多的车子在跑,谁来督促落实呢?

导游好像看透了我们的心思,接着说:"德国的每一部车子,无一例外地安装了检测器,可以将行车情况详细地记录下来,交警可以随时抽查。如有违反,将重罚不贷,甚至可以吊销驾驶执照。"

堪培拉公园的烤炉

俞敏洪

早春二月，我和两位同事应朋友加利邀请，来到澳大利亚。我们行程的最后一站是堪培拉市。在那里，我们计划去郊区公园吃一顿烧烤晚餐。

我们购买了牛排、三文鱼等食品，带上调料就出发了。我感到奇怪，既然是烧烤，怎么连烤炉都不带？到了那里才知道，政府在公园里面安装了公用烤炉，轻轻一摁开关，烤炉就会自动点燃，还不收钱。

感叹之余，我不禁说了一堆赞扬澳大利亚的话。加利听后笑着说，以前，这里的烤炉可不是免费的，政府在里面装有收费仪器，只有投钱进去，才能点燃烤炉。于是就常常有人在深夜撬开烤炉，把钱偷走。后来，用于维修炉子的费用，比收到的钱还多，经过反复研究，政府干脆将烤炉免费开放。从此再没有一个烤炉被人撬开过。

光靠民众的自觉，总会有人不自觉。人类的本性都差不多，没有哪一个地方的人比另一个地方的人更高尚。澳大利亚以前就是英国流放囚犯的地方。现在，这里秩序井然，不是民众道德高尚，而是因为服务到位。

观念

星　竹

不少人奇怪，德国人制造出的机械怎么会那么坚实耐用。德国加入了欧共体后，大家才猛然发现，原来是在观念上，德国人与别国有根本的不同。

有一个真实的例子。欧共体成员在一起研制大型客机。试飞阶段时，一些国家的工作人员照例将"精心保养"、"小心爱护"的字样贴在机舱的醒目位置上，以提醒前来试坐的顾客们处处小心。这几乎是全世界的生产商们所惯用的"提议"。而德国人却按照自己的观念，撕去了那些提醒人们如何小心、如何爱护的字样，请前来试坐的每一位顾客，对机舱内的所有设施尽可能地折腾，比如厕所门，你尽量地硬拉硬拽，甚至摔打；对你的座位，你尽可能地摇晃，甚至拆卸；凡是开关、按钮、能转动的地方，希望你用最大的力气去扭动；抽水马桶、餐具、顶灯开关……你都可以以破坏式的方式使用，从而达到最高的使用极限。结果，凡是易损易坏的部分都暴露了出来，最终得以加固完善。

德国人的产品之所以经久耐用，原来在于他们对产品试验时与众不同的观念，德国人从来不主张让人去小心爱护。因为一件产品是否耐用，完全是厂家的事。

瑞士人的生活态度

王重和

那年我参加瑞士巴塞尔博览会,除了接单做贸易还零售卖品,以扩大中国出口商品的影响。

一天,有位中年妇女领着孩子来参观。那是个非常招人喜欢的小男孩,他趴在我们橱窗前,不愿走开。当时我们出售一款活动体闹钟,图案是"鸡啄米",随着秒针走动,鸡群会一下一下啄米吃。看得出小男孩非常喜欢,两眼满是希冀的目光,他多次拖住妈妈的腿,好想妈妈能掏钱买下这款闹钟。我看到后拿出闹钟想送给小男孩,他妈妈有礼貌但坚决地拒绝了,她十分真诚地对我说,虽然闹钟很漂亮,但瑞士人从不买自己并不需要的东西,对孩子不能满足他不合理的欲望。看着小男孩失望地离去,我觉得这位母亲似乎有点小题大做。

博览会中国日那天,东道主举办酒会招待各方来宾。我发觉一个很奇特的现象:那些端着酒杯四处寒暄的瑞士客商,葡萄酒杯里装的都是啤酒。我问个中原因。一位瑞士客商笑着说,巴塞尔人商场应酬时都喝啤酒,在他们眼中喝葡萄酒很奢侈,有违清教徒传统;即便在家中也很少喝葡萄酒,葡萄酒比啤酒贵,他们不喜欢花太多钱在吃喝上。他问我知不知道瑞士人煮鸡蛋的故事。瑞士人习惯在平底锅里放一厘米深的水,等水沸腾了就关掉电源,利用余热将鸡蛋煮熟,这样可节约一半电费。他要我别笑话他们的生活态度。其实,我从心底里钦佩他们富而不侈、始终守住节俭的心态。

一根牙签能"走"多远

怡　然

　　读到一位同胞写的一个域外故事。他在波恩邀请一位德国朋友吃饭，餐毕使用牙签，用完信手弃之于碟中，待服务员来收拾。而德国朋友用完牙签后，则将其折断为三截，放入手帕，置于公文包内。何以如此？原来他要把牙签带回家，放入粉碎机里粉碎。我们的那位同胞大惑不解，处理一根小小的牙签为啥要如此郑重其事？德国朋友竟正儿八经地说出一套"理论"来：牙签的一端像针尖一样锐利，当我们剔完牙齿后放在盘碟中，服务员就会将其扔到垃圾袋里，于是就很可能把垃圾袋戳出个小窟窿，里面的脏东西就会溢漏出来，这样就会弄脏环境；还有一种可能，就是牙签被裹在残菜中，一旦被饿极了的狗呀猫呀的动物吃了，便很可能卡住喉咙，那就不道德了；另外还有一种可能，如果清洁人员的手忽然碰上了它，很有可能被刺破皮肤，会出现流血，不及时进行处理，那就很有可能会感染上细菌……

　　天哪，这个德国佬的联想力如此丰富，亏他会想得出那么多"可能"，对一根小小的牙签竟如此"小题大做"！可这无疑把德意志民族的那种严谨、精细、一丝不苟表现得淋漓尽致，实在令人感佩！据说，许多德国家庭都有一种自己动手制作的家用小机器，专门用来粉碎木质、竹质之类的废弃物。要丢弃的小物件，都会被投入这种小机器里粉碎，然后把渣粉掺和些许肥料，撒在花圃或草坪里，用以膨松土壤。他们认为，这些来源于自然的东西，当然要回归自然。呵呵，真是利己利人利自然！

异味问题

刘心武

一家美国顶尖级的金融机构，租用了北京一座新建成的商用大厦的一整层，进驻以后，很快向物业管理部门提出投诉：洗手间有异味。物业方面对那一层的每个洗手间都加强了管理，不仅要求清洁工随时打扫，也增加了除臭剂、芳香剂的用量。可是，美国公司方面仍然认为气息不合格。

大厦的物业管理部门尽管客客气气地跟美国公司打交道，但背地里不免认为是吹毛求疵。因为，那大厦是请外国著名建筑设计所设计的，造价极高。仅就大堂的气派来说，美国类似的大厦很难与其比肩。所使用的建筑材料和室内装修部件，简直就是从美国搬到中国来的，怎么会有问题呢？

美国公司做事极其认真，为此跟物业管理部门组成了一个调查小组，一环一环地进行检验。最后发现，问题出在管道上。

要彻底解决洗手间异味问题，就只能是换掉原来的管道。物业管理部门的人士说，大厦已经建成，把污水管道全部重来，经济上是绝大损失，技术上也非常艰难，难道你们的不能容忍就达到了如此程度吗？美方回答是：一点也不能容忍。异味问题不仅是个气息问题，也是健康保证的大问题，说到头是人权问题。因此，最终方案是：拆换所有的排污管道，全部费用由美国公司方面承担，大厦物业则负责全部工程的进展。为保证这次的排污管道置换达标，美国公司还特别雇来专门的工程师，指导施工和随时检验。

城市建设,不要以为起高楼、追富丽,或者搞前卫、玩怪异就是"与国际接轨",甚至就算"世界领先"了。说句大实话,与其在"面子"上下本钱费工夫,不如先把排污系统弄完善达指标。什么时候我们无论哪里的卫生间里都彻底消除了异味,也许我们的城乡建设才算真正达到了人类普适性的文明层次。

宽容比自由更重要

1908 年 8 月 15 日,伦敦报纸登载了一条引人注目的消息:33 岁的内阁贸易大臣温斯顿·丘吉尔先生与 23 岁的克莱门蒂娜霍齐娅小姐订婚。

举行婚礼的这一天热闹非凡,宾朋满堂,欢歌笑语。证婚人是财政大臣劳合乔治。而他选择的男傧相却是他在下院的一个坚决反对者——休塞西尔勋爵。当时丘吉尔推行一系列争取工人拥护的社会改革,休塞西尔勋爵在内的贵族集团坚决反对这些改革。这里反映了英国政治生活中的一个很有意思的特点:人们可以在下院和政治集会上相互咒骂,如同仇敌,但在个人生活中却能成为亲朋好友,相敬无间。在政治生活中虽然是公敌,却不妨碍他们在私人生活中称兄道弟。恩格斯《在马克思墓前的讲话》中也这样说过:"马克思是当代最遭嫉恨和最受污蔑的人……而我敢大胆地说:他可能有过许多敌人,但未必有一个私敌。"西方近代的这种文化现象是多么地耐人寻味。

宽容比自由更重要!这宽容来源于对每个人权利的尊重:我虽然不赞成你的观点,但我坚决捍卫你发表观点的权利;我虽然不支持你的行动,但我坚决维护你合法行动的自由!

门牌铭记历史

七　月

　　来到捷克首都布拉格，许多人一眼便能发现一件有趣的事——城中每户门旁都挂着两个门牌，一个蓝色的，另一个红色的，无一例外，两个数字之间却又毫无联系，叫人看了有趣却又费解。

　　仔细了解之后，发现两个门牌有着不同的意义。蓝色的那块门牌，类似世界上其他地方的用法，指的就是房子在这条街道上的位置。而红色的那块门牌，可就十分特别了。布拉格是座古老的中世纪城市，最早的区域就是雄踞在伏尔塔瓦河畔的城堡区。随着历史的不断推进，城市渐渐向外围扩展，规模越来越大，于是，市政当局就根据时间的先后挂上了这红色的门牌，这就相当于给整座城市排了个队。

　　我们沿着湍急的伏尔塔瓦河向城堡方向漫步，看到每栋房屋红色门牌上的数字越来越小，大家心里都十分崇拜。尤其是当两位数字以内的门牌频频出现时，说明这些都是来自中世纪的古屋。而那座以"1"命名的，捷克民族最古老的源头，正是不远处巍峨耸立在日光下的庞大城堡。

　　城堡旁的黄金小巷也是不可不去的地方。这里曾是为王公贵族打造金饰的炼金工匠居住的地方，故而得名"黄金小巷"。其中最最出名的一座小屋被漆成了天蓝色，门楣上用油漆写着数字"22"，这正是作家卡夫卡曾经居住过的地方。就是在这个小屋里，卡夫卡完成了以布拉格城堡为背景的文学作品《城堡》。

我们好奇地询问导游小姐，如果在信封上只写了红色的门牌数字，信能不能投中呢？导游小姐笑着说，当然是可以的，只不过要比写上街道名称的蓝色号码要慢一些。

说到这里，我们不由地佩服捷克人对传统的重视。城市需要不断地拓展，旧文化的实用性不可抗拒地越来越低，但是，我们何妨留给它一块值得纪念的位置呢？况且，这个位置不过是一块门牌的大小而已。

美国教育部长的邻居

李良旭

一次，央视著名主持人崔永元在美国当时的教育部长威廉·贝内特家采访，他发现这位部长的别墅很豪华、很气派。心想，住这么好的房子，这位部长家旁边的那些邻居，一定不是达官，就是显贵。出于一种职业的敏感和习惯，崔永元采访完这位部长，就随意地向这位部长打听，她的邻居是些什么人？

说到邻居，这位部长显得十分兴奋，笑着说道，我的邻居，左边住的是一个修下水道的水管工，右边住的是一个超市营业员，他们住的房子和自己是一样的。唯一不同的是，左边人家的下水管道从来没有堵塞过，而我家的下水道却常常堵塞；右边人家下班后，可以从超市顺便买些菜回来，而我下班后，却还要到超市去买。他们虽然都是蓝领，但收入并不低，与我这个部长收入不分上下，社会地位很高。

这位教育部长的回答，让见多识广的崔永元暗暗吃了一惊。他疑惑地问，你家下水管道堵塞了，不能请那个修下水道的邻居来修一修吗？你是一个部长啊！

这回轮到这位部长惊讶了，她说，这怎么行？这是绝对不可以的，因为他有他的维修单，有一个先来后到的问题，不管你是教育部长还是副总统，必须要排队，排到你才是你，而且是有时间约定的。

部长与下水管道工和超市营业员做邻居，不仅没有感到身份的降低，反而感到这是一种荣幸。社会分工的不同，并没有降低他们在社会上的地位。每每谈起这次采访经历，崔永元总是感慨不已，心潮起伏。

走进德国短寿博物馆

小　闻

　　德国图林根市有一所短寿博物馆。该博物馆坐落在一条很寂静的街巷中,约1000平方米的大厅里展示着全国2000多名短寿者的人生档案。且按名人、平民分门别类陈列在一只只玻璃柜中,每一位短寿者各有详细说明:为什么会短寿? 在这些短寿者中,年纪最大的不过56岁,最小的仅有19岁,其平均年龄不到29岁,其中不乏功成名就的人士,比如乌韦·巴舍尔,他是德国著名的法学家和政治学家,1944年5月13日生于奥拉宁堡,1987年10月11日卒于日内瓦,由于长期忘我劳作,没有注意休息而透支了健康,只活了43岁。又如戈特弗里德·奥古斯特·比格尔,德国著名的文学家,他系统地整理并出版了吹牛大王明希豪森的冒险故事,然而只活了53岁,致使他英年早逝的原因是长年夜以继日地写作,导致身体状况每况愈下。而提示语称:戈特弗里德·奥古斯特·比格尔如果能注重锻炼身体,有病及时就医的话,活到80岁以上是用不着怀疑的……

　　名人的短寿自然使人惋惜不已,然而相当多的短寿者几乎都是些虚度光阴之辈。比如有600多名短寿者都是性放纵者,男女比例各占一半,他们从15岁起,就开始寻欢作乐,无节制更换性伴侣,先后患上性病或艾滋病提早跨入了另一个世界。

　　在这短寿博物馆里,没有一位解说员,只有文字和图片,再还有一些佐证的实物,并配以灰暗射灯之光晕作背景,给人一种惨淡

273

黯然的感觉。当我们驻足在这一个个短寿者相片前,胸口好像被一块铅压迫着,仿佛透不过气来。据导游说:这里每天有络绎不绝的参观者,其中有很大部分是医院里的患者,他们年纪很轻,却恣意挥霍自己的生命资源,医院方组织他们来这里触景生情,以图唤醒他们内心那一丝珍惜、珍重生命的潜意识吧。

加拿大学术会议亲历

吟 秋

参加了一次加拿大学术会议。会议在饭店举行,进门处有人接待,发放胸卡,上面有姓名和单位,方便交流,同时还可当作就餐卡,凭卡进餐厅。

会场在二楼,电梯旁、楼上拐弯处,都有人指路。入口处的桌子上,摆放着不同语种的会议资料,一旁备有铅笔、圆珠笔和白纸,按自己的需要选用。

举行会议,没有会标、没有主席台、没有开幕式、没有照相,把会议题目用投影仪打在幕布上,旁边是演讲台。令人难忘的是,大会主席首先提议,"为中国四川地震遇难者默哀一分钟"。

午餐时,第一道是汤,先发一个碗,里面有熟鸡肉丝、胡萝卜丝、海藻丝,服务小姐拿着茶壶过来冲,壶里是热乎乎的浓汤。

第二道主菜是鱼,旁边配一团米饭,配小手指头粗的一根豆角、一根胡萝卜、一根芦笋、一根芹菜,用韭菜叶捆上,上面浇了汁。

第三道是甜点,一个冰激凌。当然,没有酒和其他佐餐饮料,只有白水、茶,你可以挑选的是红茶或绿茶、热水或凉水。

会议日程定的午餐时间是一小时,我原以为不够,看看表,不过 20 分钟。

散会时,会务组的人过来收胸卡,他们把里面的纸片换掉,下次接着用。在国内,这不可想象,一个胸卡批发价不过一元钱。

英国人这样纪念逝者

这几天,如果你留心收看英国首相卡梅伦的电视新闻,或可发现他西装左胸的口袋上,别着一朵红色的小花。

小红花名叫 Poppy。一战时,红色的 Poppy 开满战场。因此,当11月11日被确定为一战停战日,并发展为一些国家两次世界大战的纪念日时,它也就成了纪念在战争中失去生命的人们的一种标志。每年10月下旬至11月11日间,英国人都会不约而同地戴起这种小红花,以缅怀那些为国家荣誉而献身、在重大灾难中失去生命的同胞。

Poppy 可以在超市、便利店、广场、地铁口、商城入口等处买到。不贵,1 镑一枚。销售收入基本上都捐给老兵协会或其他慈善组织。

佩戴 Poppy 已经成为英国的一个传统,没有任何行政命令要求国民这么做。每到这个季节,英国的每个纪念碑前,也都可见到用 Poppy 做成的花圈。

当历史能够得到国民的自发纪念与反思时,这个国家的民族凝聚力自然不可小觑。

一位美国小贩的体面工作

大　林

　　一个以卖卷饼为生的美国小贩10月1日因心肌梗塞猝死。通常情况下，一个人生前不富不贵，无职无权，他的逝世除了带来家人的哀痛，不会有多大反响。但这位名叫卡尔洛斯的小贩，却意外赢得许多人自发的哀思与纪念，《华盛顿邮报》在头版刊登了他的讣闻与故事。

　　其实，卡尔洛斯就是一个在街头摆摊卖早点和快餐的，要说不同，就是他摆摊在华盛顿法拉格特广场。20年如一日，卡尔洛斯将他的卷饼摊做成了当地的一个标志。人们光顾他的卷饼摊，不只是得到滋味十足的红豆卷饼，热气腾腾的咖啡，还能与他朋友般的敞开心扉。

　　尊重人，同时被人尊重，不仅使工作体面，也使人得以体面。我们常说，工作只有分工不同，没有高低贵贱之分。但坦率地说，我们的内心还没能根植这样的价值取向。

　　卡尔洛斯的可贵之处，就在没有简单地止步于你付钞票我给卷饼的交易关系，而是把每一位顾客当朋友给以关心，当生命给以尊重。他会发自内心地"希望你今天心情愉快"，为顾客送上自己的祝福；他会记住数百位常客的喜好，以精心的服务让他们各得其所。而他得到的回报，就是许多人成了他的好朋友，出差在外地或异国他乡，都会给他寄一张明信片。

　　明信片的邮收地址是"17街和K街路口的卡尔洛斯卷饼摊"。

这是一个温馨的地址，让人感到政府对小贩的容纳甚至呵护。政府营运的邮政部门，完全可以"查无此处"为由，让顾客与卡尔洛斯的情感纽带失去着落。华盛顿不繁华、不需要良好的市容市貌吗？显然不是。由此我想到，政府能否在治理城市的过程中，时刻不忘保障人的劳动权利，为愿意诚实劳动的人提供宽松环境，更是普通人能否享有体面工作的关键。

德国馆内的"绊脚石"

钱培坚

走进上海世博会德国馆,细心的参观者会发现地面上被"不科学"地放置了许多磕绊人们脚步的黄铜石。

这些方方正正的绊脚石上,刻有字母和数字,在金灿灿的外表之下仿佛向过往游客诉说着什么。

那么,这些不寻常的黄铜石究竟是做什么的呢?

据介绍,这是德国艺术家昆特展示的一种个人创意:在纳粹受害者生前最后居住的房屋前,将镶有黄铜片的石块铺设在人行道上,黄铜片上刻有受害者的姓名及出生和死亡日期。

走在德国街头,你就会在不经意间与那段特殊的历史邂逅。

昆特从 1993 年开始,从档案中找出这些人的名字、出生与死亡的日期、被害前的最后住址,镌刻在 10 厘米见方的铜片上。他说:"德国有许多大型的犹太纪念物,都是巨大的象征,却没有一个是针对个人的。波兰的奥斯维辛是这些受难者的目的地与结束点,但是这些难以想象的恐怖事情,是开始在这些楼房当中。"

上海世博会的德国馆里,就复原了"绊脚石"刚铺设完工的场景:一幢房子的窗下,遗留着一只泥水匠的木盆,一把鬃毛刷子,静静躺在地上,仿佛周边的水泥还未干。几片镶嵌在地面的纪念铜牌上,第一行文字都写着:Hierwohnte,中文是"住在这里"的意思。

这是为普通人塑造的小型纪念碑。除了德国,奥地利、波兰、捷克等国家也加入这个项目。到 2010 年 7 月,有超过 25000 片绊脚石，镶嵌在欧洲的大街小巷，提醒人们，就在铜牌铺设的地点，曾经发生过怎样的暴行。

在德国，铺设黄铜片"绊脚石"这一项目没有任何来自官方的资助，完全通过民间捐款来完成。受害者的亲属只需出资95欧元就可以铺设这样的一块石头。

而此次黄铜片"绊脚石"出现在上海世博会德国馆，除了这些深层次的意义外。其实也在提醒我们每个人，谁都可以力所能及地为城市文化、为国家历史作出自己的贡献。

美国的校车文化

中秋节前几天,北京道路堵塞之严重让我一些当家长的朋友苦恼不堪,因为开车接送孩子上下学是他们每天的必修课。

相比之下,美国的经验值得我们借鉴。我们经常可以在美国影视剧里看到,大部分孩子都乘校车上下学。美国学校普遍使用校车,不仅解决了孩子们的上下学问题,也培养了他们的自立精神和社交能力。值得强调的是,美国校车文化的形成,是有其坚实的制度基础的。在美国,黄色为主、黑色为辅的校车具有很大的"特权",比如,当校车司机用停车牌示意校车停车上下学生时,后面及迎面的车都必须停下来;如果有车因为校车旁边没有车而绕行,也是违规的。美国政府还对校车生产进行了严格管制,要求出厂校车从零件到整车,各方面都要达到严格的安全水平。因此,在美国,校车的事故率要远远低于其他车辆。

美国校车文化的背后,蕴藏着与自我克制精神相交融的平等观念、公平观念。对校车施加的各种制度性保护,体现了整个美国社会对孩子的爱护,对弱势群体生命尊严的尊重。校车也使富人家的孩子与普通家庭的孩子处于一个相对平等的交通环境中,从而为孩子们创造了一个更加平等的成长氛围。

一个美国列车乘务员的退休"典礼"

薛　涌

在美国，我曾经无意中看到一个美国列车乘务员退休的场面。

那天，我乘火车出去办事，上车后又临时改变了主意，要比预计的再往前坐几站。我找到乘务员，说我行程有变，希望补一下票。不料，那位乘务员说："你就不补了吧，今天是我上班的最后一天，明天就退休了。这几块钱，算我给你的礼物了。"我一听连声称谢。

火车快到纽约时，广播里突然播送一个通告，说某某某乘务员，在服务了35年后，明天退休，今天是他工作的最后一天。声音未落，全体乘客不约而同地鼓起掌来，我也跟着猛拍了一阵手。

再过一会儿，那位乘务员在到终点站前清点车厢，一路走过来。乘客们又开始一片掌声，纷纷上前跟他握手，我也迫不及待地站起来，将双手伸过去。后面几个小伙子，干脆上去跟他拥抱。一时间，这位辛苦一辈子的小小乘务员，在素不相识的乘客中，仿佛成了一个 NBA 的球星。

火车终于到站了，我随着人群走向站台出口，在出口处，我看见许多身穿铁路制服的人等在那里，觉得有些不寻常，脚步不自觉地停了下来。不一会儿，这群人掌声雷动，还有人大声喝彩、尖叫。我一下子就明白是怎么回事了，回过头去，果不其然，那位乘务员的身影从人群中显现出来，一缕憨厚的微笑，挂在他的脸上……

我眼圈湿润了。不知什么时候，也能看到中国老百姓这样退休。

日本人的手机文明

张金刚

日前，一次赴日旅行的经历，让我领教了日本人生活中的手机文明。

令我惊讶的是，一路乘坐地铁、参观旅行、逛街购物、餐馆就餐，却出乎意料地没有听到一声手机铃声、没有听到一人大声接打电话。旅行期间，我们曾在不同的城市雇用当地的司机。一次，司机在我们下车前，征询导游美子的意见，可否互留一下手机号码。美子爽快答应。当司机告诉完他的手机号码后，美子便把电话拨了过去。很快，司机挥着振动的手机说：收到了。

我忍不住好奇，下车后便问美子：你们怎么都喜欢用振动模式，是不是有专门的规定。美子笑着说：没有什么规定，这只是我们日本人的一个习惯而已；这样一来，手机铃声便不会影响到别人了嘛。

曾乘地铁到商场购物，一上车就发现车厢内的老、弱、病、孕、残的专座上方，贴有明显的告示，提醒在上述专座旁，要关闭手机。我十分不解，这些专座旁为何要关闭手机？美子解释：这是为了避免手机对有些老人和心脏病人的辐射影响。

旅行期间，一位同事曾因水土不服恶心呕吐，我便随他在美子的引领下到宾馆附近的一家医院看医生。一进医院，就在走廊里发现了禁打电话的提示牌。经询问护士才知，医院限制使用手机，主要是怕影响病人的休息、治疗，或避免给助听器带来杂音，同时也防电波干扰医疗器械。

韩国是他的

跟一位韩国朋友初次见面,我说:"韩国的书制作很精美!"

我说的是由衷之言,韩文版的《面包树上的女人》印刷得很漂亮。这位朋友听到我的赞美,一边鞠躬一边说:"真的吗?谢谢你!"

他那副开心的样子,好像书是他制作的。

我说:"近年韩国的电影很不错!"

他听到了,谦虚地说:"是的! 大家都很努力!"

不知道的话,还以为他是电影商人。

我说:"韩国的泡面很好吃! 尤其有个'辛'字的那种泡面,香港人都很喜欢吃。"

他听见了,乐不可支,说:"真是太客气了! 太客气了!"

不知情的人,会以为他是泡面生产商。

负责翻译的,他的朋友终于忍不住取笑他:"你不要老是以为整个韩国都是你的!"

韩国人很爱国,很团结,只要你称赞韩国任何一样东西,他们就认为你在称赞他们整个民族。他们以自己的民族为荣,绝不自私。假如我说:"韩国的女人很漂亮。"他大概也会说:"太谢谢你了!"好像韩国的女人都是他的。这种精神,我们什么时候会有?

开放的图书馆

李正荣

赫赫有名的大英博物馆图书馆的建立,源于汉斯·斯隆男爵的遗嘱。斯隆在临终前的遗嘱写明,在公开借阅的情况下,他可以把自己保存的价值 10 万镑文物捐献给王室文库。斯隆的这批文物主要是 4 万余册活版印刷书籍,3500 余册手抄本以及大量的动物学、植物学、矿物学标本。不过,斯隆的捐赠条件是需要国家给遗嘱执行人及家属 2 万英镑的补偿。

国王接受了这个遗嘱,但以王室财政困难为由,请国会出钱。国会认真讨论,最后的决议令人惊叹:国会决定买下全部 10 万镑图书文物,但是,文物并非"王室文库"所有,国会通过了一项新法令:建立大英博物馆法令,由此开始兴建一个现代国家博物馆,图书馆是其中一个部分。1759 年 1 月 15 日开始开放借阅。

一百年后,由于场所老化,国会决定在旧地址营建新馆。1857年,中央大阅览室完工,那座有个著名中央圆形大厅的图书馆向公众开放。而据说,这个阅览大厅的某个座位下边,地板有两处凹下去了,因为马克思有 30 多年天天光顾这个座位,利用这里的资料,完成了《资本论》,脚下磨砺出两个深深的足印。一个天天利用着资本主义图书馆的人,完成的却是彻底推翻资本主义的伟业。至今,大英博物馆图书馆还把马克思作为本馆的光荣之一。

大英博物馆图书馆的建立,蕴含着"图书馆"的重要原则:开放性和公众性。原因很简单:购买这笔图书和购置图书馆场所的经费是国会支付,而国会的经费来自于全国的税收。这是一个很重要的理念:公众款项购置的东西要给公众使用,凡是公众的领域就一定要向全民开放。

美国语文书里的"国内战争"

一 风

前些日子,读了一本美国中学语文教材,无论是内容的编排还是内容的择取都让我眼前一亮。

把课文按历史的发展线索来编排,将200多年的历程分作6个主题时代。

在"分裂、和解与发展"的主题下,第三课是"内战中的声音"。共收集了6篇普通人的日记和信件。这些日记和信件,没有明显的政治倾向,也没有伟大的政治抱负。作者只是记录了战争下的环境和内心的恐惧与希望,有着很强的纪实性,而这个单元的目标就是学习"现实主义和自然主义"文学作品及其写作特点。

这6篇日记和信件的主角既有胜利的北方军,也有失败的南方军,还有牧师和黑人。北方军一个士兵的妻子玛丽·彻斯纳特的日记,记录了她内战开始阶段的乐观和恐惧交织一起的情感;北方军士兵沃伦·李·高的日记,记录了他为了赢得"旅游和提升"的机会而报名参军及以后的严格、单调而艰苦的训练生活——当时军队招募士兵时承诺给士兵"旅游和提升"的机会。南方军士兵道尔夫·麦克吉姆的日记,记录了南方军在惨败的葛底斯堡战役中一个具体战场情节。还有南方军的将军托马斯·杰克逊给他妻子的信,信中记述了南方军在战争中获得的第一次胜利,他把自己的高兴与得意赠与妻子分享。

显然,编者给了敌对双方平等发声的地位,并特别让学生了解内战时期对立双方和不同角色的多种视角和声音。

　　我在沉重地思考:我们的文学作品该如何表现内战?我们该如何让孩子们去了解那段难忘的、令人心酸的往事?更重要的是孩子们将从这段历史中获得些什么?

日本的井盖

吕清明

去年春天随旅游团来到日本富士山市，闲暇之余在市区里行走，突然发现了脚下的下水道井盖，上面绘制着精美的图案。

据导游介绍，在日本很多城市的下水道井盖上都绘制着能体现城市特色的标志图案，如北海道的井盖上绘有各种各样的海产品，体现出当地风俗特产；奈良的井盖上绘有梅花鹿，因奈良以驯养梅花鹿著名；京都是日本重要的历史重镇，在井盖上绘有见证历史变迁的古朴民宅。日本是个自然灾害频繁的国家，有的避难所周围的井盖上，除了用箭头指示方向外，还涂上颜色，黄色箭头表示离避难所200米以内，红色则为100米以内，让人感受到暖暖的人文关怀。

印象中，下水道井盖上布满污水和垃圾，并且时常丢弃，扰乱人们的生活秩序，而在日本，小小的下水道井盖却是城市文化的景观。我们总感觉城市文化离我们很遥远，其实不然，街道上一张纸片，随手扔掉的果皮，甚至公共场所的一声喧嚣，都与城市文化、城市文明息息相关。

细节

　　平生第一次参加旅游团,且是一人行。这一趟美东六日游,游走在美国心脏,纽约华盛顿费城波士顿,收获颇大。但我最不善写游记,故此篇仅罗列所闻所见所遇和所感。

　　1. 参观华盛顿纪念碑时,导游介绍,此碑系埃及式大理石方尖碑,高 169 米。华盛顿法律规定,任何建筑不得超过这个碑的高度。但导游又特意提醒我们,这个碑的下半部分和上半部分颜色是不同的。我一看,果然,下面的石头颜色浅一些,上面的石头颜色深一些。导游说,那是因为当初修建这个碑时,修到一半,浅的白色大理石用完了,于是就换了另一个州的另一种石头继续往上修。这样的事在中国是绝不可能发生的,我们要么修之前先把石头备足了,要么就把下面的部分拆掉,换成同一种石头重修。可是,两种颜色的方尖碑,不也一样雄伟吗?

　　2. 在费城参观老国会厅时,见旁边有一红砖厕所,导游说,这个厕所的原址是华盛顿故居。我难以置信,心中大发感慨,美国人真性情中人哪。如果在咱国,伟人故居的原址不要说拿来修厕所,就是修饭堂也不行啊。肯定要修整完善,庄严地供着,让后人参观。

　　3. 华盛顿越战纪念碑,据说是在争议中修建起来的,有一面墙是在越战中死亡的士兵照片,旁边则是一组美军士兵的雕像。我忽然发现,这些雕像没有一个造型是英勇无畏的,虽然大小完全跟真人一样,但他们的形体动作和面部表情,全都呈现出一种小心的,紧张的,甚至害怕的样子,端着枪,弯曲着膝盖,佝偻着腰。想想我们的那些战士雕像,哪一个不是勇敢地向前冲的样子?也许,这体现了他们对这场战争的反思?

给城市留个"疤"

孙 亮

　　开普敦市内的现代建筑和欧式建筑和谐布局相得益彰。然而市中心的断桥却不合时宜地挺立着,桥面在即将达到最高点时戛然而止,腕粗的钢筋张牙舞爪地伸在外面,大大小小的混凝土块七零八落地挂在钢筋上或横躺在路面上。看着这座断桥,再环视开普敦的美景,一种落差刺激着视觉和神经。

　　这是15年前的豆腐渣工程。因为计算错误,同时在建筑材料上存在弄虚作假的情况,桥建到快一半时轰然坍塌,3名建筑工人当场身亡。灾难之后,主要责任人——开普敦建设局局长被判三年徒刑。设计师不久跳楼自杀。这件失败的建筑"产品",成为开普敦最大的丑闻之一,全体开普敦人引为莫大的耻辱。开普敦政府打算尽快清理掉这堆建筑垃圾,忘掉不快,重塑形象。但在狱中的建设局局长得知这个消息后,连夜写信恳求市长留下这座断桥,以警示后人,但遭到了大多数市民的反对。他们的理由是:……这座断桥是全体开普敦人的耻辱,家丑不应该外扬。

　　在准备拆除断桥的前一天晚上,开普敦电台广播了3名身亡的建筑工人家属致全体市民的一封信:断桥是刻在每个市民心头的耻辱,对于我们还要再加上一份痛苦。早一点让它消失,也许会平息我们的思念。但是,流过血的伤口会永远留下个疤痕,不承认有疤的城市是虚弱的。我们这座城市需要的不仅仅是美丽,更需要一种勇敢的品质。让断桥时刻地警示着我们吧,这样我们未来才能做得更好。

　　这封信打动了开普敦的全体市民。开普敦议会专门做出规定：保留断桥，任何人不得拆除。同时，开普敦市还形成了一个惯例：每一任建设局局长宣誓就职都选在断桥前，建设局局长面对全体市民宣誓保证用责任来修补曾经的耻辱。市长会把一个小盒子交到建设局局长手中，盒子里是断桥上的一小块混凝土。自此，在此后的十多年里开普敦成为世界上工程事故率最低的城市之一。

　　开普敦的魅力并不在于海洋之碧蓝，天空之高远，群峰之绵延，而是那座断桥所承载的勇于承担错误的城市精神。

在历史面前的语言姿态

宁　白

走进台湾故宫博物院的大厅,就看见几位穿浅绿中式服装的女子,双手持一块不大的牌,慢慢走动着,走近一看,牌上写着四个字:轻声细语。我顿时有悟,如是仅轻声二字,无非是告诫大陆游客,不要高声喧哗,而加了细语二字的四字词组,却成了一种语言姿态的引导,弥漫出了一种温婉。

我们被排成行,每人领到一副耳机,与导游的小话筒对上信号,于是,导游便轻声细语地为我们讲解。旅游团一个接着一个,但是,我们从耳机里听到的是自己导游的轻声细语,知道他在讲解什么,而参观室里其它声音都隔绝在外。人流涌动,却安然一片,只有轻声细语。

置身于这样的语境中,你的整个身心是安静的,与沉默着千百年的古董贴近着。这是台北故宫博物院营造的独特氛围。

走出台北故宫博物院,正顶着8月午后的太阳,心里想的却是"轻声细语"的语言效果。我突然想到的是,在大陆,不知从什么时候起,轻声细语成了弱女子的语音形象,现代女性哪可轻声细语,女强人更是有理不怕声高。河东狮吼,不仅出现在市井小巷,也出现在社交场所,公共服务中。至于男子,更是以慷慨激昂为荣,无论什么场合,轻声细语的斯文表达被认为是"娘娘腔"。于是,轻声细语便遭人抛弃,即使要提醒安静,也绝不用这形象的四个字。

同行者说,看着这四个字,似乎唤醒了心底一直留存着的意愿。对女子,这其实是展示女性魅力的语言姿态,不管官多高,理多硬,这样的表达不仅能让人接受你的诉说,还让人感受你的婉约;对男子,平静的叙说,有时需要的轻声细语,是一种理性和文明。

英国：读书与面子

易　萱

在英国，菜谱、圣经和书是家庭的必备三宝。

根据曼彻斯特大学 2008 年的调查，虽然互联网和手机通讯在英国普及率很高，但是在过去的 20 年间，英国人每天平均的读书时间还是在增长，从每天的 3 分钟增长到 7 分钟。

甚至连马路上的一些流浪汉和乞讨者都阅读。在伦敦韦斯特菲尔德百货公司门口就经常能看到一位流浪青年坐在地上专心致志地捧着丹·布朗的小说乞讨。经过的路人很欣赏他的"好学"，也经常给他一些资助。

在英国各个城市还分布着各式各样的书店。伦敦市长曾自豪地说"伦敦人均书店拥有量可要比纽约多！"在英国，各种书摊、书店、旧书屋的密集分布就好像现在中国都市里的甜品站。甚至有些周末市集里面都能看到卖书的小铺就夹杂在海产和果蔬摊位之间。

如果你认为在大英图书馆里络绎不绝的读者手捧图书是"日不落国"标志性的阅读景观，那就错了。因为现在的英国人大都不习惯坐在图书馆长时间看书。人们更喜欢用阅读来填补自己日程的空白，例如在等车、吃饭或者旅行中看书。走在伦敦的大街上，你可以发现很多人坐在路两旁的咖啡店阅读，在乘坐地铁时也能发现大多数人都手拿着书和报专心地阅读，伦敦的地铁就以"地下阅读室"而闻名。

同时因为民众对读书的喜爱,英国的地铁和马路边的广告牌时常有新书广告。这在其他国家都是难以想象的。

　　英国人的阅读兴趣和中国人有很大差异。每日的早晚高峰,在伦敦地铁站外人们都能领取到各种免费的报纸读物,上面常有一些猎奇类的小文章。这些花边报道非常受英国民众的欢迎,《吉尼斯世界纪录大全2011》这样的书籍在销售榜也一直名列前茅。

　　如果预测英国人看书的品味,很多人大概都能猜中英国人青睐以烹调、名人生活为主题的图书。在英国的书店中,摆放在最醒目位置的总是各种政治名人传记和明星写的小说。据书店老板称这类图书经常脱销。例如,去年英国前首相托尼·布莱尔推出的自传《旅程》在上架的短短4天里就已卖出了10万册。其中500本有布莱尔亲笔签名的在刚开卖一小时后就被抢购一空。而菜谱类的花魁当属《杰米的30分钟美食》,作者杰米是当下英国烹饪界最耀眼的偶像,BBC烹饪节目的名主持。

　　但人们往往猜得出开头却猜不出结尾。美容服饰这类在亚洲国家很受追捧的图书一直都是最不受英国人欢迎的图书。生活在时尚之都的这些市民都不喜欢这类图书难免让人感觉惊讶。但书店老板解释说这与英国人对时尚的态度有关。英国人很注重在生活中摸索自己的穿衣风格,而个人风格一旦形成就不易改变。所以人们不爱从书里去感知时尚。

　　其实对于英国人来说,爱读书是非常有面子的事。在和朋友高谈阔论时,如果你没读某本畅销书,则会感觉十分尴尬。于是很多英国人都跟风买书,这就造成了英国盛行的"假"读书现象。

美国医院的手术室外

木　梅

前不久，我的二叔在美国纽约的鲁克尔大医院里动手术。

当二叔被推进手术室后，我和堂哥便被一名女护士领进一个专供病人亲属休息和等待的房间。一走进这间等候室里，在我们的耳边便立即流淌起一阵轻软舒缓的美乐。同时，等候室房间里的四面墙壁上都挂有一台电视。座位旁边还有许多本最新出版的杂志和报纸，让人感叹的是，其中还有几本中文和日文的期刊。当我们刚一坐下后，另一位护士便热情地为我们递上了热咖啡。堂哥趁机询问送咖啡的护士，病人什么时候能出来。护士微笑着用手指指了指前方。我们抬头发现，在房间的正前方有一个长方形的大屏幕，上面不时滚动着绿色英文字幕，上面写着：某某先生正在麻醉，正常；某某女士手术正在进行中，一切正常。原来通过这块及时更新的大屏幕，我们便能清楚地时时知晓手术室里的大致情况。

我们大约在等候室里等了近两个半小时，大屏幕上字幕显示：中国的徐道恒先生（我二叔名字）很快就要完成手术，一切顺利，请其亲属15分钟后到手术室门口等待。15分钟后，我们果真看到二叔被平安无恙地推了出来。

英特尔怎样开会

2004 年夏天,英特尔(Intel)公司的首席执行官贝瑞特夫妇到我的办公室访问,对我们的全国办公网的系统设计十分赞赏。谈话间,我向他们指了指墙上的中英文的《会议规则》,他们一见便高兴地跳了起来,要在《会议规则》牌子下合影。原来这个《会议规则》也是 Intel 的"产品"。

1996 年秋天,我率团访问了 Intel。在他们的会议室墙上,看到了这张《会议规则》,内容是对召集会议的人和参加会议的人的提醒,其标题是《问问你自己》。对被召集者提出的问题有:"你知道本次会议的目的吗?""你是否拿到了会议议程?""你参加会议的任务是什么? 做准备了吗?""你知道要把会议结果向谁传达和怎样传达吗?"还要求参加会议的人,会后要自己问自己:这是不是一次有成效的会议。

对召集者提出的问题则有:"会议需要做什么决定?""决定前要找谁商量?""谁会赞成或否定这一决定?""会后谁需要知道这项决定?"召集者只有思考或回答了这些问题才能使会议成功,也要自己问自己:这次会议是否取得了富有成效的决定?

我对接待我的科荷和波曼两位副总裁说,我要给这张《会议规则》拍张照片,他俩立即把这块《会议规则》的牌子由墙上取下来,并在背面签上了字,说这是送给我的礼物。牌子很大,放不进行李箱,我们便抱了回来。

我们总是为文山会海所困扰,往往着眼于减少会议数量,Intel的开会方法,也许会对我们提高会议质量有参考价值吧!

迪士尼的扫地培训

梁　冬

东京迪士尼对清洁员工非常重视，即便扫地的员工是暑假打工的学生，迪士尼也要用 3 天的时间培训他们。

第一天上午要培训如何扫地。扫地有 3 种扫把：一种是用来扒树叶的；一种是用来刮纸屑的；一种是用来掸灰尘的。怎样扫树叶才不会让树叶飞起来？怎样刮纸屑才能把纸屑刮得很好？怎样掸灰才不会让灰尘飘起来？这些看似简单的动作却都应严格培训。而且扫地时还另有规定：开门时、关门时、中午吃饭时、距离客人 15 米以内等情况下都不能扫。

第一天下午学照相。十几台世界最先进的数码相机摆在一起，各种不同的品牌，每台都要学，因为客人会让员工帮忙照相，可能会带世界上最新的照相机来这里度蜜月、旅行。如果员工不会照相，就不能照顾好顾客，所以照相要学一个下午。

第二天上午学怎么给小孩子包尿布。孩子的妈妈可能会叫员工帮忙抱一下小孩，但如果员工不会抱小孩，动作不规范，不但不能给顾客帮忙，反而会增添顾客的麻烦。不但要会抱小孩，还要会替小孩换尿布。

第三天学辨识方向。顾客会问各种各样的问题，所以每一名员工要把整个迪士尼的地图都熟记在脑子里，对迪士尼的每一个方向和位置都要非常地明确。

训练 3 天后,发给员工 3 把扫把,开始扫地。如果在迪士尼里面,碰到这种员工,人们会觉得很舒服,下次会再来迪士尼,也就是引客回头,这就是所谓的员工面对顾客。

百年老店的兴衰

孟繁佳

台湾南投乡下是我丈母娘家。每次回去,老婆都会带着孩子,到村头一家卖肠粉的店去吃。

丈母娘告诉我,她小的时候,就在这家店里吃。那时日本人还在台湾。当时的店就是今天这个样子。

像南投乡下的这类老店,在台中市里也有很多,有些甚至还算不上是店铺,只能算是公有市场里的小摊。

我第一次吃台湾小吃,就是在公有市场。我好奇地问一摊主,这么一个摊子,几十年就一直这个样子吗?他笑了笑回答,摊子要什么好看,东西好吃不就成了。

而我现在生活的大陆,想吃味道正宗的小吃,却变得越来越困难。

在北京,老店大多是中心城区临街的门头房,这些年大兴城市拆迁改造,这一拆一改不要紧,不仅老字号没了,地价一下子也蹿高了好几倍,房价和租金也跟着翻番。小吃这等小买卖,哪有生存之地?

结果,有些就改成了高档些的餐馆,有些只能忍痛迁走。即使留下的,也迫不得已在食材上想办法省些成本,有些不愿意砸牌子的,就把豆腐卖成了肉价。

平民化,是小吃之所以称为小吃的根本。也是包括小吃在内的各类老店的生存之道。

台湾电视中,有个教传统美食制作的节目,时常请一些老店的传承人。有个老厨师说,在这里怎么做,味道都没有在老店的灶上做得地道。主持人问原因何在。老厨师说,没有了老店的房子,用那个灶台,失去那股侵浸了几代的气味,美食就断了魂,百年老店就该衰败了。

百年与十分钟

林清玄

在日本东京的银座街头,有好几家卖古董照相机的店,那些古董相机的性能都还非常好,外表经过整修也和新的一样。

卖古董相机的店员都会对人保证,那相机可以拍出与现代相机效果相当的作品。

"但是,"有一位店员这样说:"要注意这些保存了一百多年的相机,它的曝光时间就要十分钟,现代人没有一个人可以静止十分钟让人拍照,只有拿来拍风景和静物了。"

店员说了一个故事:从前有一个人买了一架古董相机,试图用那部相机帮人拍照。他要拍人之前,就告诉那被拍的人说:"这是一百年前的照相机,曝光就要十分钟,你可以十分钟坐着不动吗?"每一个被拍的人都拍胸脯对他保证:"没问题,一百年前的人不都是这样拍照的吗?"可叹的是,他拍遍了所有的亲戚朋友,居然没有一个人能坐着十分钟不动。他只好把相机还给卖古董相机的店。

那部相机再没有卖出过,因为每一个现代人都深知,在生活的周围几乎找不到一个可以十分钟坐着不动的人。

这个故事给我们深刻的启示,古代人和现代人对时间的观念是大不相同的,古人一天可能很专注地做一件事情,现代人一天却要做几十件事;古人坐十分钟是绝对没问题的,现代人却很少有耐心能坐十分钟。

十分钟的价值与意义,经过一百年已经完全不同了。

最后一"墓"

叶文玲

　　走进莫斯科的名人墓园,第一个看到的是王明的墓。墓后有一小圈青松,碑上雕着他的半身像。因为此前从没看过这位中国共产党早期领导人的照片,我只觉得刻在墓碑上的戴眼镜的王明,文质彬彬且年轻得不可思议,同我想象中的"先左后右"祸害革命的"机会主义和投降主义"者很不一样。那么,"机会主义和投降主义"又该是一副什么面孔?又该有怎样的"标准像"呢?

　　哑然失笑中,又看到了赫鲁晓夫的墓。赫鲁晓夫墓碑上的刻像,倒真的栩栩如生前——黑白二色相砌的大理石构架中,赫赫然一个大光头。想起当年一位教师同事因"传播赫鲁晓夫的修正主义反动言论'共产主义就是土豆烧牛肉'"而获罪遭批的种种情景,我再次哑然失笑了⋯⋯有谁能说得清历史给我们开了多少玩笑呢!

　　卓娅的墓,是同行作家白描一进门就刻意寻找的。白描说卓娅是他少年时的梦中情人,我相信此话的虔诚,中学时代我最崇敬的也是这位女英雄。卓娅的青铜塑像分外英气:身子前倾,半袒的上衣似在被缚中,不屈而后仰的头颅,却是表情镇定、短发飞扬⋯⋯今天,伴随白描的热情祭奠,除了那支红色的玫瑰,还有他脱下大衣帽子,一次次照相时润湿的双瞳。

　　在此间,众多作家的墓园,使我们的相机胶卷差不多一一告罄。果戈理、马雅可夫斯基、奥斯特洛夫斯基⋯⋯我特意去寻找的是契诃夫。意外的是，这位首屈一指的短篇小说大师之墓，也是平铺在地，一圈矮矮的铁栅围着那平铺的墓。旁边是一座童话中的白房子那样的小小墓碑，非常朴素，没有雕像。若不是带领者指认，还真不好找。而在其对面的果戈理的墓，无论雕像还是墓冢，却都高大堂皇，十分气派。

依依走出大门时，墓地上一座浑然雪白的塑像，吸引了大家的目光——那是一只翩翩起舞的天鹅。驻足凝视，原来是俄罗斯也是世界级的芭蕾舞大师乌兰诺娃。

芭蕾舞大师乌兰诺娃的美丽人生，和这有意味的最后一"墓"，是今天寻访的美丽句号。

不同的"后排"观

骆　驼

我工作的一所学校在郊区,学校通往城里的公交车总是很挤。有一次我和一名学生进城,上车的时候,车里的人很少,学生却一定要拉我到最后一排去坐,我很诧异,问她说:"前面有位置,为什么我们要坐最后呢?"

她悄悄地对我说"这趟车人特多,我敢保证,我们坐在前排的话,迟早都是要站起来给老弱病残孕让座的。"

后来的一天,我和一位叫汉克的英国留学生去办事,也坐公交车,大概要坐三站路,很近。我上车后准备坐前排的,但是汉克拉着我就坐到后排去了。

我提醒汉克说:"我们只坐三站就到了,为什么不坐前排呢?"

汉克很吃惊地看着我说:"难道我们先上公交车的人不应该先坐后排吗?"

轮到我疑惑了,我问:"为什么先上来的就要坐后排呢?"

汉克说:"在我们英国,先上公交车的人都是从后排坐起的,因为这样可以方便后面的人上车啊!"

回去之后,我找了一个在伦敦生活过的教授一问,教授笑着告诉我:"没错,是这样的,这是他们恪守的规矩,这样可以让车厢整洁而不至于拥挤,更重要的是,让后上车的人能在短时间就顺利坐好。另外,他们的公交车上从不设置老弱病残孕专座,因为人们已经习惯公交车的前两排为这些人的专座……"

招聘广告的有趣差异

辛　子

中美广告间有很多有趣差异,现选择两个招聘广告为例:

A:银行职员

美国:1.高中毕业。有现金收付经验优先。2.性格细心,注意细节;耐心,友好。3.能够意识到销售机会,主动向客户介绍银行产品。4.有很强的服务意识和沟通能力。

中国重庆去年一家商业银行的招聘广告:1.本科学历。英语四级以上,电脑二级以上。2.身高1.60米以上,五官端正。3.口头表达能力和写作能力良好,长于沟通。4.附5寸的生活照片。

B:大学教师——非教授级别

美国(心理学):1.博士学历(已完成)。2.具有心理学方面成功的教学经验。3.愿致力于本科教学和心理科学的研究。4.请表明你的教学理念,研究兴趣等。

中国:1.硕士,年龄28岁以下,博士可适当放宽条件。2.语言表达能力强,英语六级;本科、研究生专业一致。3.发表论文2篇。4.党员优先。

第六章 故宫里最有价值的『玩具』

大师的错误

　　精神分析学的创始人弗洛伊德曾经犯下了一个灾难性的错误。在他处于人生与事业初期阶段的时候,迫切地需要钱。这时,他碰到了可卡因。

　　在当时,可卡因还是一种很不知名的东西。弗洛伊德从书中读到,有些印第安部落嚼食含有可卡因的古柯叶可以增强体力,让人精力旺盛,适应各种贫困和艰苦的生活。弗洛伊德在自己身上试验了从别人手里赊购来的可卡因。他只服用了二十分之一克,马上愉快地发现,自己处于一种"惬意状态,好像刚刚美美地吃过一顿似的,什么也不想,什么也不必去想。"于是他便视可卡因为一种奇特的神药,向外界宣称:"服用可卡因根本就没有酒精兴奋引起的衰老感觉,也没有服用酒精后的不适感……"他还说:"在首次或者多次服用了可卡因之后,根本没有出现过想再服用可卡因的要求,反而会无缘无故地对这种物质产生一定的厌恶。"他意在向外界说明,服用可卡因不会使人上瘾。

　　后来的事实证明,弗洛伊德对可卡因的这一观察是完全错误的。弗洛伊德的一位同事在他的推荐下服用了可卡因并上了瘾,最后毒性发作痛苦地死去。除了这位朋友,可能还有更多的人受了弗洛伊德那篇赞扬可卡因文章的影响而服用可卡因上瘾。

　　每个人的一生都不可避免地要犯错误,就连弗洛伊德这样的大师也难免犯下致命错误。经过了这件事情后,弗洛伊德对待他的事业采取了更加严肃谨慎的态度，不再那么主观地相信他的个人偏见，并最终成为了"精神分析法"的创始人。其实，错误的过去是不能再把握的，重要的是，你要从错误的过去中吸取教训，把握住你的现在和未来。

故宫里最有价值的"玩具"

姜奇平

大数学家、大哲学家莱布尼茨 1646 年出生于德国莱比锡，他发明了二进制。大家知道，现代电子计算机，是以二进制为基础的。二进制对计算机的重要性，不亚于 TCP/IP 对互联网的重要性。

当时，一位叫鲍威特的法国传教士从康熙皇帝身边来，带给莱布尼茨中国的《易经》。莱布尼茨意外地发现《易经》与二进制具有对等关系，他掩饰不住内心的激动，在《论中国伏羲二进位制级数》一文中说道："我不可思议地发现，因阅读 3000 余年以前伏羲的古代文字发现了秘密。"

莱布尼茨根据二进制原理，制造了一台真正意义上的计算器，献给本国的皇帝，谁知竟不受待见。莱布尼茨得知康熙皇帝是少有的数学爱好者，精通几何代数，就把他发明的计算器复制了一套，送给康熙。希望中国人知道用《易经》还可以造计算器。

如果康熙有今天英特尔公司的眼光，利用莱布尼茨的成果，开发 286、386、486 和奔腾计算机，中国的联想集团，就不用那么辛苦地收购 IBM 了。可惜的是，康熙皇帝只是把它装在红木盒子里，当作贡物收藏在深宫之中。这就是故宫博物院馆藏的两个帕斯卡尔计算器。

一个国家，如果不能重视像计算机他爹这样的优秀人物，早晚是要吃大亏的。

包拯为何朋友少

　　史书记载,包拯平生不写私人信件,没有多少朋友,也不跟亲戚往来,流传下来的文字,只有早年的一首短诗和晚年的一篇家训,其余的全部是奏议。宋人记述成风,但极少有人说到包拯,王安石和包拯都是欧阳修举荐的,两人还曾有过上下级关系,但整部《临川集》,无一字提及包拯。别人也大抵如此。幸好有位叫吴奎的人,和包拯关系好,给他撰过墓志铭;还有一个叫张田的,自称门下,主动给奏议结集。有了这两人,包拯的事迹才能为今天的人们所知。

　　包拯缺少朋友,原因当然多多,但大体上不外乎自我的选择与他人的选择两种。从包拯一面来说,他身居高位,朋友多了,各种各样的利益牵绊就多,他害怕自己无法摆脱情感因素,不能做到公正断案,因此刻意与朋友保持疏离。这从另一个侧面可以印证。宋时流传一句话叫"包公笑,黄河清",意思是说包公笑一次,黄河都会变清,可见包公笑之难得。道理很简单,在人治环境下,包公必须依靠严肃的表情才能威慑不法者,如果见人一副笑嘻嘻的模样,别人肯定不会再产生畏惧感,这样会不利于执法。笑都尚且如此谨慎,何况交朋友?

　　从朋友一面来看,虽然不能说所有的人跟他人结交,都是想得到什么好处,古往今来,就有过不少国人追求纯粹友谊的佳话,但我们也必须承认一个事实:由于人的趋利本能,相当数量的人交朋友完全只是为了利益,你手中掌握了资源,而且这资源能为其所用,他就趋之若鹜,否则,他就会离你远远的。

像包拯这种人,亲属犯了法都敢严惩(他当年就曾鞭打过违法的表舅),朋友一旦有点什么事,自然不可能得到他的关照了,交他何益?

阳桥鱼

宓不齐,字子贱,孔门弟子。司马迁的《史记》记载了孔子给他做过的评语:"子贱君子哉!"宓子贱的口碑不错,鲁国国君遂任命他为单父的县令(即今之山东单县)。上任之前,他特地走访一位名叫阳昼的隐士。

宓子贱告诉他:"我就要到单父上任去了,专程来向你请益,想听听你的金玉良言。"

阳昼说:"我既没有从过政,也不曾治过民,不过,我倒有一点钓鱼的经验,说不定值得你参考一二。"

阳昼说:"在我们这边的河流里,你安好钓饵,挥动钓竿,甩到河流中央,浮漂很快就抖动起来,你甚至能看得到有很多的鱼游过来吞食。这种急急忙忙围着钓饵转的鱼,老乡们管它叫阳桥鱼。这种鱼,肉薄且柴,味道不佳,连猫都不屑吃它。但是,同在这边的河流里,还有一种鱼,说它有,又像是没有,它好像在吞食你的鱼饵,又似乎不在意你的鱼饵。老乡们管它叫鲂鱼。这种鱼,体大,肉多,味美,鲜嫩⋯⋯"

说到这里,宓子贱说:"我听到了,我明白了,我记住了。"

于是,宓子贱到单父上任去了。这位履新的县令,刚进入县境,便看到当地迎接他的官员士绅,以及接风、端茶、请安的络绎不绝于途。他对他的手下人讲:"咱们快马加鞭,赶紧躲开这些人吧,这就是阳昼说的那种阳桥鱼啊!"他到单父以后,没有重用这些趋奉逢迎之辈,而是礼贤下士。为政三年,单父大治。

记得前不久,一位令人高山仰止的大师,在他最后的日子里,他的追随者中,固不乏正派正经之士,但那些伪托门下者,假造纶音者,所制造出来甚嚣尘上的热闹,小报头条之,网络追踪之,博客论战之,街谈巷议之。满腹学问之老人,几成娱乐版之明星。现在,大师西去,名实渐清,光环褪色,虚荣归零。于是,一切复归于平静。

看起来,阳桥鱼,并不仅仅出产于阳桥那条河流里。

饭后钟的故事

牧 惠

小时听长辈讲过饭后钟的故事,那主角是吕蒙正。因为揭不开锅,他不时去和尚庙里蹭饭。蹭得多,和尚终于烦他了,于是故意改变制度,吃完饭后才打钟(打钟原是开饭的信号),搞得他急忙忙赶到庙里时,面对的却是空饭箩。懊丧之余,他更加发愤图强,终于通过科举考试当了大官,出了一口鸟气。

《国史旧闻》有《饭后钟》条,主人公却不是宋朝的吕蒙正而是唐朝的王播和段文昌。看来,饭后钟一类故事曾经不止一次一处发生过。

同实行封建世袭、血统高贵的人才能当官的制度对比,通过考试,让贫寒人家的子弟如王播、段文昌、吕蒙正、范仲淹等人都有机会当官而且当大官,虽然仍有很多局限,毕竟是一种进步。

尽管有势利眼的和尚从中捣乱,贫穷人家的孩子却可以到庙里蹭饭,这种不成文的风俗的好处十分明显。刚解放的时候我在新会、鹤山,那里的小学经费相当充足,学生不必缴学费,只需报名并备有课本即可入学。老师对学生一视同仁,只要努力,终会学有所成。对于升上中学、大学的,还有一定的奖励。那经费,多半来自祖宗留下的祖尝田(也有华侨捐助的)。这样一来,"饭后钟"的故事不会再有了。但是,在祖尝田被取消了以后,学校的经费来源也因此断绝了。有的地方政府的措施跟不上,那结果当然会影响到学校和其它文化事业。

一天我同一位研究农村问题的友人谈到我这番感想。他同意我的看法，并补充说，中国农村长期以来在改变着自身社会结构的同时，也使一些社会职能处于无人照管的境地。于是，只好增加机构，增加干部编制，农民的负担也因此重了起来，成为一个难以解决的问题。

从饭后钟到祖尝田，社会确实是一个牵一发而动全身的整体。

"囊中羞涩"不是形容贫穷

许　晖

　　杜甫写有《空囊》一诗:"翠柏苦犹食,晨霞高可餐。世人共卤莽,吾道属艰难。不爨井晨冻,无衣床夜寒。囊空恐羞涩,留得一钱看。"这首诗写尽了诗人生活艰难的窘境。其中"囊空恐羞涩,留得一钱看"就是我们今天常用的成语"囊中羞涩",也写作"阮囊羞涩"。

　　"阮囊羞涩"出自元人阴时夫所撰《韵府群玉》一书。在"七阳"一章中,阴时夫讲了一个有趣的故事:阮孚随身带着一个黑色的布囊,在会稽一带游历,有人问他:"您的囊中盛的是什么宝贝啊?"阮孚回答道:"我的囊中只有一枚钱,恐怕囊羞涩,用它来看囊。"原来"囊中羞涩"不是指主人因囊中的钱少而羞涩,而是主人好心,不想"囊"因为没钱而羞涩,才用一枚钱压着囊底,给"囊"以安慰。

　　但是,说阮孚"囊中羞涩"却是一个彻头彻尾的谎言。阮孚是晋朝人,一生都在做官,而且还都是高官。阮孚喜欢饮酒,史载他曾经"以金貂换酒",这样的高官怎么会缺钱花呢? 可见说他"阮囊羞涩"乃是后人伪造的故事。

　　一个富人留下了贫穷的名声,而且还成了一个典故,被后人屡屡引用,这在中国历史上大概不多见吧。

"无商不尖"和"无商不奸"

程乃珊

85岁的叔父程诗英学贯中西,对近代掌故十分有研究。那日与他闲聊,他很认真地说起,"无商不奸"是后人杜撰的,原意为"无商不尖"。

"无商不尖",出典为旧时买米以升斗作量器,故有"升斗小民"之说。卖家在量米时会以一把红木戒尺之类削平升斗内隆起的米,以保证分量准足。标准分量,银货两讫成交之后,商家会另外在米筐里再余点米加在米斗上,如是已抹平的米表面便会鼓成一撮"尖头"。量好米再加点添点,已成习俗,即但凡做生意,总给客人一点添头。这是老派生意人一种生意噱头,这一小撮"添头",很让客人受用,故有"无商不尖"之说。

"无商不尖"不止体现在买米,旧时去布庄扯布,"足尺放三"、"加三放尺";拷油拷酒都有点添头;十里洋场上海的商家也奉守"无商不尖"的金科玉律,在王家沙吃小笼馒头免费送蛋皮丝开洋清汤,"老大昌"称糖果奉送两根品牌三色棒头糖。

我有点相信"无商不奸"是"无商不尖"的讹传或是后来的新词语。中国传统,做生意都为作坊式的家族经营,从来笃信"和气生财""童叟无欺"。再讲,开出一个店面不容易,谁都想将生意长长久久做下去。因此,除非是存心不想做生意,否则,何故以次充好,短斤缺两,欺人诈人,作奸多端自砸招牌?

"无商不尖",就很有科学性也有史实根据。撇开史学研究,我个人希望欣逢盛世,但愿"无商不奸"从我们字典中消失,"无商不尖",笑傲商界。

揭示真相的勇气

在严肃的学术研究中,流行的多是对"好人"尤其是"伟人"锦上添花,而对"坏人"落井下石的传统。不少社会学者和历史学者已经习惯于"主题先行",其研究目的和研究动机就是为了迎合时势的要求,而非探寻历史和现实的真相本身。正因如此,只对事实负责、"替坏人说话"的勇气才尤其显得可贵。

袁世凯算得上是中国历史上最大的"坏人"之一了,其最为世人唾弃的行为之一就是出卖戊戌变法的志士们,向荣禄和慈禧告密献媚。100多年来,众口一词、几成铁案的说法是:维新派眼见失败在即,只有将赌注押在一向以开明示人的袁世凯身上,由谭嗣同夜访袁世凯,提出"杀禄围园"计划。袁世凯当面慷慨表态"诛荣禄如诛一狗耳",转身却去荣禄那里告发了,导致戊戌变法全盘皆输,六君子血溅菜市口。

历史的真相到底是不是这样呢?郑焱教授在《碧血丹心谭嗣同》(新华出版社)一书中综合多家的观点,进行了详细的资料考证和严谨的逻辑分析,指出西太后发动政变与袁世凯毫无关系,事实上袁世凯是在光绪被囚、康梁潜逃的背景下才"事后告密"的。

史料永远都是硬通货。郑焱教授首先从时间上推理,谭嗣同夜访袁世凯是9月18日,袁世凯20日上午觐见光绪帝,当天返回天津,"抵津日已落"。而慈禧太后发动政变是9月21日上午,以当时的交通、信息水平,绝无荣禄此前"跪禀"的可能。再从慈禧政变时的各种谕旨、训词来看，也未有一字一句提及维新派欲"杀禄围园"的阴谋，这可是天字第一号的忤逆大罪，以慈禧的性格，绝不可能不严加追讨，而身为直接罪魁祸首的谭嗣同此时却根本未在捉拿之列。直到24日凌晨，谭嗣同才在浏阳会馆被捕。事情的真相是，21日晚，身在天津的荣禄才得知太后重新训政、下旨捉拿康梁的消息。见机行事的袁世凯立即"跪求荣为做主"，告发谭嗣同夜访之事。

应该说，郑焱教授所做的这一番史料考究与逻辑推理并没有特别曲折之处，何以史学家们就长期让袁世凯背着这个黑锅呢？说到底还是我们"痛打落水狗"的思维惯性使然。一个业已定型的坏人，我们总是更愿意让他去承载多种历史罪责，也不敢担负"替坏人说话"的罪名。

阴谋与孝道

《二十四孝》的故事曾经感动中国，不过现在看来，这些故事其实很雷人。

第一个故事是《孝感动天》，故事的主角是舜。舜出生在一个贫困家庭，父亲瞽叟是个盲人，在舜的母亲去世后娶了继母，生下小儿子象。舜的父亲伙同继母、弟弟，多次企图谋杀舜。舜依然对凶手们很好。

后妈和异母弟弟想谋害舜，动机还算可以理解。亲生父亲一而再、再而三企图下毒手，这事太奇怪。另外，瞽叟是盲人，害起人来却每每亲自上阵，身手似乎还很利索，着实让人生疑。而且不知道为什么，这些并未张扬的谋杀却成为了全国皆知的秘密，由此为舜赢得了天下第一孝子的名声。而这种名声，正是他最终获取天子位的关键。

《埋儿奉母》是《二十四孝》中最恐怖的故事。情节大致是：晋代隆虑人郭巨，出身于一个富裕家庭。父亲去世后，他把财产继承权让给了两个弟弟，自己却独自承担起赡养母亲的义务。后来他越来越穷，连饱饭都快吃不上了。他老妈很疼爱3岁的孙子，常常自己挨饿让孙子有饭吃。郭巨觉得儿子成了自己行孝的障碍，于是和老婆商议："儿子以后还可以再生几个。老妈死了就不会有老妈了，不如活埋了儿子，省下粮食养老妈。"于是两人拿上铁锹就去挖坑了。只挖了两尺，就出人意料挖出一坛黄金，上面还有说明书:天赐郭巨,官不得取,民不得夺。一家子从此过得很幸福,郭巨孝顺的美名也传遍了天下。

郭巨赡养老妈没错,当他能力不济时,为什么没有去求助两位弟弟?难道开口找弟弟帮忙,比活埋儿子需要更大的勇气?成就一个孝子,必然要抹黑他身边的亲人,郭巨的两个弟弟因此成了猪狗不如的不孝子。古代极品孝子的出炉,大抵都得走这样的程序。

"我请人讲完了24个故事之后,才知道'孝'有如此之难,对于先前痴心妄想,想做孝子的计划,完全绝望了。"鲁迅先生这样写道。

关于"洛阳纸贵"

郑海麟

"洛阳纸贵"这句成语,按约定俗成的见解,是用于赞誉他人文章之佳、流传之广,语见《晋书·文苑传》,典由左思作《三都赋》引出。据传晋代左思花了 10 年工夫,遍访吴、蜀、魏三都,搜罗事迹、披览载籍,问俗采风、炼词铸句。《三都赋》成,洛阳豪贵之家竞相传抄,纸价因而昂贵起来。于是,后人常用"洛阳纸贵"称赞别人的文章写得好并且广为流传。不过,从文学史的角度来看,《三都赋》并不是什么特别好的文章,若论文章之佳,扬雄《甘泉赋》和《羽猎赋》、张衡《西京赋》、郭璞《江赋》、木华《海赋》、班固《西都赋》,华词丽句不输《三都赋》。但何以"洛阳纸贵"的情景,唯《三都赋》所独有呢?对此,前辈学人早就提出过质疑。

曹聚仁《中国学术思想史随笔》有"回想四十八年前事"一则记云:"相传左思写了《三都赋》轰动一时,你也抄,他也抄,弄得洛阳纸价都涨起来了。后来从《文选》上,读到了这 3 篇名作,实在没有什么道理,连念都不想念,何况叫我抄一遍?章师(即章太炎,曹为章之弟)告诉我们:古代没有字典可查,一般人识字不多,这些赋篇,有如《千字文》一样,供给了许多新字,所以大家抢着去抄了。听了他的话,才恍然大悟!"

章太炎的解释,颇有道理。《三都赋》之所以传颂一时,致使洛阳纸贵,并非由于它的文学价值,而是因为它起到了类似辞源字典等工具书的作用。如《蜀都赋》有"傍挺龙目,侧生荔枝"句,按"龙目"即是今之"龙眼",与荔枝俱为南方佳果,对于中原、北方士人来说,不但是新奇的东西,而且是新鲜的词儿。正因为《三都赋》中出现了大量的这些新事物、新词汇,才使它一纸风行,竞相传抄。

20年前,当我读到曹聚仁这段记述后,深深佩服章太炎先生之识力过人,能于人不经意处溯其本源,发前人所未发。不过,随着闻见日拓、涉猎渐宽,始知早在太炎先生之前,清儒袁子才(枚)和章学诚(实斋)已抉发其义。有关"洛阳纸贵"一词之探本溯源,实发端于袁子才与章学诚。至于章太炎和曹聚仁师徒,是用白话演释其义而已。

《清明上河图》的军事机密

张继合

张择端的名画《清明上河图》，再现了北宋都城的水陆交通及日常生活。《清明上河图》上共有各色人物 1643 人，动物 208 只。看似包罗万象的《清明上河图》上，缺少了两种市井常见动物——马和羊。这是为什么呢？原来，马和羊牵扯到北宋的"国家机密"。

北宋是典型的民富国穷，文人皇帝赵匡胤，一开国，就奠定了重文轻武的基本国策。北方虎视眈眈的游牧民族，对物产丰饶的中原早就垂涎欲滴，于是，赵宋朝廷不得不加紧对战备物资的控制。马和羊即名列其中。马匹，是必不可少的交通工具；羊皮则要制作营帐、军服。黄仁宇在《中国大历史》中写道："《辽史》说得很清楚：与宋互市时，马与羊不许出境。同书也说及辽与金决战时不失去战马之来源关系极为重大。这限制马匹南下的禁令，也可以从张择端的《清明上河图》上看出：画幅上，开封之大车都用黄牛水牛拖拉，可见马匹短少情景迫切。马匹原来也可以在华中繁殖，只是受当地农业经济的限制，其耗费极难维持，而且在精密耕作地区所育马匹一般较为瘠劣。"

想不到，张择端现实主义的画风，竟向千年之后，泄露了北宋王朝的军事机密。

传闻与真相

王吴军

历史和生活一样,许多事情往往也会被沸沸扬扬的传闻掩盖了真相,比如1789年7月14日在法国巴黎的巴士底狱爆发的法国大革命,就有一些传闻与事实不符。

传闻是攻破巴士底狱解放了数百名囚徒;而事实却是当时的巴士底狱仅仅关押了7名囚徒。

传闻是断头台能使人既迅速又无痛苦地死亡;而事实却是在断头台上的人因不死常常被剁好几次。

传闻是许多死于断头台的人是贵族;而事实却是被砍头的人中只有10%是贵族。

传闻是断头台是当时的主要行刑方式;而事实却是在大革命中死亡的40万人中,大多数人被枪决、烧死或溺死。

传闻是当法国国王路易十六的王后玛丽·安托万内特听说老百姓没有面包可吃时,她冷冰冰地说:"叫他们吃蛋糕!"而事实却是,这是杜撰的说法。

后来,法国总统密特朗说:"法国大革命就像生活本身一样,是一个混合物。它既鼓舞人心,又令人难以接受。在大革命中,希望与恐怖交织,暴力与博爱杂陈。"这话说得入木三分,令人深思。

县官见太守跪不跪

李业成

有一次在班车上，有人问我：县官见太守跪不跪？把我问住了，支支吾吾不能回答。因为我的印象中好像要跪，可理念上觉得太不合情理。事后忽然想起来了——跪！起码在明代要跪。袁宏道于明万历二十三年出任吴县令，他在给朋友的信中说："吴令甚苦……苦膝欲穿，腰欲断，项欲落，嗟呼，中郎一行作令，文雅都尽。"这就是说，不只巡抚、太守一级的官要跪，只要是上级，都要跪，否则不至于把膝盖跪穿。袁宏道虽然读书做了官，但他骨子里是个"性灵"文人，跪在地上迎接上官感到非常羞耻，所以说"文雅都尽"。

明朝的下跪，空前绝后。明朝等级严密的统治连老百姓衣服袖子长短都有严格规定。明朝是一个人治的高峰。还有一例下级跪上级的例证，嘉靖二十八年，海瑞中举，做了福建南平县教谕，他的上司延平府视学到南平视察，海瑞带着左右二副手前去迎接，一见面，左右二人立马跪下，海瑞不跪，只拱手作揖，视学又羞又怒。不久，御史前来视察学宫，南平县所有官员齐聚学宫迎接御史大人，呼啦啦跪倒一片。海瑞不跪。御史大人气得饭不吃拂袖而去。

《金瓶梅》里有一个集体下跪的场面"惊心动魄"。朱太尉新加太保，又荫一子为千户，大小官员前来进礼庆贺，太尉回府："执事到了宅门首，都一字儿摆开，喝的肃静回避，无一人声嗽。那来见的官吏人等，黑压压一群，跪在街前……"这场景简直让人一哭！

难怪《金瓶梅》的作者预言这个国家离灭亡不远了。袁宏道读了《金瓶梅》，说《金瓶梅》时代"朝不保夕，恬不知耻"。中国历史上每到衰世，无不都是这样的时代、这样的政府。袁宏道亲身经历官场等级尊卑的丑陋和痛苦。他对朋友诉苦："弟作令，备极丑态，不可名状。大约遇上官作奴，候过客则妓。"这样的官场体制，即使废止了下跪礼，依然还会有一种骨子里的奴颜。

给后辈留什么

清朝末年,封疆大吏左宗棠告老还乡。他不打算留下太多钱财让子孙挥霍,便在长沙大兴土木,建造亭台楼阁,只给后代留下房产。这些建筑,设计豪华,采用的都是上等材料,富丽不亚于皇亲国戚的府第。他认为不动产是移不动的,比金银牢靠。

左宗棠总担心工匠们偷工减料。他腿脚不好,每天拄着拐杖,跌跌撞撞地亲临工地监工,不时地这儿摸摸,那儿敲敲。有位年纪大的工匠轻蔑地对他说:"大人,请您放一百个宽心,我做了几十年的工匠,造过无数的高宅豪第,从没有倒塌过。但是,屋主易人可是常有的事情。"左宗棠听了此言,一脸惭愧,哀叹离去。

另一位清代名臣林则徐,对待给儿孙留不留家业问题颇有高见。他说:"子孙若我,要钱干什么? 贤而多财,财损其志;子孙不若我,要钱做什么? 愚而多财,益增其过。"

在对待子孙后代问题上,林则徐比左宗棠高明。

清官雅号轶事

王云志

我国古代清官名垂青史,流芳千古,深受人民群众的爱戴和敬仰。向来人们以数字绰号、称号、雅号赠送给他们,以朴素的形式表达对这些好官、清官的敬慕和感恩之情。

半鸭知县:清代于成龙任罗成知县时,廉洁自律,寸礼不纳,安于清贫生活。儿子从山西老家来看望他,他只有一只咸鸭,于是就割了一半给儿子,作为儿子路上的菜,因而百姓敬称他为"半鸭知县"。

一钱太守:后汉刘宠在会稽任太守期间,操守清正,政绩卓著。他离任时,会稽老百姓为感谢他,特推选了几位长者带了一百钱去送他。他执意不收,在大家的苦苦哀求下,他只选了一钱留做纪念。自此,刘宠"一钱太守"的美名便传开了。

三汤道台:清汤斌曾任岭北道道台,三年为政,两袖清风,每日三餐以豆腐清汤为肴,百姓因此给了他一个"三汤道台"的美名。

八一巡抚:张伯行居官清正廉明,康熙四十八年,他奉旨调任江苏巡抚。赴任后,张伯行立即发布檄文,严禁下属馈送钱物。檄文中有"一丝一粒,我之名节;一厘一毫,民之脂膏。宽一分,民受赐不止一分;取一文,我为人不值一文。"

这段名言,这就是"八一巡抚"美誉的来历。当时康熙称之为"天下清官第一"。

范仲淹的为官之道

王曾瑜

宋朝范仲淹有两句很有名的格言:一是人们熟知的"先天下之忧而忧,后天下之乐而乐";二是"作官公罪不可无,私罪不可有"。唐宋时,官员犯罪,分公罪和私罪。据《宋刑统》卷2,"公罪谓缘公事致罪,而无私曲者","私罪谓不缘公事私自犯者,虽缘公事,意涉阿曲,亦同私罪"。用现代的话说,政治上必须坚持原则,不怕得罪上级和皇帝,不怕受罪,而个人操守,则务求清白,决不能贪赃枉法。

宋朝优养士大夫,超过前朝后代,然而到北宋末的危亡时刻,那些称颂"四海熙熙万物和,太平廊庙只赓歌"的宠臣辈,一个个立即显露出鼠辈的本色。面对金军凌厉攻势,李纲和宗泽临危脱颖而出,敢于以大气魄和大器识身膺救国重任,但宋廷从皇帝到群臣,却容不得两人施展抱负,而使他们沦为悲剧人物。这两人正是按范仲淹的为官之道而立身行事的。李纲曾因上奏直言,"谪监南剑州沙县税务",贬为一个最低等的税务所长。宗泽更是整整在官场屈沉了35年。宋徽宗迷信道教,宗泽却因"建(道教)神霄宫不虔",受很重的"除名,编管"处分,他"半生长在谪籍中。"他们宁愿受打击,被贬黜,也要坚持原则不动摇。

范仲淹对宋朝士大夫名节观的发展和振作,产生了很大的影响。但此种影响也不应估计过高。事实上,范仲淹的为官之道对少数优秀士大夫,即真正是精英的人物,是产生影响的,对多数士大夫却并未产生影响。宋仁宗时,包拯说:"官吏至众,黩货暴政,十有六、七。"等级授职制的官场是个贪墨的大染缸,大多数士大夫经历官场的染色,他们贪污腐化有种,横征暴敛有能,奉承拍马有才,结党营私有份儿,钩心斗角有术。史实证明,他们是决不会受范仲淹的为官之道感化的。

今天重提范仲淹的为官之道,也是很有必要的,至少可以使某些公仆们自省,古代哲人尚有"公罪不可无,私罪不可有"的为官之道,自己又当如何做公仆?

尊严：尊重自己，严防别人

"尊"最初的意思是酒器，是一个甲骨文字形，像双手捧着尊。即使到了当下，在一个高级派对里，所有宾客小心翼翼呵护的，往往不是佳丽美女，而是酒杯，或端在手里，或放在桌上，可见古今一心，酒器都是备受小心呵护的对象。"尊"需要一直端着，护着。延伸到生活中，谁端你？谁护你？只有你自己端着自己，护着自己；正襟危坐，西装革履，笑不露齿，苛求自己，时时刻刻都会把自我的形象擦拭得纤尘不染，端着护着多累啊，所以"尊"是一件吃力的事情，自尊心有多强，受到的自压力也就会有多重。

严和尊并列在一起，却是两个指向，尊是端着自己，严是防着别人。宋代周敦颐的名篇《爱莲说》中有这么一句："莲之出淤泥而不染……可远观而不可亵玩焉"，"出淤泥而不染"说的是莲之尊，洁身自好，"可远观而不可亵玩焉"说的是莲之严，若即若离。"严"的繁体字写作"嚴"，两个"口"像是两个眼睛瞪着别人，口之下是一道悬崖，拒人于千里之外，与如今常用的"严防死守"有相差不多的意思，严防的是什么？是别人的亲近，是别人的拉拉扯扯。

尊严是一个人的人文品格。却常常为世俗所困，在世俗中尊严会获得尊重，同时也会为了尊重付出代价，经常获得实利和实惠的，是放得下身段的人，是会开口乞求的人。尊严是买不来的，要得到它却是要付出代价的。

编外衙役"圆扁子"

古代没有警察，类似警察的工作，由衙役们来做。毕竟是在官府做事，而且做的是管制老百姓的买卖，所以在一般百姓眼里，衙役神气得紧。进了茶馆饭铺，跑堂的是不敢问他们要钱的，喝茶吃饭的，都得尊一声"捕翁"，或者老爷。衙役没有工资，只有一点微薄的补贴，但由于办案的缘故，实际收入可观。所以，市井之人，想做衙役的相当多。

但朝廷有名额限制。怎么办？需求产生供给，就出现了帮役和白役，清代北京人称之为圆扁子。好像是指他们手里的家伙，一种圆扁状的棍子。正式的衙役有链子，他们没有，只好用这玩意。想做圆扁子，还得花钱买，不仅一点补助没有，还得掏钱孝敬正经的衙役，尊人家为师傅。

衙役挣钱，靠的是凭借百姓的诉讼或者各类案件弄钱。

但是，这样的做法，肯定会激起民愤，乡绅们也会不满意。

既然作恶有风险，就得找替死鬼。一方面，圆扁子是正经制役的帮手，可以增加机会，多设点局，多找些土财主来讹诈。另一方面，圆扁子也是替死鬼。只要事弄大了，被"都老爷"（御史）逮到，反映了上去，这些圆扁子们，就肯定被推出来，开刀问斩。如果这些人见机得早，溜得快，就报告说，出事的都是圆扁子，不知法度，眼下已经畏罪潜逃，官府正在抓捕云云，事情也就不了了之了。

第七章　养育孩子的价格

养育孩子的价格

日前收到一个电子邮件,题目是"有时我们需要这样的提醒"。读后我热泪盈眶,随手译出中文,与同胞们分享——

美国政府最近公布一项估算,美国一个中等收入家庭,养育一个孩子,从出生到 18 岁,总共约需 160140 美元。听起来真有点吓人,这还没有算孩子读大学的费用。

但是钱的价值不是这么算法,付出 160140 美元的同时,还要看看你换取的是什么,买到些什么?

你买到了命名权,可根据我们自己的喜好,命名孩子。

你可以每天感觉新生命的活力。你每天晚上可以在被子里挠痒痒,听窃窃的嘻笑。你可以得到真诚的爱。你可以得到最甜蜜的亲吻,最温柔的拥抱。

此外,你时刻有一双小手握住,那手上常有果酱或者巧克力。你总有个伙伴陪同,一起吹肥皂泡,放风筝,挖沙洞,或者在雨地里跳水。你可以不顾一切地发傻欢笑,即使那天老板骂人,或者股票跌得一塌糊涂。

你坐在历史的头一排座位上,见证人行走的第一步,讲出的第一个字,第一个约会,第一次开车上街。

你受到大学里得不到的教育,涉及心理学,护理学,司法学,沟通学,以及性生理学。

在孩子的眼里,你是天底下的第一能人。你具有最大的力量,

343

能够医治伤痛,驱赶床下的恶魔,安抚破碎的心灵,巡视过夜聚会,处罚一切犯规,同时给予无限度的爱。

养育一个孩子,18 年,160140 美元,真的昂贵么?

毛泽东怎样为儿子开书单

这里有一份毛泽东为他的儿子们开的书单。

在延安时,毛泽东曾两次寄书给正在苏联上中学的儿子岸英和岸青,随信附了一张书单,并注明了册数。上面写道:"精忠岳传2,官场现形4,子不语正续3,三国志4,高中外国史3,高中本国史2,中国经济地理1,大众哲学1,中国历史教程1,兰花梦奇传1,峨嵋剑侠传4,小五义6,续小五义6,聊斋志异4,水浒4,薛刚反唐1,儒林外史2,何典1,清史演义2,洪秀全2,侠义江湖6。"

细看这份书单,既在意料之中,又在意料之外。《高中外国史》、《高中本国史》、《中国经济地理》和《中国历史教程》,大概都是当时的中国教科书,可用来补充岸英他们只读苏联教科书的不足。《大众哲学》是书单中唯一的一本政治类书,毛泽东认为艾思奇的这本著作写得通俗易懂,有利于马克思主义哲学的普及。古典文学和历史小说在这份书单中占有很大比重,也是意料之中的。

毛泽东向儿子推荐《子不语》、《何典》这两种带有"野狐禅"味道的书,似乎有点出乎意料之外,岸英他们毕竟还是中学生嘛。但更令人意外的是,毛泽东居然寄出了《峨嵋剑侠传》、《小五义》、《续小五义》、《侠义江湖》等好几部武侠小说。中国的武侠小说多用浪漫笔法,历史小说多用写实笔法。浪漫的尚武,现实的英雄,构成了这些书的文化主调。而毛泽东的文化性格,正恰是充满浪漫气息和英雄气概的。反观时下为提高学生素质而推出的种种必读书目,谁会选入《子不语》、《何典》、《小五义》、《峨嵋剑侠传》、《薛刚反唐》等?这是胸襟使然!

奥巴马女儿的生存费

布伦登·奥利里　谢素军　译

从席德威友谊学校采访得知,奥巴马的两位千金,也就是莎夏和玛利亚,竟然从父亲那得不到一分钱的生活费。这话是波兰尼老师说的。

波兰尼解释道:"严格说来,并不是我们的总统不给女儿生活费,他每个星期都会有固定的费用支给女儿,但他不把它叫'生活费',而叫'生存费'。"

波兰尼也曾对奥巴马表示过疑惑,但是,总统毕竟是总统,他并没有正面回答问题,而是说,在美国,我们看到的虽然是繁荣一片,但低收入者和无收入者甚多,这给美国的社保带来了巨大的压力,政府必须保证他们的基本生活,这种生活当然不会是体面的,只是生存的最低保障。

波兰尼很感慨地告诉我,她非常欣赏总统对生活的认识。在这个世界上,不管是美国人还是非洲人,不管是大人还是小孩,首先要学会的便是生存。我们要提供、能提供的也仅仅是生存权。至于生活,那是每个人自己的事情,哪怕是总统的女儿。

奥巴马真是一个聪明的总统,他为两个女儿所进行的生存与生活的辨析,正是教两个女儿对整个美国乃至世界现状进行辨析:自己想要什么,就必须亲自努力去实现,连最亲近的父亲也只能提供有限的生存费,你还能期望谁的帮助。

茅以升之子谈家教:

茅于润 口述　铁　雷 整理

父亲茅以升因领导建造钱塘江大桥而闻名于世。我家那时都认为,他的成功主要是由于他去美国留过学。因此,年轻时,我也把去美国留学看成是功成名就的必由之路。

父亲对6个子女的教育、学习从不横加干涉,他常对我们说,"只要学出个名堂来,学什么都可以。中国有句成语叫做'名列前茅'。'茅'字在此成语中的意思就是用一种叫'白茅'的植物所编织的旌旗,它应该走在最前面。你们有幸姓'茅',不要辜负祖上传给你们的这个激励人上进的、稀有的好姓氏!"

他的民主精神可从他的子女所学的专业中得到答案:我们6个人中有学物理、文学、音乐、制药、地理、心理的,但没有一人是学桥梁的。

父亲的数学很好,他年轻时能把圆周率背到小数点以后的第一百位。但很遗憾,他这份基因没有遗传给我。我那时在初中上学,对数学不感兴趣,有时还考不及格。后来,父亲不知从哪里听来的,说是音乐可以陶冶、改变人的性格。正好,邻居中有一位叫丁继高的会拉小提琴,父亲就为我买了一架玩具小提琴,请他来教。

父亲心中一直有另一座桥,他希望通过自己的教育,让子女"成名成家"。

父亲常教导我:"人,一定要和某种事物联系在一起。现在人们一提到'桥'就会想到我,希望以后人们一谈到'小提琴'就会想到你。"

1940年,我考入了重庆青木关国立音乐学院。1943年,我见到我校一位同学去了美国。她父亲是当时国民党的财政部次长。受其影响,我这留美夙愿不由得萌动,遂向父亲提出:"我也想去美国。"父亲造了钱塘江大桥后,在旧社会出了名,一个人有了"名",就会有千丝万缕的社会关系,我就是在他的这些社会关系的帮助下圆了这场美国梦。

我赴美前夕,父亲亲自为我买了《古文观止》、《唐诗三百首》、《宋词选》等书籍,还有毛笔、砚台、墨、宣纸这些"文房四宝"。他在机场给我的临别赠言,我至今仍记忆犹新。"你到美国去,千万不要把中文丢掉。中国人口占全世界人口的1/5,将来中文必有大用处。除了你的专业外,当然要在美国花大力气、大工夫把英文学好。一个国家的语言文字,不花大工夫、大力气,是学不好的。千万不要学成个假洋鬼子,说不出一句完整的英语句子,只会在中文里夹几个英文单词,而且别人还听不懂!中文要学好,仅仅看白话文还不够,还要学一些古文。中文的感觉有一大部分来自古文,没有一定的古文修养,中文也难学好、写好。"但来美后,我忙于学校的功课、练琴、学英文,连一页中文也没有看过,一个毛笔字也没有写过,辜负了父亲的好意,今日思之,仍感十分愧疚。

1944年赴美留学期间,父亲为了提高我的英文水平,便用英文和我通信,我也用英文回信,他再把我每封信中的错误改正后寄回,作为我的一种英文作文练习。他在我的信上密密麻麻地用小字指出我在语法上、拼法上、习惯用法上的种种错误。

父亲于1933年至1937年间在杭州领导建造钱塘江大桥时,我们兄弟姐妹也在那里度过了童年。当时，他工作繁忙，我们虽有时同居一处，也常一两日不见。只要他偶尔回来早些，我们就拉他到客厅里去天南地北地话家常。谈话内容总离不开我们各自的"鸿鹄之志"。父亲听后总是说："无论你们要成什么名，当什么家，都要有真才实学，千万不可做个貌似巨人而实为欺世盗名的江湖骗子！此类怪物我确实见过不少，他们最多也只是被某些要人、名人吹捧得昙花一现而已。"

他的话有新意、有深意，我们都铭刻在心，作为我们行动的指南。

一流大学为何青睐吴生伟

最近美国大学陆续发榜,尚不满 18 岁的吴生伟同学不仅收到了哈佛的录取通知书,而且还收到了其他名校的录取通知书。更幸运的是,他获得了玻克奖学金,不管他选到哪个大学,都为他提供从大学到博士毕业全部费用(含学费、生活费、书报费等等),总共不下 50 万美元。为什么他受到如此青睐呢?

吴生伟同学不仅学习成绩优秀,而且是社会活动的积极参与者。他是国际特赦组织校园分部主席、美国青年政治家组织校园分部主席、全国荣誉学生会校园分会副主席,也是学校辩论队队长,该辩论队获 2006 加州第一名。更令人注目的是,他在 15 岁时创办了科学俱乐部,后又创办学生科学博览会,由高中生与小学生配对,自己决定感兴趣的项目,并在科学博览会上展示成绩。不管他参加什么社会活动,有两点是共同的:创造性与集体性。对于有这样创造性的同学,我们完全有理由相信,不管他将来从事什么事业,他都会有所创造。对于具有这样团队精神的同学,我们都会拍手叫好。今天的科学事业就是集体的事业,不论是发现最后一个夸克存在的证据的两篇文章(1995 年),还是解开人类基因序列之谜的两篇文章(2002 年),在每一篇文章上的具名都超过几百!

有人问耶鲁大学校长:耶鲁为什么能为国家和世界培养那么多领袖呢?耶鲁大学校长说,所有后来成为总统的,都是在各种各样学生社团中担任过领导职位的学生。社会工作是同样重要的学习和锻炼,是重要的"第二课堂"! 总统、领袖式的人物(包括学术领军人物)都是从这些组织中培养出来的。

依此不难理解,为什么世界一流大学会青睐吴生伟这样的同学。

傅斯年的比喻

路文彬

据台湾学者萨孟武先生回忆，当年傅斯年先生曾给他打过这么一个比喻，说德国学生是狗，美国学生是猫。傅先生的意思是，狗是认人的，德国的学生都跟着教授走，只要知道某位教授的人品好、学问好，便是跟定了他。而猫呢，是只认屋不认人的；美国学生一心只想上哈佛上耶鲁，根本就不问教授的为人与为学究竟如何？

想想中国的学生，当然也该都是猫吧，谁不想上北大和清华呢？至于能学到什么东西几乎无人关心，人们所关心的仅仅是北大和清华的毕业生更有机会找到好工作。

历史上德国长期独占国内第一把交椅地位的大学似乎并不存在，但有着巨大学术贡献的大学却着实相当的多。比如柏林大学、哥廷根大学、法兰克福大学……简直是数不胜数。这其中的原因即在于，对德国的学生来说，哪里有好教授，那里便是好大学，蜂拥而至的他们立马就会确立起这所大学的地位来。而德国教授们在选择大学时所考虑的呢，主要也就是离家的远近与否。康德曾收到过多所大学的聘书，但他更感兴趣的却是哥尼斯堡大学，原因很单纯，哥尼斯堡大学就在他的家门口。

不过，依我从教十几年的经验来看，猫还算不上是最可悲的。有些学生对学校没有要求，对教授没有要求，对于自己同样也是没有任何的要求。进学校时什么样，出学校时还是什么样。就是因为有大量这样的学生捧场，所以我们才会有那么多半死不活的大学，而这些大学竟然也都能一直有滋有味地存在着。

易中天教女

佚　名

　　刚上高三,女儿就请老爸对其前途进行科学设计。易中天却说:"我虽然是博导,但你仍然必须学会自己选择。"女儿便说:"那就给点指导意见吧。""好,我的意见是'四项基本原则'和'三维坐标系':兴趣原则,你选的专业应该是你最感兴趣的;优势原则,你选的专业必须最能体现你的优势;创造原则,这个专业毕业以后从事的工作要具有创造性,而不是简单的重复劳动;利益原则,这个专业必须有着良好的发展前途,最好能够赚钱。'三维坐标系'就是 X 轴——城市,Y 轴——学校,Z 轴——专业。按照这个坐标系,加上'四项基本原则',结合你可能得的考分,找一个最佳结合点。"几天后,女儿经过仔细分析认真选择,把自己立志于成为一名优秀设计师的梦想告诉了老爸,并说:"烦您老人家抽空帮我对有关学校实地考察考察,我再作具体决定。"

　　领命后,为了帮女儿更好地选择好这个最佳结合点,易中天花了近一年的时间把女儿考虑范围内的北京、上海、广州、南京等地近百所高校跑了个遍,并实地拍摄了这些学校教室、宿舍、食堂、学生状态等音像资料,还列出了这些学校近年来在福建省招生的排行榜。资料整理好后,他交给了女儿,便不管不问任其选择了。最终,女儿选择并考取了同济大学。由于一切都是依照自己的意愿,她在大学期间如鱼得水,年年获得一等奖学金,毕业时还被评为上海市优秀毕业生。

父亲的慰藉

陈文茜

马英九的父亲马鹤凌走前三年定下遗嘱，没有公祭，不收花篮，只登报告知。

我看着他的遗嘱，想着他面对死亡时的从容与节气，并阅读他86年的一生，才惊讶地发现在马英九俊美的身躯后，存在着一位不凡的父亲，深深影响着他。

人在低处要拒绝诱惑很难，在高处更难。到了某种地位，不想要的，不主动要的，都会送上门来。当了"部长"，想当"院长"；当了"院长"的，还想做"总统"；当了"总统"的，更想要富贵延及三代。没完没了的欲望，无止无尽的追求，这是凡人。

马鹤凌疼儿子的方法，不是凡人做得到的。儿子俊秀的外表与完美的学历已够鹤立鸡群，当上"法务部长"，"扫黑"，不小心命都没了，怎么划得来？

一般平凡胆怯的父母要遇到这种情况多半教儿子，"好官莫惹黑"，他们今日杀不了你，明日可以整你；你保住了自己，未必保得住家人。有点是非观念的父母，顶多支持儿子，但口口声声不忘叮咛，"要小心啊！对方可是有枪，不要命的。"但马鹤凌却支持马英九，"文天祥只39岁，你已多活5年了。"

马伯伯教儿子"至诚能胜天下至伪，至拙能胜天下至巧"，不只是书训，还是关键时刻的信念。

他爱惜马英九的方法不是一般马迷式的"马全对"。他曾提及马英九应该更有得罪人的勇气,要儿子争就不只争"大位",要争历史地位。

寻找集体记忆的一块拼图
——采访从你的长辈开始

王立伟

"你了解自己的生命来源吗?""你曾经聆听或者书写过父母亲的生命故事吗?""你记录过家族发展的历史吗?"

潘国正接连抛出一连串问题。时间是 1997 年,地点是在台湾新竹市的"中华大学"的一间教室;底下坐着的,是七八十位十八九岁、二十出头的学生。

傍晚的课堂,气氛有点压抑,年轻的学生们集体陷入沉默,或许心里还带着一丝迷惑。这堂课,为什么要叫《新闻采访与写作》?

这一年,时任台湾《中华时报》记者的潘国正,开始在"中华大学"教授这门选修课程,选读者大多是理工科学生。

让学生练习去给长辈做一个采访,能让他们真正感受到什么是新闻,什么叫采访? 而整理的过程,也是记录历史的过程。

"有机会你一定要赶快做这件事,不然某一天就会来不及了。"潘国正说,当这些伸手可及的历史,突然消失时,那些天大的秘密,巨大的问号,会让人措手不及。

数年后,学生许美玉找到他,寻找自己当年的作业。祖母将不久于人世,一生的记忆,或许将随风而逝。还好当年,修读潘国正课程的许美玉将其人生,浓缩成了 8000 字的文章。

祖母,已经住进了特护病房,那些家族的成员,看着病床上日渐衰弱的生命,突然迫切地想要知道这个老人一生艰苦的生命故事。

2004 年 12 月 11 日,在台中市南区的家中,许美玉像平日一样,坐到祖母身边。坐下来的那一刹那,祖母手上皱巴巴的皮肤突然让她心里一痛:这双手,也曾经是光滑美丽的吧?

在开始聊天之前,许美玉已经依着户口誊本,了解到从 1932 年出生到现在,所有跟祖母有关的大事。接下来她要做的,就是用一架小型的录音机,以聊天的方式,去倾听一个老人 73 年的人生。

"一个人,就像一本书,20 岁有 20 页,40 岁有 40 页。"许美玉记得潘国正在课堂上说的那句话。祖母 73 岁了,那本书,究竟有多长,里面究竟有多少故事?

出生,受宠爱,母亲亡故,父亲亡故,辛苦求生,择婿,生子,奋斗 30 年,儿孙满堂,颐养天年。

祖母的这条人生路,最后被许美玉浓缩成 8000 字的文章。文字平淡朴素,那个主人公,好像在小说里、电视剧里来的,善良勤奋努力的平凡人的缩影。

多达二十几条的采访原则,是潘国正早就跟学生们反复强调的。比如怎么去寻找户口誊本,建立一个以时间为横轴、以事件为纵轴的采访框架,比如选取受访者喜欢的放松的环境,比如最好面对面访谈且留下录音录像资料,比如专注于个人历史不要过多谈论大时代和大事件等等。"一定要抛开共同记忆,而是去问,你当时在做什么,你体验到了什么,听到了什么,看到了什么。"

潘国正特别希望学生们更多地去跟母亲、祖母和外祖母交流,"女性更多地参与了家庭的事,她们清楚地记得每一个细节,父亲则更专注于自己的事业。"

来自外省的小洁并不情愿和母亲做采访,这个不得不完成的任务,让她反复思量了很多天。在台湾"清华大学"礼堂边的一个公用电话亭里,她拨通了家里的电话。

不是面对面的采访,小洁的私心是,能和自己严厉的母亲保持一些距离,这让她自己觉得多了几分安全感。

冷漠的母女情,是小洁心中的痛,也是母亲心中的痛。小洁终于明白母亲为什么对自己那么严厉,永远是不留情面的管教,20岁了还必须要晚上10点前归家,"妈妈曾经因为晚归,受到过伤害。"这个天大的秘密,让母女之间多年的冰山瞬间融化,3个小时的电话,小洁在这边哭,母亲在那边哭。

"能讲讲你的初恋吗?"在另一个"采访现场",阿雯狡黠地笑着,看着妈妈。妈妈竟娇羞地笑了,从衣柜里翻出一张包裹好的照片,"这个人就是我的初恋,连你爸爸都没有见过这张照片哦。"

1994年到2007年,14年间,潘国正在台湾地区四所大学开设过这门选修课,选修的学生,算下来差不多有5000名。学生们最深切的体验,是那个这么接近自己,以为很熟悉的人,竟然是个很陌生的人;聆听了一个人的一辈子,会重新面对这个人,更充满了情感;原来自己走过的路,只有那么一点点,要像亲人那样去乐观面对未来漫长的道路。

而另一个有趣的发现是,原来长辈也会调皮,也会害羞,也有脆弱的时候。

"一个人的生命故事,是个人的重要资产,对于儿女而言,是寻找生命起源的道路;对于家族而言,是回忆的数据库;对于社会而言,则是集体记忆的一块拼图。"潘国正说。

外孙女端端的苦恼

巴　金

我的外孙女叫端端,她生活在成人中间,又缺少小朋友,因此讲话常带"大人腔"。在念小学二年级时,她说她是我们家最忙、最辛苦的人,"比外公更辛苦"。她的话可能有道理。在我们家连她算在内大小八口中,她每天上学离家最早。下午放学回家,她马上摆好小书桌做功课,常常做到吃晚饭的时候,而考试的成绩也不一定很好。有时端端的妈妈陪孩子复习数学,总要因为孩子"头脑迟钝"不断地大声训斥。

我知道自己没有发言权,因为我对儿童教育毫无研究。但是,我回顾了自己的童年,我做孩子的时候,人们教育我的方法就是责骂和灌输;我学习的方法也就是"死记"和"硬背"(诵)。70年过去了,我们今天要求于端端的似乎仍然是死记和硬背,用的方法也还是灌输和责骂。端端的父母经常警告孩子:考试得分在90分以下就不算及格。我在旁听见也胆战心惊。在上学时候最怕考试,走进考场万分紧张,从"死记"和"硬背"得来的东西一下子忘得精光。我记得在高中考化学我只得30分,是全班最末一名,因此第二次考试前我大开夜车死记硬背,终于得到100分,否则我还毕不了业。后来虽然毕了业,可是我对化学这门课还是一无所知。我年轻时候记性很好,读两三遍就能背诵,但是半年以后便逐渐忘记。我到了中年才明白强记是没有用的。

1968年,我自己又给带进考场考核学习毛泽东思想的成绩。

不用说我的成绩不好,闹了笑话。但是出乎我的意外,我爱人萧珊也被"勒令"参加考试,明明是要看她出丑。她紧张起来,一个题目也答不出来,交了白卷。她气得连中饭也不吃。

端端有一天晚回家,她的姑婆给她开门,问她为什么回家这样迟。她答说在学校搞大扫除。她的姑婆已经到学校去过,知道了她离校的时间,因此,她的谎话就给揭穿了。她父亲要她写一篇"检查",她推不掉,就写了出来。

孩子的"检查"很短,但有一句话我现在还记得:"我深深体会到说谎是不好的事。"这是她自己写出来的。又是"大人腔"!大家看了都笑起来。我也大笑过。我笑过后却感到一阵空虚,有一种想哭的感觉。十年浩劫中(甚至在这之前)我不知写过、说过多少次"我深深体会到"。现在回想起来,我何尝有一个时期苦思冥想,或者去"深深体会"?我那许多篇检查不是也和七岁半孩子的检查一样,只是为了应付过关吗?固然我每次都过了关,才能够活到现在,可是失去了的宝贵时间究竟有没有给夺回了呢?

空话、大话终归是空话、大话,即使普及到七八岁孩子的嘴上,也解决不了问题。难道我们还没有吃够讲空话、大话的苦头,一定要让孩子们重演我们的悲剧?

端端在小学读到了五年级。有一天我听见端端一个人自言自语发牢骚:"活下去真没劲!"不觉大吃一惊,我对孩子的父母谈起这件事,我看得比较严重,让一个十岁多的孩子感觉到活下去没有意思,没有趣味,这种小学教育值得好好考虑。孩子的父母并不完全同意我的看法。

说也奇怪,我女儿思想很开放,但是要她抓孩子的功课,或者她发现了孩子的毛病,就缺乏耐心,不由分说,迎头来一阵倾盆大雨,有时甚至上纲上线,吓得孩子无话可说。我在旁边冷静地观察,也看得出来:孩子挨骂的时候,起初有些紧张,后来挨骂的次数多了,她也就不大在乎了。做母亲的却从未想过:为什么孩子会有"活下去真没劲"的思想。她大概以为"不要紧,大家都是这样地教育成人的"。

我写端端,却想到自己。我的书橱里有二三十册笔记本或者更多一些,都是"文革"期间给造反派抄走后来落实政策又退了回来的。本子上记录着"老师们"的"讲课",全是我的字迹。在那段漫长的时间里我经常像小学生那样战战兢兢地应付没完没了的作业,背诵、死记"老师们"的教诲;我强迫自己顺着别人的思路想事情,我把一连串的指示当做"精饲料"一股脑吞在肚里。为了讨好"老师",争取分数,我发奋,我虔诚,埋头苦学到深夜,只换来连夜的噩梦:到处寻找失去的东西,却一样也找不回来。应该说,有一个时候我也是"全家最忙的人"。我也是一个"没有开窍"的小学生,永远记不牢"老师们"的教导和批评,花费了那么多的学习时间,我得到的却常常是迎头的倾盆大雨。头发在灌输和责骂中变成了银丝,拿笔的手指颤抖得不由自己控制,写作成为惩罚的苦刑,生活好似长期的挣扎。"没劲! 没劲!"甚至在梦里我也常常哀求:"放学吧!"我真想做一个逃学的"小学生"。说老实话,我同情端端,我也怜悯过去的自己。

没有人替你买单

上善若水

有朋友从美国回来。于是找饭店为他接风，到了结账的时候，他非要 AA 制，让我有些不愉快。

回宾馆的路上，他说，我讲个故事给你听。

在美国一所中学里。有两个孩子出去爬山，一个中国孩子，一个美国孩子。这两个孩子很不幸的在要下山的时候遇到了塌方。结果，两个孩子分别被困在了巨大的岩石与碎石的两边，那个美国孩子被碎石砸伤了左腿，一动就疼彻心肺，他判断，自己是骨折了。

天气很快就要黑了下来。那个美国孩子开始尝试着，用手支撑着自己的身体，慢慢的向岩石堆上爬去，他受伤的腿上的血迹染红了整个岩石。但他因为寒冷而开始感觉到麻木的身体提醒他，必须要出去，必须。

没有人能想象，这个孩子是如何坚持爬回小镇的。他向别人冷静地讲述了自己遇到危险的地点，时间，而且说有一个中国孩子很可能还在那里。

经过检查，这个美国孩子左腿胫骨骨折，肋骨受到撞击，也折断了两根，身上碰撞出来的伤口和淤青不计其数。

大人们把他送到了医院，然后去救援那个中国孩子。那个中国孩子被找到的时候，寒冷和恐惧已经让他奄奄一息，再晚来一会儿，很可能就会失去生命。

朋友说到这里，我忽然发现他的孩子已经羞得满面通红。突然,孩子像是下定了什么决心,对我说:"叔叔,那个中国孩子就是我。"

"那个美国孩子为什么比他坚强,你知道吗?"朋友忽然问我。我摇摇头。朋友说:"其实说起来,原因简单得让人无法置信,只因为美国人从孩子很小的时候,出去吃饭都是 AA 制,他们每个人都会告诉孩子一个必须 AA 制的理由,那就是无论什么事情,人生里没有人替你买单,就算你的父母,挚爱,也不会。"

"没有人替你买单",这么简单的一句话,塑造了美国人现在独立拼搏的特性,我忽然想回去把这个故事告诉我的孩子听,我要告诉他,虽然有些时候,钱不是问题,帮助他也不是问题,但是,没有人会替他买单!

不准 5 岁孩子跑马拉松的理由

感　动

布提亚·辛格是印度的一个 5 岁男孩。虽然他年纪小,却是全世界最年轻的马拉松选手。因为在他只有 4 岁半时,就完成了42.195 公里马拉松跑,此举震惊了整个印度,人们称他为马拉松神童。

2007 年 6 月 6 日,5 岁的辛格开始了新的挑战:打算用 10 天时间,从印度东部的布巴内斯瓦尔市跑到西部城市加尔各答。整个行程大约 500 公里。起跑前,有许多支持辛格的人,拉着横幅到起点给他打气。一些媒体也纷纷来到现场,采访这位长跑神童。

但就在这时,一件意想不到的事情出现了:大量警察封锁了辛格的长跑线路。警方负责人解释说,他们接到政府的指令,严禁辛格参加这项马拉松活动。对此,主办方非常恼火,认为政府这样做会扼杀一个长跑神童,他们还准备向当地法院起诉政府这种非法干预行为。

但是,面对着辛格家长和教练的反对,面对着辛格的支持者的抗议,印度政府还是禁止了辛格的马拉松活动。

印度政府禁止的理由是:辛格只是一个 5 岁的孩子,而 500 公里的路程,对他的体力和情绪都是一个负担,这很容易使他身体出现营养不良、贫血和心脏疾病。让一个孩子去尝试不属于他年龄的生活,这是一种极大的残忍。国家可以不要神童,但有责任保护一个孩子的生命健康。

幼儿的权利

周云龙

1968年的一天,美国一位3岁女孩指着一个礼品盒上的"open(开)"对妈妈说,她认识第一个字母"o"。妈妈非常吃惊,问她是怎么认识的。女孩说是幼儿园老师教的。这位妈妈在表扬了女儿之后,却一纸诉状把幼儿园告上了法庭,理由是这家幼儿园剥夺了孩子的想象力。因为她女儿在认识字母"o"之前,能把"o"说成是苹果、太阳、足球、鸟蛋等等圆形的东西,但是,自从幼儿园教她认识字母之后,孩子就失去了这种想象的能力。她要求幼儿园对此负责,并进行精神赔偿。

法院开庭时,这位妈妈又当庭进行了如下辩护:"我曾在一个公园里见到两只天鹅,一只被剪去了左边的翅膀,放在较大的水塘里;另一只完好无损,放在很小的水塘里。管理人员说,这样能防止它们逃跑,剪去左边翅膀的因无法保持身体平衡而无法飞行;在小水塘里的因没有足够的滑翔路程,也只能呆在水里。现在,我女儿就犹如一只幼儿园的天鹅;他们剪掉了她一只想象的翅膀,过早地把她投进了那片只有abc的小水塘。"

法庭最后宣判幼儿园败诉!从此,美国《公民权法》中多了两项特别规定——幼儿在学校拥有两项权利:1.玩的权利;2.问为什么的权利。

尊重的力量

张丽钧

前不久,我和3个中学校长应邀到英国伦敦哈姆雷区中学去做"影子校长"。

我们来到校长室的时候,体型微胖的女校长正在和一个男生谈话。看到我们,校长说:"走,我们一起去参观校园。这是爱德华,今天他被'罚'充当我们参观校园的临时讲解员。"原来,爱德华和低年级一个男孩打架并打伤了他。

爱德华不是一个好的讲解员,总是他先开个头,校长再详细介绍,弄得爱德华十分难为情。

快要走到体育馆的门口时,校长突然停下来,对爱德华说:"你去给客人们讲讲那里的陈列品吧。"爱德华兴奋不已,他跑过去,指点着门口陈列架上的陈列品,滔滔不绝地告诉我们哪个奖杯是哪次比赛得来的,哪件球衣是哪个校友在哪场大赛中穿过的……他得意地告诉我们说:"我是学校橄榄球队的。"

参观完,天下起了蒙蒙细雨。校长急于将我们带回办公楼。但是,爱德华突然小声向校长提议说:"再让他们去看看琼斯的椅子吧。"校长赞赏地点点头。爱德华于是带我们来到了小喷泉旁边的"琼斯的椅子"面前。他说:"5年前,琼斯在这所学校读8年级。有一天,他来上学的路上,被一辆汽车给撞死了……为了纪念他,同时也为了提醒人们珍爱生命,学校在这里安放了这把椅子。"校长用慈爱的目光注视着爱德华,突然开口对他说:"汽车没有眼睛,也没有理智,所以,它对琼斯犯下了那样的罪过。而我们不是汽车,我们有眼睛,有理智,应该懂得爱和尊重,懂得保护弱小者和无辜者——你以为呢?"爱德华使劲地点头,羞愧和自责使他的双颊绯红了。

就在那一刻,我深切地体会到了尊重的力量。

"股神"之子讲述家族教育

萧　声

有个富爸爸,该是何种感觉? 近日,知名美国音乐制作人、艾美奖(美国电视界最高奖项,相当于电影界的奥斯卡奖)获得者彼得·巴菲特出版了《人生由你打造》一书,他以亲身经历告诉人们,即使他的爸爸是叱咤全球的"股神"沃伦·巴菲特,他依旧义无反顾地"做自己",追求自己的梦想。

"股神"的儿子不炒股

彼得小时候就感受到父亲的辛劳。"他每周要工作 6.5 天,于是我就想,要刻苦读书,不要给父亲增加麻烦。"小学四年级时,学校举办了一次飞机模型比赛,但需要自费购买模型。为了参赛,彼得到父亲的公司做了 15 天"清洁工",并用这笔收入为自己购买了一架飞机模型。"父亲经常引述的一句话是:'有能力的父母应该给子女一笔能够做事,但不足以游手好闲的财产'。有个良好的开端总是好事,但让子女习惯于靠伸手要'免费票'就是害人、帮倒忙。"

彼得记忆最深的是 19 岁那年,他得到的一笔并不算多的财产。这笔财富来自于出售一处农场的收益,并转换成了他父亲旗下伯克希尔·哈撒韦公司的股份。"我变卖了手里的股票,得到了约 9 万美元。当然,我完全可以什么也不做,让那些股票静静躺在账户里睡觉,那么现在股票的价值应该有 7200 万美元了。"当时,彼得还是一名斯坦福大学的在校生。"很多人认为我疯了,为什么不留着股票,但事实就是这样。我用积蓄购买了比金钱更宝贵的东西——时间。"

彼得退了学,用这笔钱开始了他的音乐之路。他忐忑不安地与父亲谈了从事音乐事业的打算。"父亲以他的习惯,认真倾听,不做评论,也不直接提建议。直到有一天,他对我说:'彼得,你知道吗,你和我其实在做一件事情,音乐是你的画布,伯克希尔·哈撒韦公司是我的画布,我每天都在上面画上几笔。'他就说了这些,这就足够了。这就是我需要的回答,直到现在仍觉得很珍贵。我的父亲,事业如此成功,却把他的工作和我的工作相提并论,平等看待。"

当然,彼得也承认,他创业时从父亲那里得到的财产虽不算多,但也高于大部分开始新生活的年轻人。"拥有这样一笔财富是一种特别待遇,也是我收到的一份礼物。如果一开始就面对必须自己谋生的压力,我可能无法沿着这条路走下去。"

零花钱以"贷款"形式获得

在彼得印象中,父亲"尤其在金钱方面管得很严"。孩子们很小就知道,要从父亲那里获得精神支持很容易,金钱支持几乎不可能。从小,姐弟三个的零花钱都是以"贷款"形式获得的。彼得的哥哥霍华德也曾回忆,1973 年他高中毕业时,梦寐以求的是得到一辆新的小型护卫舰轿车,价值 7500 美元。父亲没有直接拒绝,而是提出了一个交易:父亲为那辆车出 5000 美元,但是,在以后的 3 年里,父亲不会再为他买生日礼物、圣诞礼物,甚至毕业礼物。霍华德还得自己想办法支付剩下的 2500 美元。

作为备受父母疼爱的小儿子，彼得也没得到任何优待，他至今记得挣到第一笔钱的感受："第一次配乐，不知道自己能否成功，内心很焦虑、苦闷。当我拿到 100 美元的稿费时，我哭了。我将这 100 美元放在镜框里，挂在墙上，每天看到它，就给了自己一种动力。"

在彼得 30 岁时，他再一次感受到父亲的"吝啬"。那时，事业小有所成的他想买套大房子，希望父亲能借给他一部分钱。巴菲特却以"我们父子不要谈钱"这样的理由拒绝了。彼得很生气，转而去银行贷款。后来他才明白父亲的用意，"如果父亲真给了我钱，我反而没有机会体会到靠自己努力取得的成就感。我认为这是他爱的一种表达方式。"

2008 年，在洛杉矶帕利媒体中心，巴菲特第一次在公开场合听了儿子的音乐会。他只说了一句话："我是来看看我（给儿子）的钢琴课投资得到了什么。"台下掌声雷动。

传承三代的祖训

在"股神"巴菲特的词典里，从来没有出现过"富不过三代"这样的字样，因为他不曾考虑过要把家产留给自己的孩子。"父亲百年之后将把所有的资产捐给慈善机构。"

巴菲特的 3 个孩子受父亲影响，热心公益，把钱看得很淡。他们过着舒适、但绝不奢侈的生活，并在自己的基金会中卖力地工作。彼得的大姐、巴菲特的长女苏珊，住在奥马哈，离巴菲特的住处只有 10 个街区。她在奥马哈经营一家毛衣编织厂，同时打理自己名下的基金会。苏珊的基金会关注女性生育健康和家庭规划；哥哥霍华德的基金会已经向 40 多个国家捐款，尤其关注对非洲的保护和建设;而彼得的基金会则重点在援建西非国家儿童教育等慈善事业上。

彼得在书中写道,父母传给他唯一"真正的东西"就是——流自己的汗,吃自己的饭。其实,这是已经在巴菲特家族传承三代的"祖训"了。巴菲特的父亲曾担任4届国会议员,行事作风相当保守沉稳,他没有给过初进金融圈的巴菲特什么财力帮助,却在精神和思想上给了他莫大的支持。他的言传身教对巴菲特影响很大。在巴菲特成为世界级富豪之后,依然对父亲充满感佩之情。如今,他又把这个家训传给了下一代。"爸爸曾告诉我,生下来嘴里就含着一个银勺的人,最后可能变成背上扎着银匕首的人,因为他们容易产生权力感而鲜有成就。"

牛顿与钝牛

美国有个天才人协会，里面全是智商特高的。但是许多人不但没做特别用脑的工作，反而做粗工。原因是，他们在学校看什么，都瞄一眼就懂了，于是不下工夫，功课奇烂。到社会上，也难得专注，到头来没一样专精。

我儿子有位绝顶聪明的同学就是这样，高一、高二时猛玩，只要考试前看看书，就能拿满分。可是上了高三、高四（美国高中为四年），成绩却一落千丈，后来连人都不见了。原因是，有些东西可以靠聪明，有些东西不能只靠聪明。当他每样都"十窍通了九窍"，学问做得不踏实，到头来反而"一窍不通"。

所以那些智商高，又有傻劲，看到一个苹果落地，就去想出"万有引力定律"的，可以成为牛顿。那些自恃聪明，就不学不思的，则成为了"钝牛"。至于天生愚笨，却能用这与生俱来的"空空头脑"，不断努力，往里面堆学问的，也能有过人的成就。

重视细节的韩国教育

包光潜

日前，我们来到韩国求礼郡，考察当地的初级中学。

在这两所中学里，我们看到，学生进入教学楼，在上廊道之前，要换上学校统一配发的拖鞋，以确保教学楼一尘不染。求礼女中的学生，进入教学楼必须先正衣冠，墙上嵌有一面巨大的镜子，学生换完鞋，抬头就能看到自己的形象……这面镜子，不仅可以正衣冠，还有心理暗示和警示作用。

学校有固定的班级，没有固定的教室。教室基本上是按照科目设置的，譬如生物教室、地理教室、英语教室等。不同科目的教室，布置迥然不同。

生物教室里悬挂着学生自己采集、制作的标本，有显微镜供学生随时使用，有人体及器官结构示意图等。地理教室里有韩国地形图，有世界各地的图片，有大量的环保宣传画。英语教室温馨、随意，英语课不仅配有本国英语教师，还聘请了外教。所有教室里的课桌，都是6张小桌子拼成一张六角形或花瓣形或哑铃形的大桌子，便于学生交流。

韩国人十分重视家庭的亲情、邻里的和睦、同事的和谐。学校里很重视传统文化教育。我在求礼女中的教室里发现的两个细节，都与中国传统文化有关。一是休息间的墙壁上写着一个大大的汉字——"孝"；二是黑板框上镌有4个楷体汉字——"韦编三绝"，时刻警示学生们刻苦攻读，孜孜以求。

韩国人的国家、民族意识十分强烈,学校重视爱国主义教育。每个教室的黑板正上方,都悬挂着一面国旗,用镜框镶嵌,庄严肃穆。

学校还重视社会教育和本土教育,经常由老师或家长带领学生参观蜻蜓馆、农艺馆、水族馆、农具馆等,充分展示本土文化。这些场所不讲究大而全,特别强调本土意识,即"我有这,我有那,这些都是我家乡的"等。

教育的细节是教育的生命。没有健康、丰富细节的教育,是不可能持续发展的,也不能培养出真正的人。

在国外大学感受师道尊严

本文作者大学毕业以后到英国读书,之后辗转美国,待过一些名校,以下是他的一些求学经历,颇给人启示。

在牛津的时候,我的导师是老 K。初次见他是在酒吧,他喝得有点高,趴在耳边跟我说:有事情找我,我是你老板。做物理的,碰到困难是家常便饭,百思不得其解,常常发信给他,说我愁啊。他发信过来说:到我办公室来开心一下。于是我跑去,跟他闲聊一阵,听他讲笑话。出来的时候会觉得生活充满了希望,好的老板能给学生快乐,这算个例子。老 K 平时很忙,见面要跟秘书预约,但周五的酒吧聚会,他是不会缺席的,这也成为我们交流聊天最多的时候。

我到美国做了一年多博士后,不是很顺利,看到做物理的一个个都跳上华尔街,自己也想试试。开会的时候见到老 K,我问他,如果我放弃物理,去华尔街,他会不会失望。他回答说,他的每个学生开心,他就会开心,不管做什么选择,只要对自己负责就好了。我最终还是选择了留守,夫子循循善诱,博我以文,约我以礼。我那时希望能像先生那样感染一些年轻人。

我在牛津的时候碰到了一次选举。老校长去世,要由牛津校友和在校生选举产生新校长。选举那天,大家排着队进入沈东尼亚剧院,每人发小纸一张。我的那张上面写着,某某爵士(Sir),某某女爵（Lady），我既不认识也没听说过，但 Mr. ChrisPatten（彭定康先生）我是知道的。投票者按照个人喜好排名上交，虽然我把彭定康排在最后，但结果揭晓了他还是当选。我一直以为牛津的校长是女王或是政府任命的，这个选举，算是开了眼界。

前几天听说撒切尔夫人又去牛津要荣誉博士的头衔了，这次牛津以 738 票反对，319 票赞成一如既往地否决了给老夫人戴荣誉博士的帽子。虽然谁都清楚以撒切尔夫人在英国的威望和在世界上的影响力，会给牛津带来怎样有形的无形的利益。但 20 多年来，学者们因为铁娘子在任的政策给学术界带来的损失绝不放过她。

在伯克利的时候我赶上了加州政府要倒闭。为了渡过难关，州政府对大学经费削减百分之八，州立大学涨学费 30％。这无疑激怒了学生，有学生占据教学楼，阻碍上课，有学生游行支援。警察维护治安，用警棍驱散人群。有老师挺身保护学生，被警察按倒在地，铐上手铐。推上警车的时候，老先生大喊，我是生物系的教授，这是伯克利，你们没有权利这样做！那一刻，让我看到了伯克利这个学校的灵魂。

1995 年物理学界有件大事，美国三个小组几乎在同时得到了玻色爱因斯坦凝聚——爱因斯坦 75 年前预言而实验上寻找了几十年的东西。其中之一的 Randy 小组，为了证明他是第一个做成功的，在实验结果上先后作出两次不同的解释，这个做法在学术圈里被认为非常的不专业。这件事情的后果，不仅让他失去了 6 年以后的诺贝尔奖，而且波及到他在学术圈的声誉。十几年来，虽然 Randy 兢兢业业地做科研，但每每有新的成果发表，常受到同行的质疑。Randy 人到中年，十几年前的锋芒毕露已看不出来痕迹。谈起那次失误,他倒是看得开了,但告诫学生们,这是个教训,不要用科学的严谨性来挑战学术的良心。

想起另外一桩事情,那时候我们一些人写一篇投给《自然》杂志的文章,大家一起在德国开会,老K因为工作繁忙,只派了博士后和我去。文章写完,自然要把老板的名字挂上,拿给老K看。老K看罢说他没有参与太多的实验和讨论,还是不要写他的名字好。但也有不同的例子,在伯克利那会儿,隔壁教授缪勒以前是朱棣文的学生,近两年发表的文章里有位合作者跟我相识。我便问起这位作者的近况。缪勒竟然说他两年前就离开了,到哪里他也不知道,但因为以前这位老兄在实验上花了很多功夫,所以最近这次实验上发的文章,一直还有他的名字。

牛津物理系有个排名的习惯,即将毕业的博士生最前,辅助者其次,博士后再其次,老板最后。我一直以为这是定则,但这些年听说国内因为导师占据学生的研究成果而署名在前,多多少少让我吃惊了。

美国小学品德课讲什么

南　桥

以前做过培训行业,给 20 至 50 岁不等的企业经理,设计一些诸如"冲突管理"、"压力管理"之类的功课。

在美国,跑到小学一看,哑然失笑,原来这都是小学学习的内容。小孩小学的海报所贴,大多是和平日处世为人有关的一些基本功课,挺实用,例如下面说的是"如何解决压力":

1. 告诉知心朋友;

2. 散步;

3. 听你喜欢的音乐;

4. 深呼吸;

5. 制订计划并行动;

6. 去锻炼身体;

7. 相信自己的判断;

8. 享受自然之美;

9. 不要过度操心;

10. 想像自己在一个放松的氛围之下。

美国中小学的思想品德教育,一般包括两大内容:一是上述这些基本的生活技能,如服从指挥、和他人打招呼、能够合理地接受批评、需要帮助的时候知道如何求援、能够积极倾听。

另外一块内容,叫品格教育,《培育品德:图书和教学活动》中将品格教育的内容分为:尊重、勇气、幽默、责任感、毅力、忠诚、诚实、合作、宽容、公民意识、原谅。

当我们谈素质教育的时候，我们到底谈什么呢？我想也该包括这些品格教育和社交教育吧，不能光考虑琴棋书画这些看来实用的技能。

美国孩子体检问些啥

在美国,每年6月,是我家孩子的体检月。体检前的问诊,是医生了解孩子基本状况的主要环节。医生提出的几大问题是:

1. 每天你看几个小时电视? 她建议,孩子每天看电视的时间,不要超过两小时。

2. 你上网玩电子游戏吗? 医生建议,上网玩游戏时间不要超过一小时。

3. 坐车时,你系安全带吗? 在美国,孩子坐在车上是一定要系安全带的。

4. 出去骑自行车时,你头上戴头盔吗? 当然要戴啦。

5. 你在学校有朋友吗? 这个问题,医生其实是在观察孩子与人相处的能力。

6. 你吃足够的蔬菜和水果吗?

7. 你看牙医和眼科医生吗?

医生最后的提问是,你在课外都参加什么体育活动呢? 哎哟,她怎么没问孩子参加奥数班没有呢,她也没问孩子钢琴几级什么的。幸亏我给孩子们报名参加了一些体育活动。否则,孩子答不出这个问题,那多尴尬。咱绝对不能让美国医生觉得,中国孩子只爱学习,不爱运动。

爱体育,爱运动,是美国孩子的一大特征。连美国医生都注意到这事儿了,你说体育能不重要吗?

在美国中学感受"启发式教学"

胡乐野

《21世纪的教学方法》中,展示了美国女教师的一堂历史课。她首先设置了这样的一个场景:周五的早晨,几个同学的书包柜受到了教师的无理搜查,虽然他们很不开心,因为这属于他们的私人空间。但教师告诉他们:"我是教师,我拥有这样的权利,你必须服从。"在课堂上,教师询问学生的感受,学生抗议教师对自己权益的侵犯,并表示愤愤不平。教师于是联系教学内容——殖民地人民的权利被剥夺了,于是引发反抗。接下来学生们对这个问题的讨论和看法表达了他们内心的理解、同情和正义。

作为强国之后,只凭老师滔滔不绝的讲述,他如何体会殖民地人民的痛苦,怎样意识到歧视和不公?老师却先令人诧异地"欺压"这些等待被开发的无知学生,利用固有的权力剥夺他们的自由,等这些正愤愤不平的学生真正理解到这种不公平时,再在课堂上启发他们以自己的经历思考殖民地与统治国之间的关系。

国外的"敬重生命"教育

青 木 晓 杨 陈甲妮 王 刚

德国:每年都办"短寿展"

为让国民养成健康生活习惯,不少国家都举办过"长寿展",但这几年德国却另辟蹊径办起"短寿展览"。记者不久前曾在位于德国东部的德累斯顿卫生博物馆参观过"短寿展览"。这间博物馆由发明漱口水等医学物品的德国著名医学家林格建于1912年。这间博物馆的宗旨就是成为"国民健康的教育场所"。

近年来,德累斯顿卫生博物馆每年都会定期举办"短寿展"。记者参观展览时,博物馆里展示着2000多名短寿者的档案资料,且按名人、普通人分别陈列在一只只玻璃柜中,每一位都有为什么短寿的详细说明、照片和生前使用物品。这些短寿者的平均年龄不到29岁。

这些短寿者的死亡原因主要有以下五类:一是透支健康。如德国著名的法学家和政治学家乌韦·巴舍尔,由于长期忘我工作,不注意休息透支了健康,只活了43岁。文字介绍的结尾提示:如果他注意劳逸结合,起码能活到80岁。二是有病不及时医治。比如德国著名文学家戈特弗里德·比格尔,他的叙事诗对德国文学贡献不亚于歌德,但只活了47岁。他英年早逝的原因是夜以继日地伏案写作而积劳成疾,致使身体每况愈下。提示语称:他如果注意锻炼身体、及时就医,毫无疑问能活到80多岁。三是性放纵。

这些短寿者有的从十几岁起就开始寻欢作乐,无节制地更换性伴侣。有位名叫伯兰隆特的男性,从 15 岁到 31 岁死去,性伴侣多达 50 多名,最后躺在床上时,180 厘米的身躯只剩下 25 公斤重。四是吸毒。一位叫伊斯丹妮的女士,从 17 岁开始吸毒,21 岁时患上致命的癌症,22 岁时由于无钱购买毒品割腕自杀。五是酗酒驾车身亡。有个名叫西廷的小伙子,平时喜欢酗酒,结婚第三天就因酒后驾车酿成车毁人亡的惨祸,其生命里程只有 28 年。

英国:关爱生命从小动物开始

喜爱小动物是孩子的天性,把珍惜和爱护动物作为切入口教导孩子珍爱生命是英国幼儿园、小学普遍采取的方式。记者在西伦敦杭斯洛的一所小学采访,看见健康教育课老师姆利正带领班上学生在操场上课。姆利指着一群搬家的蚂蚁说:"蚂蚁是种非常古老的动物,一亿多年前就存在了,并且它总是成群活动,非常团结,你们不能无故残害它们。但如果它损害家中物品,你们怎么办?"小约翰说:"把它放回土里。"姆利说:"非常好,将一两只放回花园、草地,它会通知同伴这里有危险,其他蚂蚁就会从家中撤离了。"此外,英国一些野生动物组织或者救护中心也跟中小学有合作,经常组织学生参观他们收容救治的受伤动物和遭到遗弃的宠物。

韩国:入棺体验后生活更积极

"模拟葬礼"在韩国有多种叫法,可称为"入棺体验",也可叫做"临终体验",让参加者通过体验更加珍爱生命,并以更积极健康的姿态面对生活,进而降低韩国的自杀率。

最近首尔市芦原区就进行了这样一个活动：有80多名40岁至80岁的中老年人参加，主要就是体验死亡的感觉，并睡棺材体验、书写放弃无意义治疗的"医疗意向书"、遗书等。模拟葬礼的"重头戏"是睡棺材。在棺材中躺了5分钟的金某表示："虽然时间很短，但似乎重新回顾了一生。"。今年88岁的金周南老大爷参加完活动后表示："疾病会让人死亡，也会给身边的人带来痛苦，我希望能更坚强地活下去"。

韩国这种关于生死的体验活动已经蔓延到了中小学。首尔市内某文化会馆内不久前进行了一个"公共美术·我的葬礼"特别展览，希望通过这种最直观的行为艺术，让孩子体验到生命的无常和珍贵，教育他们要珍惜健康，尊重生命。展览组织方表示，很多来这里观看展览并体验死亡的人都获益良多，很多人对生活的态度发生变化，愿意以更加积极的姿态看待人生和家人。

一所大学的百年校庆

杨　照

1997年,我到日本京都度假。那年是京大创校百年。让我意识到"京大百年"的,不是什么庆典,而是一张近乎简陋的海报,上面写着:"京都大学与殖民政策——反省百年京大犯过的错误"。

那是京大法学院教师团体办的座谈。我直觉地以为那一定是激进的团体,特立独行带着唱反调意味的活动。然而,让我惊讶的是,法学院教师团体的活动竟然不是特例,放眼望过去,和"京大百年"主题相关的讯息,一半以上都是批判性、反省性的。

原来,京大的老师、学生,他们用批判学校、批判校史,来表达对于学校的骄傲与敬意。他们一再提到京都大学与东京大学的差异。东京大学是日本政府的骨干,从战前军国主义政府到战后自民党政府,一贯如此。而京都大学则始终扮演从左翼批判制衡权力的角色,在许多不同学科领域,都有自成一格的"京都学派",而几乎毫无例外,"京都学派"都比主流的学派来得大胆、前卫、激进些。

京大百年,学校不可能没犯过错误,借此机会将批判眼光转回自身,才真正符合京大的传统,才真能确保京大和其他学校,尤其是和东大的不同。

什么时候,中国也能办出一所老师、学生清楚坚持要有自己的个性、自己独特记取校庆意义的大学呢?

法国"高考"为何器重哲学

边　芹

在中国,数学和语文尤其外语高分者最风光;在法国,却是哲学头筹引人注目。哲学考什么?考如何思想。比如今年法国中学会考哲学试卷的论题之一:"平等是不是自由的威胁?"这种考试不是考技能,技能可以靠苦学获取,而是考你学了哲学后的思想状态。

法国中学会考相当于中国的普通高考,通过可直接进大学。但要进名校,如国家行政学院、综合理工学院、高等商学院(私立)、高等师范学院,都须另外考试。国家行政学院培养国家掌门人(政客、高级公务员)。综合理工学院是平民子弟圆梦的学府;高商很大程度上是为上层社会培养继续赚钱的后代。而最出名的学府、文明传承的中心是高等师范学院。高师不仅输送教师(哲学教师多出此门),也是文人墨客的摇篮,法国思想文化界的头面人物,多从这扇门里出来。高师文部选拔人才,不看数学多少分(萨特的数学几乎考零蛋),也不看认识多少疑难字,而看哲学考试是否出类拔萃。

语文和数学放在哲学考试之后,是因为它们属于技能。思想和技能,孰重孰轻,见仁见智。现实是,他们对上层建筑人才的挑选注重思想能力,中国则偏重技能。我常在两地跑,有一些对比,法国受过高等教育的人与中国同学历的人比较,前者自我意识强得多,自我意识的强弱与国家发达与否没有直接关联,而看有没有自己的思想体系。

美国这样"高考"

黄全愈

在美国,"考"和"录"是不同的,"高考"并不能代表大学招生,一个"考"字和一个"录"字,泄露了中美教育理念不同之"天机"。

美国高校招生也有考试,最重要的参考考试成绩是 SAT,全称 Scholastic Assessment Test,中文名称为学术能力评估测试。但只有 SAT 成绩远远不能决定一个高中毕业生能上哪所大学。1996年,哈佛大学就曾把 165 个 SAT 满分的"高考状元"拒之门外。以哈佛为首的世界一流大学甄别人才的标准是"三合一":高考成绩＋高中成绩＋综合素质。

哈佛招生院长说:学业表现很重要;但其他因素诸如个人特点、参与社区活动和课外活动也非常重要……在录取过程中,我们寻找的是各方面都优秀的学生。

"综合素质"听起来好像挺"虚",但能活生生地展现一个有血有肉的人。美国高中生参与的活动大致可分成几大类——

体育活动:包括奥运会、国际赛、州际赛、区域赛、校际赛……

文娱活动:会什么乐器?参加什么剧团?演什么角色?得什么奖……

科技活动:参加什么学术俱乐部?参加什么学术竞赛?搞过什么发明?得过什么专利?获得什么奖……

校内活动:参加什么学生组织?任什么职务?搞过什么活动?取得什么成就……

校外活动:参加什么社会团体？任什么职务？搞过什么活动？取得什么成就……

个人兴趣爱好:特长是什么？有什么成就？得过啥奖励……

录取"什么人"很有学问;"怎么"录取,同样值得研究。中国的自主招生改革,大方向非常值得期待。但目前看来,似乎只是增加了一次春考,而且,由于考录不分,感觉上不过是"一考定终身""认分不认人"的翻版罢了。

美国每年有七次 SAT 考试,但这些只是考试,与招生关系并不大。考题不是由高校出,成绩也不由高校判。许多美国顶尖大学在统计考生的 SAT 考试成绩时,不管你考多少次,只取最好的单科成绩。假如你 1 月、3 月和 6 月各考了一次 SAT,3 月份英语考得最好,6 月数学考得好,证明你有这个能力;两次低分,可能是身体不适,或诸多偶然因素。所以取 3 月份的英语成绩,和 6 月份的数学成绩。

这七次 SAT 考试,考生可参加任何一次,若七次不够,还可继续考,直到你认为所得分数代表了你的水平。由于考不好还可再考,心理压力不大,心态正常,因此,每次考分一般起伏不大,大多数美国孩子考一两次就不考了。

申请美国大学,没有名额限制,没有 A 类 B 类,没有抛档不抛档,也不规定第一或第二志愿……考生与高校之间,纯属"自由恋爱",而且还有"三部曲"。

从高二(相当于国内高一)开始,学生就参加"高考预考"(PSAT),高三又参加第二次 PSAT 考试。成绩一出来,各大学分析考生资料后,就向他们发出热情洋溢的"求爱"信,其实,学校追着你拼命发邀请,只是把你当候选对象,候选基数越大,越有可能选出优秀的学生。之后,考生决定:接下谁抛出来的"绣球"——给自己相中的大学寄申请材料。

申请材料寄出后,大学——特别是抛"绣球"的大学——会突然变得"牛气"起来。

比较好的结果,是抛了"绣球"的大学接到学生的申请材料后,便把热情洋溢的《录取通知书》寄回来,而且还摆出一副任人宰割的样子:"好吧,能给的条件(主要是指资助的条件)都给啦,有意见可商量……"

之后,大学就隔三差五地发试探电子邮件(甚至来电话):邀请访校;给予更高奖学金;邀请上网与学校的教授和学生聊天……这时,学校总是用商量的口吻与申请者交流,总是小心翼翼地提醒学生:决定是否接受录取的期限快到了……;期限已过一周,我们假设你已接受其他学校的录取……;我们仍然对你感兴趣,可把期限延迟 15 日……

接收大学的录取邀请,意味着要给高校寄回执卡,一并还要汇上数百美元的学费定金。校方的口吻此后便又会神气十足,用通告学生的口气规定你必须在某月某日前完成三件事……

这个互相"追求"的三部曲,很有意思,也迷惑人:怎么双方会在不同的阶段有完全不同的表现? 其实,凡是"推销"自己的阶段,都是"夹起尾巴"的时候。这就是市场的铁律:顾客永远是上帝。学生是学校的服务对象,也是某种意义上的"上帝"。

孔子这样做老师

宋志坚

"弟子三千，贤人七十二"，说的是孔子一辈子而不是他的某一个时期。孔子何以能让弟子们与他始终相随，这个问题很值得研究探讨。

孔子对他的学生，就像对待自己的孩子，即使是严厉批评的，例如对子路，对冉求，对宰予，可能批评与事实有出入，并不一定正确，有一点却是肯定的，他既没有恶意，也不会把人看死，让你一辈子抬不起头来。

孔子有"师道尊严"，却并非"师道森严"，对待他的弟子，基本做到了他自己说的三条，即温和而又严厉，威严而不凶猛，庄重而又安详。他既不高高在上，使他的弟子难以接触；也不一脸肃穆，使他的弟子望而生畏，倒是常在弟子之中，有问有答，谈笑风生。即使批评，也是双向的，既有他批评他的弟子的，也有他的弟子批评他的。最典型的就是子路，一会儿说他太迂，一会儿又对"子见南子"表示"不悦"，逼着他像小孩一样起誓。在这种气氛中，弟子们就很容易无拘无束地提出各种问题向他请教，与他探讨，有疑问有困惑甚至有不同看法也都当场提出，可谓"教学相长"。

孔子要求学生做到的，自己必先身体力行，为人师表，所以经得起评说。他以自己的人格魅力，将他的弟子们凝聚在一起，这个无可争辩的事实，值得如今为人、为师、为官者三思。

梁启超的家教

解玺璋

梁思永是梁启超的次子,他之所以作为一位学术巨人、一个无与伦比的考古学家,而不是郭沫若题在先生墓碑上的那一行字:中国科学院考古研究所副所长——而被人尊敬,是和梁启超的家教分不开的。

梁启超的家教绝不同于当今早已泛滥成灾的,所谓不让孩子输在起跑线上的家教,他没有这么功利和短视,而是秉承了中国传统教育求道树人的更加高远和宏阔的追求。所以,他绝不满足于仅仅看到孩子学业上的成功,他说:"诚然,知识在人生地位上,也是非常紧要,我从来并未将他看轻。不过,若是偏重知识,而轻忽其他人生重要之部,也是不行的。"他提醒大家:"近来国中青年界很习闻的一句话,就是'智识饥荒',却不晓得还有一个顶要紧的'精神饥荒'在那边。"而后者的危害却大大地超过了前者,而更可怕的是,对于这种危害,人们"多不自知"。人们"不知道精神生活完全,而后多的知识才是有用,苟无精神生活的人,为社会计,为个人计,都是知识少装一点为好。"他更不希望孩子把求学当作一块敲门砖,一旦门被敲开了,砖也就成了无用的东西。梁思成曾经问他"有用"与"无用"的区别,他用李白、杜甫与姚崇、宋璟的例子来比较,问道:他们对于国家的贡献谁更多一些呢? 他说:"以中国文化史及全人类文化史起见,姚、宋之有无,算不得什么事。若没有了李、杜，试问历史减色多少呢？我也并不是要人人都做李、杜，不做姚、宋。要之，要各人自审其性之所近何如，人人发挥其个性之特长，以靖献于社会，人才经济莫过于此。"

张奚若的追求

老　徐

在兵荒马乱的年月，有人把大学里的政治系谑称为"升官系"，经济系则被标为"发财系"，但是在西南联大，时任政治学系主任张奚若执意把政治系定位为政治"学"系，而不是"政治"系。虽仅一字之差，却鲜明地体现了他的教育理念和追求。

在一次迎新会上，张奚若向新生大泼冷水："如果你们来政治学系目的是想做官，那你找错了地方。国民政府不大喜欢西南联大的政治学系。如果你来此的目的是想当一个学者，我可以老实告诉诸位，4年时间培养不出一个学者来。你在此读4年书，可以获得一些基本知识和读书方法，毕业后你可以独立继续钻研。"不但对新生如此，对毕业班的学生，他照样浇冷水："毕业后希望你们能继续研究政治学。为了生活自然要找工作，那么可以教教书。最不希望你们去做官。"

张奚若希望他的学生能够保持知识分子的独立品格，不主张他们混迹官场、同流合污。在这方面，他本人堪称典范。抗战初期，他是国民参政会的参政员，但很快他就发现这个参政会只不过是国民党专制统治的装饰品，名存实亡，于是拒绝参加，还把政府汇给他到重庆开会的路费如数退还，并在电报上说："无政可参，路费退回。"当时教育部规定，大学里系主任以上的领导，一律要加入国民党，张奚若对此也是置若罔闻，拒不入党。

西南联大政治学系的毕业生，大部分在高校和科研机构或者在新闻、出版单位任职，这和张奚若的言传身教是分不开的。

人品和画品

尤　今

　　1938年12月1日,桂林惨遭轰炸,死伤200多人。那天早上,丰子恺到学校上课,将自作漫画挂在壁上,却引来哄堂大笑。他问学生笑什么? 有人答道:"没有头。"原来这四幅漫画是描述国民遭敌人飞机轰炸的惨状,其中一幅画着一名母亲背着一个婴儿逃向防空洞,婴儿的头已被弹片切去而飞向天空,可是,母亲却还懵然不知地背着无头婴儿狂奔。学生哄堂大笑,就是因为看到了这个无头婴儿。丰子恺勃然大怒,严辞呵斥:"现在,桂林城中挤满了数十万人,正在如雨般的无情炸弹下惊慌逃命,我这幅漫画,反映的是现实的惨况,同学们非但不感到伤心,还笑得出来,真是一点同情心也没有。本来我要讲的是漫画技法,但对于你们这种人,绘画的技法已经不重要了,第一先要矫正的,是做人的态度。"

　　丰子恺及时灌输的,正是切合时宜的道德教育。

　　只有当我们将道德教育当作是水、看成是空气,让它无孔不入而又无处不在,道德教育才能真正地、圆满地融入我们的教育体系里。

钱基博教子

钱钟书之父钱基博是一个儒家学者。钱钟书从识字开始未脱离过正统儒家教育。

钱基博管教极严。他不许女儿用舶来品化妆，不许儿子穿西装，认为这是父亲的职责。其管教之严当可思之过半矣。他常用体罚来管教子弟。据杨绛说，那年（1925年）他父亲到北京清华大学任教，寒假没有回家。钟书寒假回家没有严父管束，更是快活。他借了大批的《小说世界》、《红玫瑰》、《紫罗兰》等刊物恣意阅读。暑假他父亲归途阻塞，到天津改乘轮船，辗转回家。父亲回家第一件事是命钟书钟韩各做一篇文章；钟韩的一篇颇受夸赞，钟书的一篇不文不白，用字庸俗，他父亲气得把他痛打一顿。

这次"痛打一顿"，虽然没有使钱钟书"豁然开通"，但激发了他发愤用功。不过一两年功夫便判若两人，常为父亲捉刀写文章。杨绛回忆，商务印书馆出版钱穆的一本书（《国学概论》），上有钟书父亲的序文。据钟书告诉我，那是他代写的，一字没有改动。

1929年钱钟书考上清华后，钱基博父子开始通信。钱基博将钟书的信一页一页的贴在本子上，而且贴了好几本。可惜这些书信在"文革"时被红卫兵一把火烧掉了。

我们现在能看到钱氏父子的来往信札只有3封，因曾刊于光华大学半月刊上，所以得以保存下来。钱基博在信上告诫钟书，立身正大、待人忠恕比名声大、地位高更加重要。并说："子弟中，自

<font style="vertical-align: inherit;">396</font>

以汝与钟韩为秀出,然钟韩厚重少文,而为深沉之思,独汝才辩纵横,神采飞扬,而沉潜远不如。勿以才华超绝时贤为喜,而以学养不及古圣贤人为愧。"他又说:"纬、英两儿中资,不能为大善,亦无力为大恶,独汝才辩可喜;然才辩而或恶化,则尤可危!吾之所谓恶化,亦非寻常子弟之过。世所称一般之名流伟人自吾观之,皆恶化也,皆增进危险于中国也!"做父亲的一片拳拳之心,跃然纸上。这封信写于1931年10月31日。

老舍的教育理念

　　我念小学的时候，对那些需要背诵、记忆的功课特痛恨，像历史、珠算之类的功课学得很差。有一次考珠算才得了四十分。这是我自上学以来最坏的分数，我心里很难过。回到家哭了一鼻子。吃午饭，母亲问我怎么了，我不肯说。因为我知道母亲从来要求子女门门功课百分。这回准挨骂不可。吃完饭，趁母亲不在，父亲再问我时，我才坦白考试得了坏成绩。父亲听后不但没批评我，反而很幽默地说："四十分不算少了，我小的时候算术学不会，考试时压根儿算不上来，尽捡别人的废卷子，签上自己的名字，把卷子交上去，还得不上四十分呢！"一席话说得我破涕为笑了。

　　几十年来我对老爸的这番话一直坚信不疑。直至最近几年，老舍研究者们发现了父亲在北京师范学校的成绩单都明明白白地显示父亲儿时数学成绩实际上很优秀，多年受蒙蔽的我才如梦初醒。

　　在培养孩子方面，父亲并不"望子成龙"。早在 1942 年的一封家信中他曾写道："我愿自己的儿女能以血汗挣饭吃，一个诚实的车夫或工人一定强于一个贪官污吏。"他主张"孩子不一定非上大学不可"，只希望孩子身体健康长大后当个普通劳动者。回顾这些往事，父亲殷殷慈爱之心跃然纸上，令人感叹不已！

一篇高考作文从及格变优秀的背后

蒋昕捷

这是一篇被"打捞"出来的高考优秀作文。最先碰到它的阅卷老师给了 36 分,刚及格;二评的老师判给它 42 分——这属于大多数考生都能得到的基本分。第三位老师判 39 分。复查阶段,江苏省高考语文阅卷组组长何永康教授发现了这篇《怀想天空》。反复读了 3 遍,何永康终于下决心给它 54 分。从阅卷程序上看,这属于"终审",比原先的评价高了 17 分。

怀想天空（江苏某考生）

麦收时节,天空显得非常的明净。在麦田上空,偶尔悠然地游过几朵白云。

麦收时节,中午常是烈日当空。我们勤劳的父母,不得不在烈日下劳动。因为作为农民,这是他们的义务。

我是一个农家子弟。我明白我们乡下的家长们要靠田地来生活,供我们上学。他们为了子女辛勤地劳动,但没有半句怨言。在家,我常听到他们说:"只要孩子搞好了,再苦再累,我们都愿意……"

农家子弟努力学习吧! 全力以赴吧! 我们敬爱的父母为了我们能过上好日子,他们埋头在烈日当空的麦田里收割麦子。那种滋味,你们体会过吗?

在即将奔赴高考考场的前两天,我体会到了。又热又累。当时,我唯一的希望就是快点把麦子割完,到家洗个澡,然后在床上睡五、六个小时。

6月5日早晨,我爸起得很早。四点多钟就起了。他临下地时告诉我说:"你再睡会吧!六点钟起来做饭,然后洗洗衣服,八点钟到地里给我送饭。"

我睡醒后,拿起表一看:5:50。大概在学校里起早起惯了吧。我快速穿上衣服。我把衣服泡在铁盆里。然后,我进入厨房做饭。

我做好饭,洗好衣服。又把汤盛到饭盆里,拿了5个馍,一齐放到篮子里。我赶紧吃过饭。碗都没涮,便骑车下地了。当我到地里时,父亲已割了七八垄了。他脸上很多汗珠,衣服湿透了。他说:"你来,吃过了吗?我割光这一垄,再吃……"大概四、五分钟吧,他割光了。他从篮子里拿出饭盆、馍头,边吃边说:"孩子,你爸没本事,明天到县城后好好休息!后天好好考,别紧张……"

我在烈日下割了五个多小时麦子。回到家,我没有吃饭。洗了个澡,就睡了。

现在,我在考场上做题。室内很凉快。当考试结束后,我要在烈日下站两小时,来感受那种烈日当空的滋味。

何永康在点评中写道:此文很典型,不事张扬,不搞"满天星"的铺陈铺排,不搞华彩炫目的"集锦",不玩深沉,然而,它真实、本色、真情、纯净。父亲的言语,极少,但厚实、博大;儿子的情感表述很普通,但均发自肺腑……

何永康发现,近几年来,高考作文中普遍存在一种"脱离现实"的倾向,具体表现为,不少考生习惯于"回到古代,复述经典"。比如2004年,江苏省高考作文题是《山的沉稳,水的灵动》。结果试卷上"堆满了古代的山、涌动着古代的水":一会儿是李清照的"水","到黄昏点点滴滴";一会儿是李白的"水","君不见黄河之水天上来";一会儿是苏东坡的"水","大江东去浪淘尽千古风流人物"。何永康说,"写来写去,就是没有自家的'自来水',没有家前屋后清澈的、或者被污染了的'水'"。

此外,自从1999年高考作文"文体不限"之后,一种被称作"秋雨体"的文化散文也在高考中大行其道。只是大部分考生与他们所效仿的余秋雨相比,少了几十年的生活积淀,用何永康的话来说,"辞藻华丽些还不要紧,怕的是华而不实,光开花不结果。"

"推荐这篇文章是一种导向。"何永康说,所谓"导向",除了盼着青年学生都能懂得感恩外,也希望阅卷者和中学语文教师能包容并鼓励这份"来自现实生活的质朴",因为在高考作文中,这已经是久违的文风。

写给女儿的信

陈晓、陈笛:

今年你们分别是 15、13 岁了,正在形成自己的价值观,特别是文化观、人生观,这些观念最后将影响你们整个人生的经历、幸福、价值……在此之际,我想跟你们交流一些我和你妈妈的想法、愿望。

首先,我要说,你们一生幸福是我们最大的愿望和指望,长大后你们做任何事情都应以是否让自己幸福为标准。一般的中国父母都会跟小孩强调"孝顺"、也指望着小孩长大后抚养他们,所谓"养子防老"。许多父母,或说整个中国社会,都以子女是否"孝顺"来评判子女的"好坏"。你们千万不要有这种包袱,我们真的不希望你们这样想。

说实在的,我和你妈妈已经买好退休基金、医疗保险、投资基金。我们会在经济上做好各种安排,等年长后不用你们"孝敬"回报。我们这样做,不是因为担心你们不"孝顺",而是我们太爱你们,太在乎我们成为你们的负担,你们的幸福是我们唯一的指望,这包括尊重你们长大后选择职业、选择男友的自由。

假如我和你妈妈没有自己的养老和医疗保障,而是将来完全靠你们养老的话,我们今天会让你们随便选择专业与职业、选择男朋友吗?不会的!因为那样的话,你们未来的收入、未来的丈夫不只是决定你们未来的生活,也包括决定我们年老时的生活收入。

那样的话,我们能让你们选择学那些没有收入的历史、文学、哲学、社会学等专业吗？能让你们去找那些没有出息、未来不会赚钱的男生做男朋友并进一步成为丈夫吗？

等你们长大成家后,也希望你们教育自己的子女这样做,要一代代自己在经济财力上独立、自立,维护自己的尊严！说白了,我不想看到你们把生子养女看成是一种利益需要、把子女当成养老避险的工具！在自己选择怀孕、生孩子之前,你必须问自己：是不是因为热爱小孩、热爱生命、热爱人之情才要怀子育女？因"养子防老"而生子的行为是一种不道德的自私！

两只鸟

1973年，美国加利福尼亚州某班级，一个调皮的小男孩托马斯在课间休息时逮了一只鸟儿握在手心里，他并非恶作剧，他只是对鸟儿的啁啾声和生活习惯充满了兴趣。语言老师上课了，但小鸟的鸣叫声突然间响起，语言老师直皱眉。但语言老师并没有责怪他。他郑重地告诉大家：我想讲一下鸟儿的生活习性问题，鸟儿不喜欢被圈养着，它们喜欢自由飞翔，大自然才是它们的暖巢，下面，继续上课。小男孩托马斯受宠若惊，他下课后就将那只鸟儿放回了大自然。

同一时间，中国某城市的某所学校，一名小男孩也将一只不知名的小鸟握在手心里，他也对它的鸣叫充满了兴趣。小鸟不知疲倦地在课堂上发出了怪声，语文老师怒气冲冲走过去，毫不客气地将小男孩拽了起来，将小鸟从他的手心里抢了过来，打开窗户放飞了小鸟。小男孩受了批评，他不得不抄写了近一百遍的某首唐诗。

2010年，美国加利福尼亚州某大学的演讲台上，一位鸟类专家在生动地讲他小时候的故事。他说十分感谢当初语言老师的仁慈，没有扼杀他对鸟儿的憧憬和兴趣，兴趣是决定人初始开发的一个重要因素，我们需要沿着兴趣走而不是改变它。

同样的时间，在中国某大学的讲台上，一位语文博士也在讲他小时候的故事，他说道：语文老师将自己引入了正途，他现在已经成为一位优秀的语文博士。

他们同样都是优秀的人才,只是有些遗憾罢了,传统意识与创新习惯的不同,改变了一个人甚至一个民族的兴趣和方向。童年有两只鸟,现实有两种教育,世上有两种人。

阳光的声音

佚　名

老师破天荒布置了一篇自由作文。

孩子高兴极了,想:终于可以摆脱讨厌的命题作文,写写自己心里的东西了。

他躺在柔软的草地上,阳光暖暖地照着,他想啊想,然后一跃而起,一篇很满意,甚至是很得意的文章便跃然纸上——《阳光的声音》。

孩子满怀信心地把作文交了上去。

作文本发下来了。

老师在作文后面批了一个大大的"差"字。

老师说:"可笑! 阳光怎么会有声音呢?! 以后再也不能这样写了,要扣分的!"

孩子觉得很委屈,也很难过。

那个"差"字像一个张牙舞爪的魔鬼,时时出现在他的梦里。

几年以后,老师还是老师,孩子还是学生。只不过孩子长大了一些,成了老师家长眼中公认的好孩子。再也不会想一些不着边际的事,说一些莫名其妙的话了。

一天的阅读欣赏课,老师讲解一位著名作家的文章里有一句:"我听见了阳光的声音。"老师滔滔不绝地分析着这句话多么优美,多么富有哲理。

可孩子一句也听不进去。

孩子望了一眼窗外刺眼的阳光,心道:瞎说,阳光怎么会有声音呢?

课堂上我们为什么不发言

蔡凯伟

大学课堂里,老师在抛出一个问题后得到的往往是集体沉默或者是零星的回答。在这个喧嚣的时代,我们这些大学生为什么在课堂上如此沉默?

要回答这个问题,请先看一下我们上课在干什么?手机、小说和周公,我们起码会与其中一位亲密约会。因为我们神游,所以我们沉默。

再看一下我们回答问题前的心理挣扎。我要不要回答?这样大家会不会觉得我太爱表现了?这是多数人的心理状态,也是多数人的风格——"低调"。此外,怕犯错,也是我们拒绝回答的原因。而我们的谨慎,我们的力求"完美",也减少了我们与老师交流的机会,以及新观点的涌现。

此外,我们沉默的大多数原因是我们不知道说什么。

这世界给了我们太多的方便,"有百度,无难度"的口号已是人尽皆知。我们在如此方便的社会渐渐忘却思考,忘却了自我表达。大学里最珍贵的人才是能够发现问题的人,问题的来源是思考,是对一事物拥有自己独立的看法。现实世界似乎有无数张嘴在替我们说话,但没有一句是我们自己的话。别人的观点我们怎么好意思说出口,这是赤裸裸的剽窃。所以我们沉默,所以没话可说。

南开的"容止格言"

李　溥

1904 年 10 月 17 日,天津"私立中学堂"(后改名为南开中学)成立时,严范孙亲笔写下"容止格言"。

"面必净,发必理,衣必整,钮必结。头容正,肩容平,胸容宽,背容直。气象:勿傲,勿暴,勿怠。颜色:宜和,宜静,宜庄。"这是严范孙写的四十字"容止格言"。当年,美国哈佛大学校长伊里奥来南开参观,发现南开中学的学生在精神状态、言谈举止、仪表风度上与其它学校明显不同,回国后逢人便讲。不久,美国洛克菲勒基金会派人来到南开中学,张伯苓将来人引至整容镜前,那个人将镜上的 40 字箴言拍摄下来,刊登在美国的报纸上,对张伯苓和南开中学的教育方式给予高度的评价。

这 40 字的"容止格言"是南开的无价之宝,它哺育了一代又一代南开学子。2003 年 9 月教师节那天,温家宝总理来到北京第十二中学看望老师和同学们,在学校的图书馆里温总理回忆说:那时候天津南开中学楼里有一面大镜子,学生每次进去都要先照一下镜子,意思是"面必净,发必理,衣必整"。看起来是小事,要求却十分严格。他还记得那时候学校还有这样几句:"肩容平,胸容宽,背容直",这是要求学生站有站相,坐有坐相。"勿傲,勿暴,勿怠"这是对品德的要求。

南开学子的品貌往往带着南开学校文化的深深烙印,"容止格言"已融化在一代代南开学子的血液里。2004 年 10 月,南开中学百年校庆时,年近八旬的火箭专家梁思礼院士校友站在东楼"整容镜"前,试背诵 40 字"容止格言",居然流畅且一字不差,博得在场师生的掌声一片!

别迷失在"成功故事"中

赵　畅

有个读小学的孩子,尽管平日说话做事显得很机灵,可学习并不用功,于是,学习成绩不免受到影响。对此,孩子的家长不以为然,依然很自信,自信孩子智商高,以后一定会赶上去的。因为放任自流,缺乏对孩子的严格教育和正确引导,孩子成绩每况愈下便成了必然的趋势。人们不禁要问:这位家长的自信,源于什么?难道仅仅是因为"智商高"?后经了解,原来,他听信了爱因斯坦孩提时的"故事"。

殊不知,这个传说中的故事,该是以讹传讹的产物。真实的情况是:爱因斯坦在上小学时学习成绩优异,而不是后来认为的劣等生。这个说法之所以会流行,是因为每个人都喜欢这样的故事——小时候学习不好,长大后同样可以取得伟大的成就。但是令很多家长"失望"的是,爱因斯坦12岁就开始自学微积分了。

有识之士直言不讳:"不要痴迷于从阅读成功人士的传记中寻找经验。这些书大部分经过精致包装,很多重要事实不会告诉你,盖茨的书不会告诉你他父母是 IBM 董事,是他们给儿子促成第一单大生意;巴菲特的书只会告诉你他8岁就知道去参观纽交所,但不会告诉你是他国会议员的父亲带他去的,由高盛董事接待的。"

英国剑桥大学对从本校毕业的曾获诺贝尔奖的专家进行过调

研,结果显示:他们并非天才,中学时代学习勤奋努力;大学时代大多也是埋头学业,成绩优异;工作后仍是兢兢业业,钻研不止。

不要轻易相信别人的"故事",不要太相信聪明,相信取巧和走捷径,只须在乎自己的判断,在乎勤奋、毅力等"大道理"。

温柔杀手

她就一直坐在那里,刚开始抽噎着,然后是无法遏制地失声痛哭,但没有停止控诉:我辛辛苦苦供你吃供你穿,什么活都不让你干,你想要什么就给你什么,你就给我考了这么点分? 你有良心没有啊? 你让我怎么出去见人啊? 他也一直坐在那里,刚开始沉默,然后在雨点般的数落下也开始局促不安起来。

是的,她没有办法接受邻居的孩子上了清华,而她的孩子竟然连补习的分数都没有考上,而且在今年高考录取比率基本达到80%的情况下,她没有办法不抓狂。她连想都没有想过,其实她才是那真正要接受声泪控诉的人,因为事实表明她难逃其责。

他擅长围棋,迷恋历史,总有人慕名来挑战这小子。她就唠叨,学什么围棋啊、历史啊,那都不能当饭吃,还是把正经的学好。他要干点家务活,她忙不迭地抢过去,你什么都不用干,只要好好念书就行。碰到路上光着膀子灌泥浆的民工,她适时地警醒,你一定要好好学习,不然将来和他们一样!

结果,他的棋艺如她所愿停滞荒废了,但是物理把他搞得心烦意乱。他的体格高大但轻视劳动,而且扛一袋大米就让他喘不上气来。他饭来张口衣来伸手,极度无聊下,他给自己整了几个耳钉和戒指来纪念他衰败的青春期。

看,多少父母恰恰就是这温柔的杀手,那貌似神圣的爱里潜伏着、夹杂着多少带有毁灭性的东西啊,我们还没有学会甄别呢,就已经深受其伤。

如果状元……

闾丘露薇

高考之后,状元王自然成为媒体的焦点,无论在香港还是内地都是这样。不过对于这些状元们,媒体的报道只是集中在放榜这一天,看不到对他们的跟进报道,因为大家都明白,未来的发展,肯定不是一次考试就能决定的,大家甚至不会去关心,这些状元最后上了哪家大学。

在内地则不一样了,状元们变成了明星,媒体关心他们的去向,有一年,当北京的高考状元申请美国大学遭到拒绝之后,媒体更是如获至宝,引发人们对于高考状元的褒贬争议,相当热闹。也因为这样,终于明白了广东省不公布高考状元名单的做法的良苦用心,在这个社会,把高考状元过度渲染成成功的标志的时候,这些状元的身上,会承受太多外人附加给他们的压力。

状元们申请美国的名牌大学遭到拒绝,不是第一次,但是这里面又透露出一个有趣的问题,如果说,成为高考状元被视为成功的标志,被美国名牌大学拒绝又被视为失败的话,这个社会对于成功的标准到底是什么呢?

2007 年的时候,有一份报告,考察了 1977 年到 1998 年中国各省市高考状元的职业状况,得出了这样一个结论,那就是,这些高考状元的职业发展并不理想,低于社会预期,没有能够从考场状元,成为职场状元。这份报告又被媒体拿出来,出发点其实是希望提醒家长和社会,不要过于功利,甚至开始对中国的人才培养模式进行反思。

但是,如何才是理想的职业状况? 怎样才算符合了社会的预期? 所谓的各行各业的佼佼者,标准又是什么? 是不是成功,是可以用量化的,硬性的标准来衡量的呢?

如果一个高考状元,成功进入了哈佛这样的美国名校,但是在毕业之后,他决定,要去做一个中国贫困地区的乡村教师。这样的决定,让他永远无法拥有院士这样的名声,也无法拥有财富,而原本,他是有这样的机会的。那末,这样的状元,他的人生,算不算成功呢?

关于信任的一堂课

多年以前,我曾听过一堂关于"信任"的课。老师奥尔格先生问学生,什么才是真正的信任。大家给出的答案五花八门。奥尔格先生听后没有发表见解,而是突然向我们解释起物理学上的"钟摆原理":钟摆自最高点往下运动,它来回摆动达到的高度点绝不会高于最高点。由于摩擦力和重力的作用,它的摆动幅度会越来越小,直至最后完全静止。

为形象说明这一点,奥尔格先生当场做了演示。然后,奥尔格先生问大家,是否信任他,是否相信钟摆原理。所有的同学都举起手来表示相信。在得到学生们肯定的回答后,他叫人从外面抬进一口硕大的钟,并让人把它悬挂在教室的钢筋横梁上。接着,他请一位同学坐到桌子上的一把椅子上。那把椅子靠背贴着墙,这位同学坐下后后脑勺恰好贴着水泥墙壁。然后,奥尔格先生将钟推到距离这位同学鼻子只有一英寸的地方。一切就绪后,奥尔格先生再一次为大家解释了钟摆原理,接着说道:"这口钟有270磅重,我在距他鼻子一英寸处放开钟,钟再次摆回时,离他鼻子的距离只会多于一英寸,绝不会碰到他的鼻子,更不会撞上他。"

然后,奥尔格先生看着这位同学的眼睛,问:"你相信这个物理原理吗?我向你保证,你不会受伤,你信任我吗?"大家都注视着这位同学,他脸上汗珠直冒,最后他才点了点头。"谢谢"。奥尔格先生说着放开了那口钟。伴随着呼呼的声音,这个庞然大物从最高点往斜下方坠,迅速摆向另一端。在到达另一端的最高点后,突然转向往回摆动,朝着这位同学坐着的地方迫近。然后,就在几十双眼睛的注视之下,这位同学大叫一声,在钟还未靠近自己之前,几乎是从桌子上一跃而走,避开了似乎要把他撞得头破血流的重物。随后,大家看见这口钟在离椅子不远的点停住了,接着又摆回去。根据钟到墙壁的距离判断,钟绝对不会撞到那位同学——如果他还坐在那里的话。

屋子里鸦雀无声。奥尔格先生微笑着问大家:"他相信钟摆原理吗? 他信任我吗?"同学们都异口同声:"不!"

至此,我想我们大家对什么是信任都有了新的理解。

儿子的作文

陶柏军

不久前我在外地出差,突然接到刚读初一的儿子的电话,让我给写一篇作文参加竞赛,内容要围绕"领导来到我家中"来写。可是我一时回不去,就告诉他:"让你爷爷和你妈帮着写吧。"

一个月后,我办完公事回家,竟看到了儿子作文本上的3篇作文,还有老师的评语,读来颇令人回味。现抄录如下。

第一篇是孩子他爷给写的:

那是在上世纪60年代的农村。有一天队长领来一个中年汉子,对我说:"这是县上的老王,来咱们村指导科技种田,就住你家吧。"后来老王每天和我们一起下地劳动,还和技术员整夜整夜地研究什么土壤啦,什么肥料啦,一个月后才离开我家。走的时候,交给我们10元饭费钱。半年后,公社召开社员大会,县里的王副县长在会上讲了话,我一看吓一跳,那个王副县长不就是在我家搞科研的老王么!会后我对队长说:老王提升得也太快了吧?不料队长哈哈大笑:老王当副县长都快3年了,上你家搞科研,那是他到乡下蹲点。

对这篇作文,老师的评语是:故事真实,情节感人。但发生时间过早,不符合本次作文要求,请重写。

第二篇是孩子他妈给写的:

早晨,我接到了居委会的通知,上级领导要来我家看望下岗女工。9点多钟的时候,从大街上驶来4辆小轿车停在了我家门前。

但是不知道为什么,车上的人都没有下来。十几分钟后,又来了一辆电视台的车,前面的车门才打开。我一看走在前面的,还真是我市的冯副市长。到屋里坐下后,冯副市长十分亲切地询问我下岗后的感受,鼓励我自强不息,自谋生路。走的时候,还从那辆价值80多万元的轿车里拿出两袋面粉送给我们,真叫人感动。

对这篇作文,老师的评语是:有时代感,但不够感人。建议将此文内容与上一篇合起来写。

于是我又看到了儿子的第三篇作文,这篇作文的大致内容是:一位上级派来的同志来到我家中,帮助下岗女工再就业。此人在我家住了一个多月,走时还留下了100元的饭费钱。过了半年,我们才知道,那是市政府的冯副市长呀。

对这篇作文,老师的评语是:很好。

《公民读本》第一课：你

公民教育是个一直在谈的话题，许多中国学者都意识到，建立公民社会，要从公民教育做起，要写出高质量的《公民读本》来。美国的《公民读本》有很多，一般是学者写的，我随意挑了一本密歇根大学教育学教授写的读本。

《公民读本》开篇第一句话就告诉孩子们，这个国家的每一个人都是重要的，让孩子们认识自己，尊重个人，不是惟我独尊。课本对民主性格的总结，我觉得简直就是中国人的老话："己所不欲，勿施于人。"——你不愿意被伤害吧？那么，你不要伤害他人。因此，课本教育孩子，"一个好公民是一个善于调节自己的人"、"是一个善于学习的人"、"善于思考的人"。而且，一个好的公民是忠于自己国家的，这意味着你对国家是取建设性、而不是毁坏的态度。假如政府做错事，你严厉批评政府，那是希望它改善，这就是建设性。假如你明明发现国家在走向错误的道路，你却还是说，走得好走得好。那是一种毁坏的态度。

课本向孩子们指出了容易陷入"思路不清"的误区。例如，不能在心里希望一个理想社会实现，就认定它一定能实现。课本还告诉孩子们，"我们每个人都是有偏见的。我们都有自己喜欢的和不喜欢的事情，可是我们不要让它影响我们的清醒思考"。否则，难免走极端。

课本还对这些未来的丈夫和妻子、父亲和母亲们说：做个好的家庭成员，是做个好公民的基础。因此，在关心国家、社会、他人之前，先要关心和爱护自己的家人。然后，《公民读本》再告诉"你"，民主很具体。要改造社会吗？先从把自己改造成一个好公民做起。所以，《公民读本》第一课，谈的就是"你"。

"中国眼镜"

　　回忆自己的学术生涯,对自己专业培养影响最大的,就是大学时代基础课扎实和崇尚实践精神的养成。

　　我坚持学冶金的研究生必须到现场去实习,不仅在炉前操作室摁按钮,而且要走出控制室到现场去感受生产过程,那里还有许多在电脑屏幕上、各种传感器里显示不出来的东西。因为所有控制系统都是滞后响应的,它们至今还不能完全代替人在实践经验中形成的预警判断,更何况探头、传感器也有失误的时候。

　　1984年5月我曾在英国BSC的Recomby厂为北海油田生产抗硫化氢腐蚀的厚壁钢管。按合同规定,出钢温度应≥1650℃。但其中有一炉出钢时,我通过国内带去的炼钢镜判断温度只有1600℃左右,甚至更低,于是提出停止钢包喷吹处理,否则可能冻包。英方炼钢分厂厂长察看了操控室自动测温记录后,用了一句英国式的幽默:"但愿这次是你的眼睛不准",并要按原计划进行喷吹。我则坚持这一炉不列入"试验供货"计划。他决心和我开个玩笑,在炉前记录上写下"徐教授认为这炉温度不够"并要我在下面签字,我毫不犹豫地签了。结果果然有近200吨钢水冻在包中,造成一次较大的事故。自此以后,每当试验炉号出钢时,他们总要我用"中国眼镜"看一看温度如何。

鸣　谢

感谢广大作者对本书的倾情奉献！

由于部分稿件作者地址不详，无法及时发放稿费，请作者见书与《报刊文摘》编辑部联系。

联系电话：021－24175739

电子邮箱：baokanwenzhai@126.com

新浪微博：@报刊文摘

报社地址：上海市都市路4855号2座6楼

邮政编码：201199

参与本书编辑策划人员

主　　　编：王　琼

执行副主编：单　良

责 任 编 辑：童莉群

编　　　辑：王宝梅　黄艾华　李小翠　葛申申

陈喆仕　顾劭斐　胡珏沛　沈　峙

陈　飞　温　刚　郁　俊

编　　　务：翁剑红、夏定言

图书在版编目(CIP)数据

在这个时代里缓慢行走/《报刊文摘》美文精萃编. —上海：
上海三联书店,2018.3 重印
ISBN 978 - 7 - 5426 - 4403 - 9

Ⅰ.①在… Ⅱ.①报… Ⅲ.①散文集-中国-当代
Ⅳ.①I267

中国版本图书馆 CIP 数据核字(2013)第 239295 号

在这个时代里缓慢行走

编   者 /《报刊文摘》美文精萃

责任编辑 / 殷亚平
装帧设计 / 方 舟
监   制 / 姚 军
责任校对 / 张大伟

出版发行 / 上海三联书店
          (201199)中国上海市都市路 4855 号 2 座 10 楼
邮购电话 / 021 - 22895557
印   刷 / 上海展强印刷有限公司

版   次 / 2013 年 10 月第 1 版
印   次 / 2018 年 3 月第 6 次印刷
开   本 / 850×1168   1/32
字   数 / 150 千字
印   张 / 13.25
书   号 / ISBN 978 - 7 - 5426 - 4403 - 9/I · 778
定   价 / 32.00 元

敬启读者,如本书有印装质量问题,请与印刷厂联系 021 - 66510725